ジャックの妹
ミア・パラディオ

元スケルトンの少年
ジャック・パラディオ

ジャックの幼馴染み
セリア・カートレット
ジャックの母
フィオナ・パラディオ

【一閃】

ダンジョンの奥地にて剣を500年振り続けたスケルトン、人としての生を受け最強に至る

the skeleton who has wielded a sword for 500 years in the depths of a dungeon is reborn as a man and becomes the strongest.

トラジロウ
illustration ファルまろ
author : torajirou
illustration : falmaro

これは——
ダンジョンの奥深くより始まる、
名も無き者の英雄譚。

プロローグ

ダンジョンを彷徨《さまよ》い続けて訪れた冒険者に襲い掛かる。

それがスケルトンであり、俺である。

なぜそうしているか？　理由は特にない。

無理やり説明するならば、そう〝創《つく》られた〟からだろう。

今回もいつものように、俺の棲家《すみか》に入ってきた人間を殺そうとしたのが始まりだった。

俺はいつものようにダンジョンを徘徊《はいかい》し、踏み荒らしにきた人間を発見した。

相手は屈強な人間でなく、小さいよぼよぼの人間。

普段ならば音を出して近くにいる魔物を呼び寄せるのだが、この相手ならば俺だけでも勝てるはずと睨《にら》み、一人で襲うことに決めた。

だが油断はせずに、裏を取る。

こうすればどんなに屈強な相手にでも、一撃は与えられることを知っているからだ。

裏へと回りこんで背後を取り、不意をついて攻撃を仕掛ける。

完全にとらえたと思った拳はなぜか当たらずに空《くう》を切った。

「おっなんだい？　スケルトンの癖にいい動きをするじゃないか！」

「うウ、ウうウッ！」

「意思も取ろうとしているのかい！　こりゃワタシのいい遊び相手になりそうだ！」

おちょくるように手をヒラヒラさせて攻撃を誘発している、よぼよぼの人間。

それにムキになり、それから何度もひたすらに攻撃を繰り返すが一度も当たらない。

おかしい。どんなに屈強な相手でも、これだけ繰り返せばかするぐらいは当たるはずなのに。

「どうした？　アンデッドの癖に疲れたのかい？」

「ぐっ！　グうぐー！」

「はっはっはっ！　そうかい、まだ疲れていないかい！」

なにを言っているかは分からないが、馬鹿にされていることだけは分かった。

無我夢中で殺しにかかる。

絶対に殺してやる。その一心で襲い掛かり拳を振り続ける。

それから、どれくらいの時が流れただろう。

ひたすらにパンチをする俺と、それを躱《かわ》し続けるよぼよぼの人間。

俺がまた殴り掛かろうとしたとき、人間は腰から一振りの剣を抜き取り、俺に向かって放り投げてきた。

剣は銀色に光り輝いていて、持つ部分には綺麗な装飾が施《ほどこ》されていた。

刀身には白い靄《もや》のようなオーラのようなものまで見える。

「それを使いな。そうしないとワタシには勝てないよ」

「……？　……カツ」

人間の取った行動はよく分からなかったが、投げられた剣が力のある武器であることは俺にも分かった。

チャンスと見た俺は、下に落ちた剣を拾い上げて、再び人間に襲い掛かる。

剣の扱い方もよく分からないが、この刃を当てさえすれば殺せると本能が確信している。

如何《いか》にこの刃を人間に当てるかを考える。

だがありとあらゆる方法で斬りかかっても、素手だったときと同じで当てることすらできない。

すると痺《しび》れを切らしたのか人間が話しかけてきた。

「ちょっと止まりな。握り方からなっちゃいない。だから力が分散されちまうんだ。……違う！

全部の指で力強く握るな！　小指と薬指で締めて他の指はふわっとだ！」

「チカラ。フワッ？」

素手で殴りかかっているときも、常に俺に話しかけていたためか人間の言葉も少しだが分かるようになっていた。

敵である人間が己を殺す武器を与え、己の殺し方をレクチャーしている。

おかしな状況ではあったが、それでもこの人間を殺せるならばと俺は素直に従った。

「いい構えじゃないか！　反対の手は間隔をあけて柄頭《つかがしら》に添って摑《つか》む。そうだ、振ってみな」

ブンッ
ブンッ
ブンッ
何度か素振りをしてみると分かる。しっかりと剣を扱えている感覚が。

その瞬間、ぶわーっとした歓喜が全身に駆け巡り、俺の心を躍《おど》らせる。

これならばいける。

そう確信した俺は早速、覚えた握りを駆使して人間に斬りかかるが……それでもまだ、かすることすらできない。

なぜだ。おかしい。

俺の力は確実にこの剣に伝わり、斬り裂きにいっているのにまるで空気を斬っているかの如く、躱される。

「やはり見込んだ通り面白い逸材だ。お前はワタシを殺せる武器も、殺せる武器の扱い方も手に入れた。だがそれではまだワタシは殺せない。なあ、お前……ワタシを殺す方法が知りたいか？」

「シリタイ……！」

答えは即答だった。あの力が完璧に剣に伝わった感触が忘れられないのだ。

あの感覚をまた味わえるのならば少しの間、この人間に従うのもアリと俺は考えた。

「そうか！　知りたいか！　ならば、まずはそうだね。ワタシのことは師匠と呼ぶようにしな。そうしないと教えてやらない」

「シ、し、しショー？　シショー！」

「はっはっは。いい心がけだ。それじゃまずは基本の型から習得しないとね」

そこから本格的な剣術指導に入った。

上から下へ振り下ろす唐竹《からたけ》。

斜め上から斜め下に斬り裂く袈裟《けさぎ》斬り。

横一閃に斬り裂く水平斬り。

斜め下から斜め上に斬り裂く切上《きりあげ》。

下から上へと斬り上げる逆風《さかかぜ》。

これをひたすらに繰り返す。ただひたすらに強くなることを夢見て繰り返す。

だが、あの全てがかみ合った感覚が一向に訪れない。

流石にシショーに騙《だま》されているのかと思い始めたある時、急にあの感覚が訪れた。

不意に袈裟斬りを行ったときだ。

剣に風が纏《まと》い、空を剣が斬り裂く。

俺の振った剣に力全てが伝わり、何度も素振りを行うことにより体に染みつき、より良い斬りが自然とでた。

その時、剣の握りを覚え、剣を振るった時のあの感覚が全身を駆け巡った。

これだ。俺が求めていた感覚は！

先ほどの感覚を忘れないように、何度も何度も体に覚えさせるように剣を振っていく。

これが技術、これが剣術か。

「おお、中々良い太刀筋じゃないか。久しぶりにワタシを殺しにかかってみるか？」

「……コロス！」

久しぶりのシショーとの闘い。どうにかして袈裟斬りをいい場面で放ちたい。

その場面にいくように工夫を凝らすが、なぜかどうしても狙っているところまでいかない。

いつまで経っても良い場面を作れずにもどかしくなり、こちらが先に痺れを切らし無理やり袈裟斬りを放つ。

かなり無理な体勢からの袈裟斬りだったが、手ごたえは完璧だ。

練習通りに力が完全に伝わり、風を裂き、そしてシショーの首筋目掛けて剣を振り下ろす。

これは殺せた。シショーの首に刃が入り、跳ね飛ばす。

……その未来が見えたはずなのだが剣を振り下ろし終え、前を見るがシショーの頭と胴体はくっついたまま。

「いい一撃だったがそれを狙いすぎだな。攻撃がバレバレだ」

「クヤシイ」

悔しい。悔しいがそれでも自分の力がついてきていることに喜びを感じる。

それから何度か、戦闘を繰り返すがどうしてもいい体勢で袈裟斬りを行うことができなかった。

シショーの言っていた、攻撃がバレバレ。その言葉の意味がようやく分かった。

唯一完璧にできる袈裟斬りを狙いすぎて、シショーが袈裟斬りを上手くやらせない立ち回りをしていたのだと思う。

ならばこれ以上続けても、剣を当てることすらできないと俺は悟った。

「セントウオワリ。マタ、ケンヲフル！」

「もう自分で気が付いたかい。お前さんジークよりも余程才能があるよ」

「ジーク？　シラナイ」

またひたすらに剣を振り続ける。

袈裟斬り以外の斬り方も完璧に振れるようになるために。

そこからまたどれだけの月日が流れただろう。

その間に師匠は更によぼよぼになってしまった。

それでも俺が剣を振るう度に嬉しそうな表情を見せる。

もう全ての基本の型を完璧に振れるようになったが、俺は師匠には挑まなくなっていた。

かなり前になるが袈裟斬りに加えて唐竹、水平斬りの振りを完璧に覚えたある日、いつものように師匠に戦いを挑んだときだ。

俺の水平斬りが完璧に決まり、師匠のお腹を斬り裂いてしまった。

試行錯誤の末に完璧に捉えた水平斬りでの傷は深く、いつ死んでしまってもおかしくはない程の傷だった。

なんとか師匠は回復の魔法を発動させ、一命を取り留めた。

今は元気にしているが、〝師匠を殺したくない〟という、その時に俺の奥底に眠っていた自分の気持ちを明確に感じとってしまったのだ。

それから段々と剣を振るのが楽しくなくなってきている。

俺は自分自身が強くなると言うよりも、師匠よりも強くなりたいと言う思いが強かったのかもしれないな。

「最近、ワタシに挑まなくなったけどどうしてだい？　もうワタシを殺さなくていいのかい？」

「ああ、俺の方がもう強くなった。それに俺に力の使い方を教えてくれた恩人だからな。殺さない」

「はっはっは！　ワタシよりお前さんのが強くなった？　冗談も言えるようになったか！」

ちょっとムカっときた。

まだ子供扱いする師匠に対し俺は剣を振るい、師匠の頭のギリギリで寸止めする。

俺が剣を振ったことに師匠は今気づいたようだ。

師匠の力は確実に衰えているし、もう力関係が逆転しているのは事実。

「速いねぇ……。お前さんは確かに強くなったし、ワタシは老いた。それでもな……」

師匠はそう言うと魔法で剣を練り上げる。

練られた魔法から生まれたのは、燃え上がるような刀身から柄まで真っ赤な深紅の剣。

今師匠の使った魔法の凄さは分からないが、剣の凄さならば分かる。

あの練り上げた剣は俺の貰《もら》ったこの銀色の剣よりも上質だ。

師匠にまだこんな力が残っていたのか。だが、驚くのはまだ早かった。


「………【時空斬《じくうざん》】」


更に練り上げた剣を構えた師匠は、息を吐くと同時に唐竹を放つ。

いや多分だが放った。

あまりの速さに俺の目では追うことはできず、振り終えた後の深紅の剣と斬り裂かれた空間だけを視認できた。

「お前さんの斬撃は衰えきった魔法使いのワタシの斬撃よりも遅い。ワタシに言わせればまだまだ、ヒヨッコだよ」

「師匠！　今のどうやったんだ？　もう一回やってくれ！」

「あれ、落ち込むとかないんだね。凹《へこ》ませてやりたかったんだけどな」

剣にはまだまだ上があった。凹むわけがない。

高みを見せてくれた。それだけで俺の心は高揚する。

やはりこの人は俺の師匠だ。

「凹む暇なんかないっ！　もう一度だけ見せてくれ師匠！」

「駄目だ。と言うか、もう見せられない。もう歳のせいであれが最後の一撃だ。一回見せればお前さんなら辿りつけるはずだよ？　筋はいいからね」

「なら、俺の剣術がその高みに登るまで見ていてくれ」

「それも無理な話だ。もうそろそろ……時間でね。ここに来て思わぬ時を過ごしてしまった。だから最後にやり残したことをやりに戻らなきゃならない」

「師匠はここを出て行くのか？　なら俺もついて行く」

「駄目だ。お前さんには外はほんのちょっと早い。お前さんがあの技を完成させたときこのダンジョンを出るといいさ。それがワタシからの最後の宿題だ」

「分かった！　それじゃ、あの技を完成させたらすぐに師匠を追う！」

「はっはっは！　それじゃ外で楽しみに待ってようかね。あっ、その剣とこれはプレゼントだ」

そう言い残し、変な水晶と剣を俺に託して師匠はダンジョンを後にした。

寂しかったし、ついて行きたかったけど……ここまで鍛えてくれた師匠の教えは守る。

そうしなければ、師匠に追いつくことはできないと思ったから。

去り際に見せてくれたあの一撃を夢見て、俺は再び剣を振り始めた。

ひたすらに振り続ける。

師匠の背中に追いつくために。


俺の剣の変化はゆっくりと、そして徐々に表れていく。

最初に俺の剣は音を置き去りにした。

振り下ろしてから剣の振った音が聞こえるようになる。

そこからまたしばらく変化はなかった。

それでも俺は諦めず、ひたすらあの太刀筋を夢見て剣を振るう。

すると、今度は振った剣がぶれて見え始めた。

それは振っている俺ですら、視認しにくくなっているのが確かな証拠。

そして遂に俺の剣は光の速度を超えて、振り終えた剣が止まるまで、振っている俺ですら視認することはできなくなった。

だがそれでも……。時空を切り裂くことは敵わない。


俺の剣が光の速度を追い越して、また更に長い年月停滞した。

だが俺は諦めない。

目標となる一撃が未だ脳裏にこびりついている。

それだけで俺が諦めずに剣を振るうための理由は十分だ。

そしてとうとうその時がやってくる。


「…………【時空斬】」


息を吐くと同時に放った斬撃はあの時見た、師匠の一撃のように音を置き去りにし、光よりも速く、そして時空を切り裂いた。

やっと。本当にやっと完成させることができた。

長かった。気が狂いそうになるほど長かった。


１８３４６１日。


剣を振り、あの技を完成させることだけを考えてこれだけの年月を費やした。

あの最後以来、結局師匠がこのダンジョンに訪れることはなかった。

いや、師匠以外の人間、誰一人とてこのダンジョンに訪れていない。

人間が訪れていない理由は明白。

このダンジョンは師匠が出て行ってすぐにダンジョンの最下層にある魔力塊《まりょくかい》が力を失い、ダンジョンとしての力を失ったからだ。

魔物も生成されることはないし、残った魔物は全て朽ち果てた。

師匠が言うには、俺はアンデッドだからぶった斬られたりしない限り不死身と言っていたから、俺が朽ちていない理由はそれだと思う。

ただ、俺は他のアンデッドが朽ち果てていくのを見たことがあるから、実際の詳しい理由は分からない。

そして師匠がここに来ない理由は死んだからだと思う。

師匠が老いていったのは、ダンジョンに一緒にいたあの期間だけでも目に見えるように分かった。

それから１８３４６１日。人間ならば生きている可能性はゼロと言える年月が過ぎた。

それでもこの完成した剣撃を見てもらいたい。その思いが心にある。

ならば師匠との約束通り、技を完成させた今、このダンジョンを出ようと思う。

あの師匠ならば、もしかしたら生きている可能性だってあるし、もし死んでいたとしても師匠の眠っている場所を探しだし、気休めだがそこでこの剣撃を行って見てもらおうか。


そうと決まればこの廃ダンジョンを抜けよう。

師匠から貰ったこの未だに錆《さ》びていない剣を腰に差し、もう１個去り際に貰った奇妙な水晶玉も持って長年修業を積んだダンジョンを離れる。

出口は分からないが、どこからか風が入ってきている場所がある。

そこを目指せば、この廃ダンジョンを抜けられるだろう。

俺は生まれてからずっと、このダンジョンから出たことはない。

ただダンジョンの外のことは師匠から聞いていて、楽しみにはしていた。

俺にとっては未知の世界。段々と進むに連れて、視界が明るくなってきた。

ダンジョンの出口がもうそこまで近づいているようだ。

見えた。ダンジョンを出ると襲ってきたのは眩い光。

空に浮かぶあの眩《まばゆ》く輝く光が、師匠の言っていた太陽か。

狭くジメジメとしていたダンジョンとは違い、広大な大地が広がっていてどこに行けばいいのか、皆目見当もつかない。

ダンジョンを出てから行先も進む方向も分からず、しばらくふらふらと歩く。

すると、目の前に人間の少年が倒れているのが見えた。

師匠と別れてから久しぶりの人間。

人間は変わらずとして嫌いだが、師匠の情報を知っているかもしれない。

ただそれだけの理由で近づいてみることにした。

少年はスケルトンである俺が近づいたのにもかかわらず、一切動かない。

体はボロボロで、ありとあらゆるところが傷だらけだ。

この傷じゃ、もしかしたら死んでいるかもしれないな。

せっかく話を聞けるチャンスだったのに……残念だ。

俺は仕方なくその場から立ち去ろうとすると、その瞬間、少年の手がピクリと動いたのが見えた。

動いていたし、これはもしかしたらまだ生きているのかもしれない。

そう思ってもう一度近づくと、少年が小さな声でなにかを呟いているのが聞こえた。

「た…………すけ……て……」

小さく消え入りそうな声だったが、確かに助けてと言う声が聞こえた。

師匠ならば回復させる術を持っているが、俺は持っていない。

俺がどうしようかと迷っていると、師匠が去り際に残していった、奇妙な水晶玉が光り輝く。

俺がその光り輝く水晶をじっと見ていると、その水晶は更にひとりでに宙へと浮かび始めた。

宙に浮かんだ水晶になにが起こるのかを見ていると、光り輝く水晶は少年の体へとゆっくりと向かっていく。

そのまま瀕死の少年の真上で止まると、少年の体へと落ちていった。

少年の体に水晶が入り込んでいき、水晶が少年の体に全て入ったと同時に俺の意識が飛んだ。


目が覚めると、見知らぬ天井。

それと同時に頭が酷く締め付けられる。

余りにも酷いその締め付けに寝転びながらも頭を押さえ、そこでようやく違和感に気がついた。

俺の頭に師匠と同じような毛がある。

それに腕にも肉がついていて、そう、まるで人間のようだ。

体を起こそうと全身に力を入れようとしたら体がビキッと鳴り、力が入らず体が起こせない。

なんだこの感覚は。

初めて起こるその感覚に負けじと体を動かそうとするが、やはり上手くいかない。

しばらく藻掻《もが》いていると部屋に誰かが入ってきた。

見知らぬ人間だ。

警戒して立ち上がろうとするが、やはりこの状況でも力が入らなかった。

「ジャック！　目が覚めたのね!!　本当によかったたっ！」

そう言うと、その人間は俺に抱き着いてきた。

その瞬間に、全身がビキビキと響き始め、その衝撃の鬱陶《うっとう》しさから、この人間を突き飛ばそうとしたとき、頭が破裂するかと思うほどの衝撃が走る。

「うぐっ、うぐぐあああああああ！」

俺が突然藻掻き始めたからか、人間は俺から離れて心配した様子でこちらを見ている。

くっそ。なんだこれ。

脳に膨大な量の〝知識〟がなだれ込んでくる。

これは誰かの〝記憶〟か？　次々と流れてくる、何者かの人生の知識。


この記憶の少年の名前はジャック。

小さな村に住んでいる8歳の少年。

優しい両親に可愛い妹の4人家族の長男として生まれ、家の手伝いがちょっと大変だが何不自由なく暮らしていた。

そして彼の記憶で次に強烈な印象を抱いたのは、隣の家に住む同い年のセリア。

可愛らしい笑顔と綺麗な金髪の少女だが、その見た目とは裏腹にお転婆《てんば》でちょっとした問題児。

ジャックはいつもセリアに振り回されていたようだが、そんな日々も楽しかったようで、ふわふわした変な感情が俺の中で溢れている。

セリアの両親からも良くしてもらっていて、息子のように可愛がってもらっていたようだ。

そこから更に記憶の中の時が過ぎて行き、ジャックはセリアに山の向こうに美味しい木の実が生《な》っているから行こうと誘われたのでついていった。

そこからは不運と言うべきか必然と言うべきか。

山に登っている道中に小型モンスター、コボルトの群れに遭遇してしまい、セリアを逃がすため囮《おとり》を務めたジャックがコボルトに襲われて、瀕死《ひんし》となり、ジャックは倒れた。


そしてこの少年の最後の記憶は、〝俺〟。

そう、スケルトンに覗かれているところで終わっていた。

ようやく頭が破裂しそうなほどの衝撃が治まり、落ち着いてきた。

ぐるんぐるんと脳内を様々な知識が渦巻き、流れ込んできた記憶も俺の中で定着しつつある。

「ジャック、どうしたの？　大丈夫？」

心配そうに俺を見ている人間。

この人間はこの体の持ち主であるジャックの母親だ。

「ああ、大丈夫だ」

「ちょ、ちょっと、お医者様呼んでくるね！」

俺がそう言うと、慌てて部屋から飛び出していったジャックの母親。

それと入れ変わるように部屋に入ってきたのは、先ほどの人間の面影がある少女。

記憶によればジャックの妹のようだ。

ジャックの妹は、ニコニコとしながら俺の近くへと寄ってきている。

「おにいちゃん、おきたの？」

ニコニコしながら小首を傾《かし》げているジャックの妹。

「ああ」

「うーん？　からだ、まだいたい？」

痛い？　痛い……。

記憶の中のジャックがよく痛がっていたのを、思い出す。

このビキビキとした衝撃が、痛みなのか？

確か、俺が師匠に傷を負わせたときは痛がっていた。

そうか。これが痛みなのか……。

師匠と同じ〝痛み〟を味わえていると思うと嬉しくなる。

味わってみると想像よりも不快なものだったが、嬉しい。

俺は更なる〝痛み〟を味わってみたくなり、指を摑み反対方向へ思い切り折り曲げた。

「うぐっ！　うぐあああがあああ」

曲げたと同時に先ほどの頭の痛さ程ではないが、鈍《にぶ》い痛みが指先に走った。

不快感が強く、イライラするが嬉しい。

「うん。指が……痛いな」

「お、おにいちゃんがこわれちゃったああああ!!」

俺のそんな姿を見ていたジャックの妹が泣き始めた。

泣く姿を見て、心がざわつくが面倒くさいので放置をすると、知らない人間を連れて戻ってきたジャックの母親が、部屋の状況をみてなぜか卒倒しそうになっていた。


「これで大丈夫ですか？」

「ああ、痛みは軽くなった」

ジャックの記憶にすらない人間が、俺が折った指を治療してくれた。

まだ多少じんじんと痛むが、大分痛みは軽くなった。

「あ、あの、ジャックは大丈夫なのでしょうか？」

「ええ、指も治療いたしましたし、あとは安静にしていれば大丈夫ですよ」

「い、いえそっちではなくて、怪我する前とまるで別人のようなのですが」

ジャックの母さんが、医者と呼ばれていた人間にそう尋ねた。

なにが起こったのかは分からないが、実際に中身が入れ替わっているからな。

「それは頭に強い衝撃を受けて、記憶に影響を及ぼしているのでしょう。記憶がなくなってしまうってことも聞いたことがありますし」

「そ、そうなんですね」

「ええ。しばらくすれば混乱状態が治るかもしれませんし、この子はジャック君で間違いないのですから、温かく見守ってあげてください」

「わかりました。今日はありがとうございました」

ジャックの母親が、家の外まで医者を見送った。

さて、これからどうするか。痛みでまともに動けないが、スケルトン《元》の体が心配だ。師匠と同じ人間になれ、痛みを味わえて嬉しかったが、この体で人間と一緒に暮らしていくのなんてごめんだ。

さっさと元の体に戻って、師匠を探しにいきたい。

「ジャック。なにかあったらいつでも言ってね？」

玄関から戻ってきたジャックの母親が、そう言っておれの肩にポンッと触れた。

正直、ジャックには悪いがこの家にお世話になる気はない。

冷たくあしらうか。

「大丈夫って言ったはずだが」

俺がジャックの母親に冷たく言い放つと、ジャックの母親は酷く落ち込んだ様子を見せて、無言で部屋から出て行った。

ジャックの記憶もあるしジャックの母親が悪い人ではないのは知っているが、俺がジャックのような態度を取り、心残りを作る方が非情だからな。

そもそも、ジャックのような態度を取れないってのもあるが。

しばらくベッドの上で横になっているとまた誰かが部屋に入ってきたようだ。

いい加減、鬱陶しいな。

睨むように部屋に入ってきた人間を見ると、そこにいたのはジャックの母親と、その後ろに隠れているのはジャックの幼馴染のセリアだ。

セリアを見た途端に、胸のあたりがなんだかふわふわとした感じがする。

初めて会うのだから記憶が残っているとは言え、変な感じになるというのはおかしなことなんだがな。

俺がそんなことを考えていると、ジャックの母親が話を始めた。

「ジャック。セリアちゃんが来てくれたよ。ジャックを運んできてくれたのはセリアちゃんだからしっかりお礼を言って」

「……ジャック、ごめんね。私のせいで危険な目に遭《あ》わせちゃった」

今にも泣きそうな表情で俯《うつむ》きながら俺に謝るセリア。

謝られたが、ジャック自身は特にセリアに対して悪い感情は抱いていなかったはず。

俺は実質セリアのせいで、体が入れ替わるという実害を受けているのだけどな。

ただその害があると言うものの、セリアは意図していないことだし、特段セリアに対して俺も悪い感情というものは持っていない。

ジャックのセリアに対しての大切な人と言う記憶が、強く残っているせいだろう。

「気にしなくていい」

気分に流され、俺はそうセリアに声をかけてしまった。

そうすると、俺の言葉を聞いたセリアはジャックの母親の背中から顔だけ出して、ニコリと笑った。

返事に困って俺も言葉が出ないため笑い返そうと考えたのだが、どうやって笑えばいいのか分からない。

とりあえず顔の表情を自分なりに笑顔っぽくしてみる。

「ははは っ！　ジャックなんで変な顔してるの！」

俺の顔を見て指さして笑うセリア。

どうやら笑顔にはなってなかったみたいだ。

意外と表情を変えるのも難しいな。

「それじゃセリアちゃん戻ろうか。ジャックはまだ病み上がりだから」

「えー。……じゃあジャックまたね！　怪我治ったら遊ぼう」

「ああ。いつか、な」

俺は部屋から出ていくセリアを見送った。

そう伝えたが、セリアと会うことはもうないだろう。

俺は早くスケルトンの体に戻りたいから仕方がない。

戻ったタイミングで、ジャックの意識がこの体に戻ればいいんだけどな。

その後は、特に誰の来訪もなく静かに時が過ぎていった。

ベッドに横たわっていると徐々に瞼《まぶた》が重くなってくるが、俺はその瞼を閉じたくなる衝動を抑えて時間が過ぎるのをじっと待った。


そしてその日の夜。

暗くなってから、俺は家を抜け出すことにした。

スケルトンの体のある場所へ戻るためだ。

俺が元に戻れるかは分からないが、とりあえず試してみないと話にならない。

入れ替わった位置は正確には分からないが、ジャックの記憶が途切れ途切れではあるが残っている。

寝静まった家をこっそりと抜け出したあと、かすかな記憶を頼りにコボルトに襲われた辺りに着いた。

ここでボコボコにやられ、必死に逃げていたため位置は正確ではないが、なんとか記憶を思い出してジャックが倒れた地点を探す。

しばらく裏山を歩いていると、見覚えのある場所に出た。

これはスケルトンだったときの記憶だ。

と言うことは、ここは廃ダンジョンの付近ってことだろう。

ここからならば、ジャックが倒れていた場所を覚えている。

ジャックを見つけた場所まで歩いていくと――

「あった」

俺が倒れていたところに白い骨が横たわっていた。

一見ただの骨だが、俺には分かる。これは俺の体だ。

どうにか元に戻れないか、俺の体をひたすらに触りまくるが、俺の体はうんともすんとも言わない。

駄目だな。なんの反応も示さないな。

もしかしたら師匠のあの水晶があれば、元に戻れるかもしれない。

そう思い立ち、付近を懸命に探すが水晶は見当たらない。

確か、ジャックの体にめり込んでいったもんな。

あの水晶と同じものがなければ戻れないのか？

思いついたその一つの仮説に絶望するが、俺は諦めない。

５００年間、【時空斬】の習得を諦めなかったんだからな。

こんなことで諦めるわけはない。

ひとまず、この俺の体を廃ダンジョンに隠しておこうと思い立ち、俺の体に差してあった師匠の剣を拾い、背中に身に着けてから抜け殻となった骨を運ぶ。

この体の怪我が完治していないのと単純に力がないのとで、運び出すのにかなりの時間を要した。


大分時間が掛かってしまったが、俺の体を廃ダンジョン内に運び入れることができた。

これで体については大丈夫だろう。さて、ここからどうするか。

本来ならば、村に戻ってジャックのふりをし、ジャックの家族の世話になるのがいいのだろうが、正直俺がジャックではないと言うボロが出る気がしてならない。

バレるまで世話になるのもありと言えばありだが……。

人間として過ごすのも面倒くさいからな。

この貧弱な体では厳しいものがありそうだが、このままどこかへ行こうと思う。

剣の技術と経験はあるし大丈夫だろう。

向かうは村と反対方向。行先も大まかに決めたところで俺は歩き始める。

村には戻らない。そう決めて歩きだしたのだが、体が拒否している感覚に陥る。

俺ではないジャックの意思のようなものかもしれない。

だが、体を押し付けたのはジャックだからな。

俺はその拒絶反応のようなものを無視して歩き続ける。


しばらく道なき道を進んでいくと、俺は視線の先に気配を感じた。

姿を隠してそっと近づくと、見えたのは背丈は今の俺よりも少し小さい人型の犬のような魔物。

そう、コボルトがいるのを見つけた。

俺が憑依《ひょうい》する前のジャックを瀕死に追い込んだ魔物だ。

1匹でキョロキョロとしながら、なにかを探している様子。

俺がこの体になってしまったのもコボルトが影響していると思うと、無性に腹がたってくる。

実際に俺がやられた訳ではないから、完全な八つ当たりだが力試しも兼ねて殺させてもらうか。

コボルトは修業をする前の俺よりも弱かった魔物だし、剣術を身に付けた今、体がジャックになっていたとしても負ける道理はないはず。

俺は背中に差してある師匠の剣を抜き、構える。

師匠の剣が、予想以上にズシリと重く感じていることに驚く。

今になってこの剣を振れるのか心配になるが、不意をついて一撃を浴びせられれば大丈夫なはずだ。

俺は未だに1匹でキョロキョロとしているコボルトの背後へと回りこみ、無防備な後ろから襲い掛かる。

コボルトも襲い掛かった俺に気づいたようだが、もう遅い。

俺は剣を振り上げて――。うっそだろ？

剣を振り上げようとしたのだが、腕の力だけでは持ち上がらなかった。

腰と膝を使ってなんとか剣を上へと持ち上げたのだが、時間が掛かりすぎてしまい、不意をついたはずなのにコボルトの攻撃が先に飛んできた。

両手を上にあげて剣を握っているため、ほぼ無防備の体にコボルトの突進を受ける。

剣の重さのせいで避けることすらできなかった。

くっそ。

お腹に攻撃が当たったことで息苦しさに加えて、痛みも感じている。

先ほどまで痛みは嬉しい感情だったが、二度目となると不快なだけで反応が鈍って動きづらい。

これ以上の攻撃を食らって体の痛みが増すと、動けなくなりジャックの二の舞になりかねない。

この体では使えないであろう師匠の剣を背中へとしまって、足元に落ちていた木の棒を拾う。

「キッ？　キッキィー！」

剣から木の棒に武器が変わったことで、コボルトは歓喜のような声を上げた。

俺としても師匠の剣を振るうことができる前提でコボルトに勝負をしかけたからな。

これは……ちょっとまずいかもしれない。

ただ、振るうことのできない師匠の剣よりかは振れる木の棒の方が、まだ戦える。

こうして武器を持ち変えての第二回戦が始まる。

コボルトの様子を窺《うかが》いながら、木の棒を構える。

狙いは相手の動きを利用したカウンター。

ただでさえ俺の力がない上に、斬ることのできない木の棒だからな。

上手く攻撃をしないと、ダメージを与えることすらできない。

それでも、しっかりと武器として振れるならば、スケルトンだった時の技術は生かせるはずだ。

なにも考えずに突っ込んでくるコボルトの頭を小気味よく叩きながら、カウンターを狙えるチャンスをじっと待つ。

しばらく防御に徹して様子を窺っていると、じれったくなったのかコボルトが動き出した。

俺から離れて、助走をつけ出す。

8割方、突進攻撃だろう。これに上手く合わせて顔面に一撃入れてやる。

木の棒を構えて、タイミングを合わせることに注力する。

気をつけなければいけないのは、振るタイミング。

スケルトンだったときと同じ感覚で振ってしまうと大分遅れるからな。

気持ち少し早めに振るのが大事だ。

頭を叩きながら、この体での振れる速度は測っていたつもり。

俺の考えがまとまったと同時に、コボルトも突進を開始した。

俺は上体を前かがみにしながらも、重心を後ろに残して木の棒を振りかぶる。

コボルトが射程圏内に入ったと同時に、後ろに残した重心を使い、素早く後ろに下がってから突っ込んでくるコボルトの顔面に木の棒を叩き込んだ。

コボルト自身が勢いをつけた突進と、俺の木の棒での攻撃とが合わさり、コボルトは地面に数回叩きつけられて転がったあと、ピクリとも動かなくなった。

良かった。なんとか勝てたようだ。

感覚に肉体が追いついておらず、感覚を合わせるのに苦労したが、ダンジョンでひたすらに培ってきた技術は無駄にはなっていない。

今の一戦で疲労した体を休ませるため地面へ座ろうとしたとき、後ろの生い茂った草からガサガサと音が鳴った。

嫌な予感がし、先ほどの木の棒を構えたまま、警戒をする。

音が鳴った草から飛び出てきたのはコボルト。

先ほど倒した奴の仲間だろうか。

二連戦はキツいが、先ほどと同じように戦えば大丈夫だろう。

そう思い立ち、俺は戦闘態勢を整える。

しばらくコボルト相手に構えていたのだが、コボルトは襲ってこない。

一定の距離を保ちながら、口角を上げて笑っているようにすら見える。

そのコボルトの行動に嫌な予感を覚えた俺は、周囲に注意を向けた。

すると、先ほどコボルトが飛び出した草むらの奥から、更にガサガサと言った音が聞こえる。

なるほど。こいつは仲間が来るのを待っていたのだろう。

これは不味いかもしれない。

一対一なら勝てる相手だが、多対一はこの体、この木の棒では絶対に勝てない。

俺は援軍が来る前に逃亡を開始する。

俺が逃げたと分かるや否や俺と対峙していたコボルトが、鳴き声を上げた。

その後、俺を追いかけてきていやがる。

はぁー。はぁー。

コボルトから逃げるため、コボルトに背後を見せて全力で走っているのだが、距離が段々と縮められているのが分かる。

理由は簡単だ。

ジャックの体が軟弱《なんじゃく》なのと、俺がまだ人間の体の構造を理解していないからだ。

最初に全力で飛ばしすぎたせいで、息も絶え絶《たただ》え。

あと少しで俺の意思とは裏腹に、体の限界を迎えるだろう。

こんなところで終わるのか。

せっかく極めた剣の道の集大成を師匠に見せる前に、最弱の魔物に殺されるなんて。

絶対に嫌だ。その気概だけで全力で逃げるが、唐突に背中に衝撃が走り、俺は地面を転がる。

倒れた状態で後ろを振り返ると、コボルトが俺を囲むように立っている。

いつの間にかにコボルト達は合流していたようで、5匹となっていた。

5匹は無理だ。直感でそう感じたが、絶対に諦めてたまるか。

俺は先ほどの木の棒を構えて、コボルトの攻撃を待つが、前後左右からの攻撃にこのジャックの体が反応できるはずもなく、ボコボコに叩きのめされる。

技術だけならば圧倒的に俺の方が上なのに、この技術を使いこなせていないのもあるが、数と単純な力だけで押されている。

先ほど自分で折った指のように、体の至る所の骨が折れた感触がする。

体もダメージの大きさのせいで動かせなくなっていて、一方的にコボルトの攻撃を食らうだけ。

さすがの俺も死を覚悟する。

ダンジョンを出て、大事な一歩目で躓《つまず》き、あっけなく終わるのか。

師匠にあの世で会ったら笑われるだろうな。そんなことを考えながら、遠くなっていく意識に身を任せていると、絶え間なく続いていたコボルトたちの攻撃が急に止まった気がした。

死に際で感覚だけが鋭くなったのか、一時はそう思ったのだが目をしっかりと開けて周囲を見てみると、そこにいたのはコボルトを叩き斬っているジャックの父親。

そして、ジャックの母親も剣を構えていた。

なんでここにいるのかは分からない。だけど、どうやら俺は救われたらしい。

「ジャック！　もう大丈夫だからな！」

「ジャックは私が守るからっ！」

ジャックの父親の温かく逞しいその声と、ジャックの母親の力強く優しい声音に、ほとんど知らない2人なのだが頼もしさを感じた。

俺の感じた頼もしさは当たったようで、俺を囲って襲っていたコボルト達はジャックの父親の手によってあっけなく倒された。

ジャックの父親が周囲を確認して、もうコボルトがいないことが分かると、凄い勢いで俺の傍《そば》まで駆け寄って俺を力強く抱きしめてきた。

後ろから走ってきたジャックの母親もそれに続く。

「本当に本当に心配したんだぞ！　無事で本当に良かった」

「もう二度と心配させないで!!　……本当にまたジャックと会えてよかった」

死を覚悟したが、なんとか助かったようだ。

この体の弱さを俺は甘く見ていた。

村に戻るつもりはなかったが、こうして助けにきてくれたと言うことは、戻れるチャンスでもあると言うこと。

体を鍛えて、独り立ちできるまでは村にいて世話になるべきだな。

俺を抱きながら泣いている2人を見て、俺は冷静に打算的なことを考えていた。

せっかく極めた剣をこの貧弱な体で終わらせたくない。

もう一度、スケルトンだった時の強さを取り戻し、師匠……師匠の墓前だったとしても極めた一撃を見せたい。

そんな思いを秘めながら俺は、そのままジャックの父親におぶられ、家まで運ばれる。

家に着き、先ほどと同じようにベッドに横になると、ずっと落ちないように耐えていた瞼《まぶた》が自然と落ちた。

第１章　人間としての生活

目が覚めると、腰の辺りに不快な感じがする。

布団をめくり上げてその不快な場所を確認すると、水浸しになっていた。

どうやら寝ている間に排泄《はいせつ》をしてしまっていたようだ。

人間と言うのは排泄をしないといけないようで、スケルトンだった俺は慣れていない。

空腹も感じているし、本当に不便なものだな。

それに、体から異臭も放たれている。

どれもスケルトンだったときはなかったのに。

そんなことを思っていると、部屋にジャックの母親が入ってきた。

「ジャック、目が覚めたのね――っあ！　お漏《も》らししちゃったの？」

俺の腰の辺りが濡れていることに気が付いたジャックの母親は、大きな声を上げて驚いた。

なんでそんなに驚いているのか分からないが、記憶を思い出すとどうやらお漏らしは恥ずかしいことのようで、ジャックはお漏らしした時、隠してよくバレていたみたいだ。

「気が付いたらびしょびしょになっていた」

「ずっと寝ていたからしょうがないか！　お布団干すからベッドから降りてね」

ジャックの母親の指示に従い、ベッドから降りる。

新しくコボルトにやられた箇所が治ってなく、痛みで上手く体が動かせない。

それに気が付いた母親が、俺をおぶって部屋から連れ出してくれた。

「ごめんね、傷痛かったでしょ。この間のお医者さん呼んだのでお金なくなっちゃったから、今回は自然に治るのを待つことになっちゃうと思うけど我慢してね」

そう言ったジャックの母親は俺を居間の床に降ろすと、お漏らしした布団を持って外に干しに行った。

戻ってきたジャックの母親の腕には違う布団が持たれている。

「これ、代わりのお布団ね！　それとトイレに1人で行けないようだったら連れて行くから呼んでね！」

「分かった」

そう言って布団を敷き直したあと、俺のところへ来て着替えさせてからまた布団の上へと戻した。

傷の具合が酷く、自分の意思では動けない程だがここまで介抱してもらえるなら大丈夫そうだ。

慣れない感覚が多すぎて頭がパンクしそうになるが、トイレには気をつけよう。

びしょびしょになる感覚は痛みよりも不快だったからな。

「それじゃ、なにかあったら言ってね」

「……いきなりいいか？　お腹が空いてしまった」

ジャックの母親に、俺がずっと我慢していた空腹を伝えると、慌てた様子で部屋の扉に手をかけた。

「そうよね！　ごめんね、ご飯すぐ持ってくるから！」

ジャックの体に入ってから俺はなにも口にしていない。

ある程度は我慢できると思ったが、流石に限界を迎えていた。

慌てて出て行ったジャックの母親は戻ってくると、その手には湯気の立ったなにかがある。

「消化しやすいようにお粥《かゆ》にしたわ。ちょっと味気ないかもしれないけど我慢してね」

そう言って渡されたお椀からは、凄く良い匂いがする。

早く食べたいがために、お椀と一緒にあったスプーンを衝動的に手に取るが、どうも上手く持てない。

剣を持つように握っているのだが、摑む部分が短くしっくりこないのだ。

だが、しっくりくる握り方を模索する余裕がないほど、目の前の粥なるものを我慢できない。

俺はとにかく上手く握れていないスプーンを使って必死に粥を口に入れていく。

なんだこれ。めちゃくちゃに口の中がヒリヒリとする。

「そんなに急いで食べないの。熱いでしょ？　口の中火傷しちゃうわよ」

熱い……これが熱さなのか。熱さでヒリヒリしているし、口の中からボロボロと粥が零れているが口へと運ぶ手が止まらない。

美味しい。本当に美味しい。

スケルトンだった時も含めて、これまで生きてきた中で一番感動したと言ってもいい程に心に感じるものがある。

「ジャック、泣いちゃってどうしたの？　そんなにお腹空いていたの？　慌てなくても誰も取らないからゆっくりと食べなさい」

そう言っているジャックの母親の言葉を無視して、俺は残りの粥を全部口に入れた。

美味しすぎた。お腹と共に心も満たされていく感覚がある。

お椀に残った汁も綺麗に舐めとるがまだ物足らない。

「まだ足らない？　お代わり持ってくるわね」

俺が残念そうに空っぽのお椀を見ていたのに気が付いたジャックの母親は、そんな素晴らしい提案をしてきた。

「いいのか？　まだ食べたい」

俺が前のめりにそう伝えてからお椀を渡すと、ニコリと笑ってからまた粥を取りに戻った。

食事と言うものがここまで良いものだったとは思わなかった。

想定外の感動にしばらく余韻に浸っていると、粥を持ってきたジャックの母親が戻ってきた。

「はい。お代わり持ってきたよ」

俺は渡された瞬間に、すぐさま口の中に運ぶ。

先ほど初めて食べたときほどの感動はなかったものの、やはり美味しいことは変わりない。

お代わりで渡された粥もすぐに食べ終わると、空腹は完全に満たされた。

「もうご飯は大丈夫？」

「ああ、もう満足できた」

「それじゃ、着替えよっか？」

急にそんなことを言い出したジャックの母親。

さっきも着替えたのになと、疑問に思っていると俺の考えていることが伝わったのか、補足をしてくれた。

「ほら、さっきの粥を食べたときに服にたくさん零しちゃったでしょ？　だからもう一度着替えましょう」

「……分かった」

粥を零したくらいで一々服を着替えることに納得はいかなかったが、指示に従う。

居候の身だからな。言うことくらいは聞こうと思う。

服を着替えてからまた布団に寝転ぶと満腹感、満足感からか酷い眠気が襲ってくる。

自分の意識がない状態と言うのは非常に怖いもので、なるべく寝たくはないのだがこの睡眠欲には勝てる気がしない。

この睡眠とも、いずれは上手く付き合っていかなくてはいけなくなるのだろうな。

そんなことを考えながら俺は我慢することをやめると、すぐに意識が飛んだ。


それから7日が経過した。

医者による回復魔法は入れては貰えなかったものの、薬はしっかりと飲んでいたためか体を動かせるくらいには回復できた。

この体での生活は未だになれていなくて、睡眠も依然と怖いままで限界まで起きてしまい、その結果毎回のようにおねしょをしてしまった。

毎度のように布団を変えてては干す作業を強いていることに、若干の申し訳なさを感じているのだが、これはかりは慣れるまでどうしようもできそうにない。

本当に睡眠と排泄は俺の天敵である。

それに引き替え食事は非常にいいものだ。

粥だけでも衝撃的だったのだが、粥は味が薄いものと言う言葉は本当だったようで、普通のご飯を食べたときに俺は本気で気絶しかけてしまった。

師匠はダンジョンにいた頃、1粒で様々な栄養が取れるという緑のちいさな豆だけで食事を終わらせていたのだが、人間の食事というものの素晴らしさを知ってからは、それだけで済ませていた師匠に恐怖すら感じる。

今の生きがいは食事と断言できるほど、素晴らしいものだ。

食事だけで、もうスケルトンの体に戻りたくないと思ってしまっているほどに、食に魅了されてしまっている。

ただ、スケルトンの体に戻るにせよ戻らないにせよ、ずっとこの家にお世話になるつもりはないため、早く体を鍛えて師匠の剣で基礎の剣術を扱えるようにはしたい。

今日から早速体を鍛えようと、ベッドから降りて体を軽く動かしていると部屋の扉が開いた。

「ジャック！　もう体を動かして大丈夫なの？」

「ああ、大丈夫だよ〝母さん〟。痛みは大分引いている」

入ってきたのは母さんだった。

ちなみにジャックの母親をどう呼ぶかに困ったため、悩んだ末に〝母さん〟と呼ぶことに決めた。

ジャックの父親は父さん。ジャックの妹は名前でミアと呼んでいる。

ミアからは初日の指折りのせいで避けられているようで、遠くからこちらを見てくることはあっても、俺に近づいてくることがなくなった。

ジャックの記憶の中のミアはいつもジャックにべったりだったから、酷い変わりようだ。

「そうなの！　それは良かったわ」

「だから、軽い運動がてらに今から村を散歩してこようと思っている。記憶を思い出すきっかけになるかもしれないし」

俺がそう言うと、母さんは眉間《みけん》にしわを寄せて厳しい表情になった。

「駄目よ。まだ病み上がりなんだから大人しくしてて」

「大丈夫だ。本当に軽く村を回るだけだから」

「……それならセリアちゃんと一緒にならいいわ。どこかに行かないように見張ってもらうからね」

どうやら母さんは俺が家を抜け出して、村から逃げたことを警戒しているようだ。

あの一件で俺は今の自分の力のなさを思い知ったから、もう逃げるなんて真似はしないのにな。

ただ俺がそんなことを言ったところで、信じてなんて貰えないだろうな。

「分かった。セリアと回ってくる」

「それならいいわ。セリアちゃん呼んでくるから待っててね。いなかったら今日はお預けよ」

そう言って家から出ていった母さん。

セリアの家はジャックの家から目と鼻の先にある。

多分3分もしないうちに戻ってくるだろう。

…………ほらっもう戻ってきた。

家の扉が開いた音が聞こえ、中を歩く足音が二つ聞こえる。

足音が近づいてきて、俺の部屋の扉が勢いよく開くと、中に入ってきたセリアが勢いよく俺に飛びついてきた。

「ジャック、もう遊べるんだって？」

「まだ完治してないから、飛びついてくるな」

セリアを無理やり引きはがすと、頬を膨らませてぶーたれている。

ジャックの記憶の中のセリアもお転婆だったが、実物もやはりお転婆なようだ。

初めて会ったときはシュンとしていたのに。

「ねぇねぇ！　早く遊びに行こう！」

「まだ遊べはしない。散歩しかできないからな」

「うん！　それでいいから早く！」

絶対に分かっていない顔をしているセリア。

これは、セリアを連れて行くことを選んだのは失敗だったかもしれないな。

若干後悔しながらも、外に出る準備を整える。

「それじゃセリアちゃん。ジャックが逃げ出さないように見張っててくれる？」

「うん！　任せて！」

そんな二人の会話を余所《よそ》に俺は家から出ると、少し遅れてセリアもついてきた。

俺を追い越すと1回転しだし、大分はしゃいでいるのが分かる。

「ジャックどこ行く？　広場？」

「牧場」

「えーなんで牧場？　広場のが遊べるよ？」

「だから俺は遊べないんだって。牧場でうまい物を食べたいんだ」

「えー。やだやだ！　先に広場じゃないと付いて行ってあげない！」

セリアが付いてこないと、母さんに何か言われるかもしれない。

「くそ。行くのは広場だけだぞ。それが終わったら牧場だからな」

「本当に？　わーいっ！」

ふくれっ面だったのに俺がそう言うと、笑顔を見せたセリア。

単純と言うかなんと言うか。渋々ながらも、どんどんと進んでいくセリアの後をついて行く。


村の広場に着くと、セリアが足を止めた。

ここが広場か。広場には様々な人が集まっていて賑わっている様子。

露店なんかも出ていて、美味しそうな肉の香りも漂っている。

大きくない村だと思っていたけどパッとみる限り、老人に子供にと結構な人がいるな。

「ジャック！　私ここでいつも剣の練習をしてるんだ」

そう言うセリアが指さしたのは、広場の真ん中にある大きな木。

そのまま大きな木まで走っていくと、その木に登り始めたセリア。

急にどうしたのかと、その様子を遠くから見ているとなにやら木剣のような木の棒を取って、木から降りてきたセリア。

「見て見て！　これでいつも剣術の練習をしてるの」

そう言うと、えいっえいっと可愛らしい声を出しながら木の棒を振り始めたセリア。

その可愛らしい掛け声とは裏腹に、その木の棒の振りは鋭い。

もしかしたら今の俺よりも強いのではと思うほどには振りが鋭いぞ。

「ジャック！　見ててね！　そりゃっ、えい！」

一連のコンビネーションのような振りを見せたあと、ドヤ顔で俺を見ているセリア。

「剣の才能があるんじゃないか？」

「そうでしょ！　よくここでトーマスやティムと剣士ごっこするんだけど、私が一番強いんだ！」

俺が褒《ほ》めると、胸を張りながらそう言ったセリア。

トーマスにティムはジャックの二つ年上の村の子供だな。

ジャックをよくいじってきていたようで、ジャックの記憶ではいい思い出がない奴らだ。

2人を思い出そうとすると、セリアや家族のときを思うふわふわとした感情ではなく、ムカムカとしてくる。

「そうなのか。セリアは将来剣士になりたいのか？」

「分からない！　でもジャックを守れるように強くなりたい」

何気なく聞いた俺の質問に、真剣なまなざしでそう答えたセリア。

俺を守るためか。

セリアが言っているのは、俺ではない前のジャックがボコボコにされたときのことだろう。

子供ながらもずっと責任は感じていたようだ。

「いつもその木の棒で特訓しているのか？」

「木の棒じゃないよ！　剣だよ剣っ！」

「……その木剣で特訓しているのか？」

「うん！　そうだよ。これをいつも使ってるんだ」

「いつも使っているのになんで木の上に置いていたんだ？」

「誰かに取られないために！　本当は家に置いておきたいんだけどママが怒るから仕方なく木の上に置いてるの。次、家に持ってきたら燃やすって言うんだもん！」

頬《ほお》を膨《ふく》らませて文句を垂れているセリア。

セリアの母親はセリアに剣を持って欲しくないのだろう。

ジャックの記憶では、セリアがお転婆なことに対して、よく頭を抱えていたのが印象的だったし。

「そうなんだな。なら、今度俺とも手合わせしてくれ」

「ジャックも剣士ごっこやるの!?　いつもは嫌がってたのに!!」

セリアはこの体を鍛えるためのいい練習相手になると思う。

相手がいるのといないのとでは練度も変わってくるしな。

どうやら、俺の前のジャックはセリアに負けるのを嫌って断っていたようだが。

「……まあな。この間のコボルトに負けたことで鍛えないといけないと思ったんだよ」

「そっか、ジャックも思ったんだね。よしっ！　それじゃ早速剣士ごっこやろう！」

「今はやらないよ。怪我が完全に治ってからだ」

痛みは我慢できるほどなのだが、思い切り動かそうとすると無意識に体を庇《かば》ってしまう。そのせいで変な癖がついたら嫌なので、しっかりと完治するまでは安静にすると決めた。

「えー。1戦だけでもやろうよ」

「駄目だ。それよりもう広場はいいか？　俺は牧場へ行きたい」

「ぶー。じゃあ完治したら剣士ごっこやろうね」

セリアとそんな約束をしたあと、俺とセリアは広場から牧場へと向かった。


「色々と付き合わせて悪かったな。助かった」

「ううん！　今日は久しぶりにジャックと遊べて楽しかった！」

牧場から家へと着いたところで、セリアとは別れた。

牧場ではチーズや牛乳を分けてもらい、俺は非常に満足できた。

それとセリアを連れて行くのは面倒くさいと思っていたが、なんだかんだ面白かったな。

牛乳やチーズを食べられたのも、真っ先に牧場主のところへ行ってくれたセリアのお陰だし。

俺が満足気に家の扉を開けると、目があったのはミア。

ずっと避けられていたせいか、なんて声をかけたらいいのか分からないんだよな。

向こうも俺に話しかけることはなく無言の状態が続く。

「母さんはいるか？」

痺れを切らした俺がそう聞くとミアは無言のまま立ち尽くしたあと、とっとっとと俺の方へ駆け寄ってきた。

急に近寄られたため、身構えるが攻撃をしてくる気配はないようだ。

「ねえ、おにいちゃんはだれ？」

質問には返答せず、俺にそう聞いてきたミア。

俺がジャックではないことに気が付いているのか？

母さんは、ミアに怪我のせいで記憶がおかしくなっていると説明していたはずだが、理解ができていないのかもしれない。

「俺はジャックだ」

「うそだ！　だっておにいちゃんはそんなしゃべりかたじゃなかったもん!!」

「じゃあミアは俺を誰だと思っているんだ？」

「えっ……？　えーと、うーんとね……おにいちゃん！」

散々、険《けわ》しい顔で悩んだ挙句にニコニコ笑顔でそう答えたミア。

もはやなんの会話をしているのか分からなくなる。

「そうだろ？　俺はミアのお兄ちゃんだ」

「そっかぁ……。おにいちゃんはおにいちゃんだったんだね！」

1人納得した様子のミア。

よく分からないがなんとか誤魔化せたようだ。

「それでミア。母さんはどこにいるんだ？」

「おとうさんのとこにいくっていってた！　ねえ、おにいちゃんがおにいちゃんならあそぼうよ！」

「体が痛いから駄目だ」

「えー、セリアとあそびにいったんでしょー。ミアともあそんでよっ！」

「母さんが帰ってきてから遊んでもらえ」

俺がジャックであると認識させたまでは良かったが、べったりされるのは嫌だな。

だが、もうミアの中では俺がジャックだと完全に認識されたのか、俺の足元から離れようとしない。

そして足元に近づいているから気が付いたが、ミアからは変な匂いがする。

土の匂いとつーんとする匂い。

「なんかミア、変な匂いがするな」

「えっ!?　ミアくさい？」

両目を大きく開けて驚き、聞き返してくる。

その後、自分で自分の体を嗅いでいるがよく分からないようだ。

「なんか土の匂いがする」

「それははたけのおてつだいをしたからだよ！」

よく見れば至るところが泥だらけで、髪の毛も額にぺったりとひっついている。

畑で手伝う……ジャックの記憶を辿ってみると、どうやらミアはこの家の生業《なりわい》の畑仕事を手伝っ

ているようだな。

思い起こすとジャックも手伝っていたようだ。

「だからか。でも臭いから体洗ってきたほうがいいぞ」

「おにいちゃんはおんなのこにたいしてしつれいだよ!!」

たどたどしい口調でそう怒ると、足元から離れてミアは外へと出て行った。

多分だが、外の井戸で体を洗いに行ったのだろう。

これでミアが離れてくれたため、部屋へと戻る。

それにしても畑仕事の手伝いか。体が治ったら手伝わなくてはいけないのだろうか。

早く鍛えてさっさとこの村を出たいのだが、お世話になっている以上は手伝わないといけないだろうな。

そんなことを考えながら俺はベッドに横になった。


それから月日が流れて、医者からも体が完全に治ったと言われた。

完治は予定よりも早かったらしく、激しい運動はせずに安静にしていたお陰かもしれない。

そして今日から、家の手伝いと体を鍛える特訓を開始する。

家の手伝いについては悩んだのだが、やはりここに住まわせてもらっている間は手伝おうと思い至った。

「おはよう、母さん、ミア。父さんはもう行ったのか?」

「おはよう、ジャック。ええ、朝食だけ済ませて朝一で畑へと向かっていったわ」

「おはよう、おにいちゃん!」

父さんは基本的に無口で仕事熱心。

俺がこの体に憑依してから、最初以外あまり喋っていないどころか会うことすら稀だ。

ジャックの記憶でもあまり思い出はなく、仕事の手伝いをしているときだけが唯一父さんとの思い出だ。

それでもジャックに優しいことに変わりはないようで、コボルトから真っ先に助け出しにきてくれたように、ジャックが嫌いという訳ではないようだ。

それに仕事から帰ってきたときと朝仕事に行く前に、俺の様子を見に来ているしな。

こんなにも面倒を見てくれる家族と言う存在が分からない。

俺には親なんかいなかったからな。強いて言うなら師匠が親に近かったか。

できるならばもう一度、師匠に会いたい。ふと思い出した師匠に対してそんなことを思う。

人と接することで、少しずつだが〝感情〟というものが俺にも芽生えてきたように感じる。

俺には名前すらなく、ただ長い年月を1人で過ごしただけで、ほとんど思い出や情報がなかった訳だから当たり前と言えば当たり前なのだが。

スケルトンだったときのように、強くなることだけを考えていてはいられなくなった今では、あの頃のように剣を振り続けるだけで18000日以上過ごすなんてもう無理だ。

様々な欲に加えて、老いていくからな。

だからこそ、あの時の経験は絶対に忘れないようにしなくてはならない。

剣を振るうことはできていなかったが、頭の中では常にイメージしていた。

大丈夫だとは思うが、スケルトンだったときの剣術の経験値がリセットされている。

そうなっているのが一番嫌なことだ。

畑へと向かい、畑の仕事を1日手伝っていると時間が流れ、もう日が暮れてきた。

毎日こんな仕事をしていたのかと思っていると、ようやく父さんから終わりの言葉を貰った。

「ジャック、ミア。お疲れさま。あと片付けはやっておくから先に帰っていてくれ。病み上がりで手伝わせてごめんな。助かったよ」

「気にしないでいい。それより俺、ちょっと行くところがあるから」

「えー！　おにいちゃんとかえるっ！」

足にしがみついてくるミアを引きはがして、逃げるように俺は1人畑を後にした。

初めての仕事で疲れた体を休ませたい気持ちはあるが、修業が最優先だ。

ここから裏山へと行き、基礎体力作りを行うために走り込みを行う。

山の坂道を全力で駆け上がり、上まで到達したら一気に下っていく。

これを体が動かなくなるほど、繰り返していく。

10往復目を終えたところで早くも息は絶え絶えに、足がぷるぷると震えだし、13往復目を終えたところで体の限界を迎えた。

「ぜぇ……ぜぇ……。くそっ。もう体が動かなくなるのか」

仰向けに倒れ、早くなった胸の鼓動が正常に収まるまで寝そべる。

改めて自分の体の貧弱さに悲しくなってくる。

スケルトンの体に戻りたい。どうしても悲観的な思考に陥るが、しょげている暇はない。

体が動けるようになったところで俺は走り込みを再開した。

「おかえり。遅かったね。約束破ってまた危ないことしてないよね？」

「ああ。してない」

「ならいいの。ご飯できているわ。みんな待っていたの。さあ食べましょう！」

家族みんな俺のことを待っていたようだ。

俺はふらふらの状態だったが、ご飯の匂いに釣られてテーブルへと座って食事を取る。

その後、一時の休憩を挟んだあと自室へと行き、特訓を再開する。

筋肉を鍛える。これも師匠がやっていた修業の一つだ。

体を床に突っ伏して腕の力だけで持ち上げる。

体を仰向けにして寝転がり、お腹の力だけで起き上がる。

この他にも様々な筋肉のトレーニング法を教えてくれていた。

改めて師匠は本当に色々なことを教えてくれたようだ。

まるで俺が人間の体になるのを予測していたかの如く、スケルトンの時では必要ない知識まで教えてくれていた。

入れ替わった際にひとりでに動いた、あの水晶も師匠のものだったから、もしかしたら師匠が全て仕組んだ可能性もあるのだが、今となっては分からない。

先ほど食べたものを吐きそうになるほど体に負荷をかけたあと、最後のトレーニングを行う。

最後のトレーニングは、木の棒による剣術の特訓。

俺にはミアと共同ではあるが、自室があるためバレないように持ち込んだ大きめの木の棒を使って、素振りを行っていく。

木の棒の大きさは師匠の剣と同じくらいの大きさのを選んだ。

本当は全く同じ大きさにしたいのだが、そこまで正確な大きさのはなかったため、この木の棒を選んだ。

いつか切り揃えて師匠の剣と同じサイズにし、柄の部分とかも作ろうかと考えている。

考えているだけで、なぜそれが今できないのかと言うと、実は師匠の剣は俺の手元にはない。

コボルトから助け出されたあと、ベッドで寝ている際に母さんと父さんに没収されていた。

返してもらいたいところだが、そう頼んだところ誰の剣なのか問い詰められ、答えることができずに、未だに母さんと父さんの部屋に置いてある。

近々、取り返さなきゃとは思っているんだが、今取ったところですぐに没収されるのは目に見えているし、今は必要がないので放置している。

ブンッ！

ブンッ！

色々考えている間も、自分の背と同じくらいの大きさの木の棒を振っている。

想像と現実のズレはあるが、感覚の方は大きく変わっているわけではないようでしっかりと振れてはいる。

力もないし武器の質も悪いから、遅いスピードでしか振れていないけど。

俺はその後、ミアが部屋に戻るまで木の棒を振り続け、今日のトレーニングは終了。

仕事に体作りに剣術の修業と、疲労を感じる1日だったがこれを毎日やっていかないといけない。

いち早く村から出るためにも、手を抜くことは許されないからな。

毎日、コツコツと頑張っていくしかない。

それから数日が経過した。

どうやら今日は畑仕事が休みのようで、遊んできていいと母さんから言われた。

父さんは畑に行っているから、完全に畑仕事自体が休みと言う訳ではないんだと思うが、仕事が休めるならば休もうと思う。

そして、今日はセリアと約束した剣の試合を申し込もうと思っている。

素振りはしっかりやっているが、やはり自分の今の実力は1人では分かりづらい。

そのための打ち合いをしたいと思っている。

「それじゃ出かけてくる」

「どこ行くの？　危ないことはしないでね」

「おにいちゃんまって！　ミアもいく」

俺がでかけようとした瞬間、服も半分しか着られていない状態のミアが後を追いかけてきた。

最近は、俺が憑依する前のように俺にべったりとくっついてきている。

冷たくあしらっているのだが、全然苦にもせずについてくる。

「セリアのとこ行って剣を振るうんだぞ」

「いいよっ！　ミアもけんやる！」

「……分かった、邪魔はするなよ」

「わかった！　ちょっとまってて」

ミアはそう言うと服をしっかり着てから、部屋から木の棒を取ってきた。

これは俺が部屋で木の棒を振っているのを真似して、ミアも拾ってきた木の棒。

俺が木の棒を振っている横でミアも振っている。

「じゅんびできたっ！　いこっ」

そう言ってセリアの家へ走って向かったミアのあとを俺も追う。

セリアの家に着くと、既にセリアは家から出ていて、ミアとなにか言い争っている様子。

俺が着くと、ミアは俺の後ろに隠れてセリアに向かってべーっとやっている。

こういう態度を取っているから分かる通り、昔からセリアとミアは仲が良くなかったようだ。

どうもミアが俺についてくるのをセリアが良く思っていないようで、それでよく喧嘩をしている。

「ジャック！　なんでミアと来たの」

「別にいいだろ。減るもんじゃないし。それより前に約束した剣の試合してくれないか？　体が完治したんだ」

「えっ!?　本当に？　いいよっ！　私もやりたい！」

「そうか。それじゃ広場に行くか」

即答で受けてくれた。

どうやらセリアもノリノリのようだ。

「ミア、これから私とジャックは戦いをするの。ミアはまだ子供だから家に帰ってようね」

「やっ！　ミアもいく！」

ここからしばらく帰らせたいセリアと帰りたくないミアの言い争いが始まった。

最初は俺も見ていただけだったのだが、待つのが億劫《おっくう》になったため口を挟む。

「セリア、ここまで言っているんだし、ついて来させてもいいだろ。邪魔しないよな？」

「うん！　じゃましない！」

俺がそう言うと元気よく返事を返したミア。

その言葉を聞いて、セリアが渋々了承したところで、3人で広場へと向かった。

広場に着き、俺は早速木の棒を振り始める。

うん。調子は良さそうだ。

自分の背丈と同じくらいの木の棒だが、この数日間の修業のお陰でしっかりと振れるようになっている気がする。

セリアもこの間のように木に登って愛用の木の棒を取ってきた。

「さあ、早速やろう！」

「え？　ここでやるのか？」

「どこでもいいじゃん！　ならすぐできるここでやろうよ！」

確かにどこでもいいが、ここは人目が多いからな。

母さんにバレるのが面倒だと思ったが、まあ木の棒だし人目を気にする必要はないか。

「分かった。じゃあルールはどうする？」

「ルール？　3回攻撃が当たるまででどう？」

3回当てるまでか。

真剣勝負とは言い難いが、ルールとしては無難かもしれない。

威力よりもスピード重視での試合運びになりそうだ。

「了解。３回当てた方の勝ちだな」

「うん！　それじゃ準備はいい？」

「ああ、いつでもいいぞ」

「了解！　それじゃ行くよーっ！」

「おにいちゃんがんばれー」

こうしてルールも決まり、セリアとの木の棒による試合が始まる。

可愛らしい掛け声と同時に早速、セリアが仕掛けてきた。

俺の目の前まで飛び込んできて、木の棒を振り上げる。

身体能力は落ちているため、俺との間合いへの飛び込みには反応はできなかったが、目ではセリアが木の棒を振り上げた際の動きは見えている。

ジャックとなり身体能力は下がったが、動体視力はスケルトンだったときよりも上がっているような気がする。

ただ見えていても身体能力は落ちているから、木の棒の動きを見てからでは躱《かわ》せない。

筋肉の動きでどのタイミング、どの角度、どの場所から振ってくるかを予測し、俺は未来を予想して先に避ける。

予測通り、踏み込んでの袈裟斬りではなく、真上からの斬り下ろし。

セリアはこの一撃が決まると思っていたのか、躱されたことに驚いた表情を見せた。

そして大振りのあとは隙が生まれる。

俺はすかさず背中から木の棒を抜くと同時に、流れのまま上からの斬り下ろしを行った。

セリアはなんとか躱そうとバックステップをするが、俺の木の棒は長い。

棒の先端がコツンとセリアの頭に当たった。

当たる際にブレーキをかけて勢いは弱めた。

殺したらこの村にはいられなくなるからな。

「まず俺の1発な」

「うそ……。ううん！　今のはたまたまっ！」

この立ち回りならば身体能力で負けていてもいけるはずだ。

僅かな情報と勘で動いていたが、幸先よく一撃目を躱せたから少し自信がついた。

セリアは俺が躱したことをたまたまだと思っているようだが、その様子なら二撃目も躱せる。

「そりゃっ！　うりゃっ!!　えええええいっ！」

変な掛け声と共に、鋭く木の棒を振り続けるセリアだが、俺は全ての攻撃を先読みし棒に当たることなく躱せている。

最初は勘が5割くらいで動いていたが、段々と正確に攻撃方向が分かるようになってきた。

師匠を殺しにかかったときの戦いの経験が生きているな。

あとは隙を見て打ち込むだけなのだが……。

「……はっ！」

「来ると分かってれば避けれるよっ！」

棒が長いのも起因してか、振りがどうしても間に合わない。

本番ぐらい身の丈にあった長さのやつを使えばよかったな。

人間の子供相手ならばいけると思っていたが甘かった。

攻撃が当たらないなら、攻撃が当たるように誘導するだけだ。

これは師匠によくやられていた技。

わざと隙を作って攻撃を誘い、まんまと攻撃した俺はよくやられていた。

戦闘経験の浅いセリアには効くだろう。

木の棒でのガード時に、わざと右側に隙を作る。

セリアはしばらく俺の意図的に作った隙に気づかなかったが、露骨に立ち回ったらどうやら気づいたようだ。

セリアはニヤァと悪い顔で笑っている。

どうやら顔に出やすいタイプのようだ。

なるほどな。人間と言うのはこうして表情にも出るのか。

俺は気をつけなければいけないな。

「一気に決めるよっ！　うりゃっ！」

掛け声と共に袈裟斬りを行ってきた。

だが振りの速度的にこれはフェイク。

俺はまたわざと右側をあけてガードをし、攻撃を誘う。

「甘いっ！」

セリアは掛け声と共に、右からの袈裟斬りを途中で止めて、俺がわざと作った隙を狙って左からの袈裟斬りへと移行させてきた。

不意をついたつもりだけど、甘かったのはセリアだったな。

木の棒を下に向けてガードをした状態だが、ここから一気に攻撃へと転じる。

ガード時に木の棒を下向きに構えていたのは隙を大きく見せるためと、下から斬り上げる逆袈裟《ぎゃくけさ》へと繋げやすくするため。

この距離、この速度ならばセリアの攻撃が当たる前に、俺の逆袈裟が体に当たった。

だがセリアの袈裟斬りも避けられずに被弾。

「くっそ」

セリアの奴思いっきり打ち込んできやがった。右肩にクリーンヒットして痺れで腕が上がらない。

これで俺が2発、セリアが1発。俺があと1回当てられれば勝ちだ。

「また当てられた……！」

「セリア、思い切り打つなよ」

「これは真剣勝負っ！　手加減はしないよ！」

どうやら手加減する気はないようだ。俺も思い切り打ちこんでやりたいな。

だが、右肩の痺れで強く振れそうにない。

腕が回復するまで、俺はひたすらセリアの攻撃を躱す。

セリアも追い込まれたことで集中力が増したのか、斬りが鋭く、そして攻撃が読みづらくなった。

ギリギリでの回避が続く中、ようやく右腕の痺れが取れてきた。

腕が回復したことにより、剣で攻撃を受けられるようになったことで、多少戦闘に余裕が戻る。

さて、ここからどうするか。

さっきみたいに攻撃を誘ってから隙を攻撃すれば確実なんだが、セリアの攻撃は受けたくない。

かと言って攻めたところで攻撃は当たらないからな。

打つ手が思いつかない。

殺さないように急所を外しつつ、手加減しながら戦うのがこんなに難しいなんてな。

それを平然とやっていた師匠は凄かったんだな。

改めて師匠の力を再確認した。

そして結局考えた末、俺は打ち合いを選んだ。

身体能力の差で手数は負けるだろうが、的確に攻撃と防御を選択すれば勝負に負けることはないはず。

防御に徹していたのをやめて、俺は前へと向かっていく。

「やっと戦う気になった？　ジャック！」

「いや、ずっと戦っていただろ」

どうやら俺の防御一辺倒な戦いに退屈していたようで、俺が向かっていくと目をキラキラさせて喜んでいる様子。

どうやらセリアの中での戦いは、駆け引きというよりも攻撃の打ち合いをすることに楽しさを覚えているのかもしれない。

師匠から剣術を教わったときは俺もそんな感じだったため、気持ちは分からないでもない。

そんなセリアが早速、上段から打ち込んできた。

それを俺は一歩下がって躱し、突きを繰り出す。

だが突きはしっかりと見極められ、その反撃にセリアは袈裟斬りを放つ。

俺はその袈裟斬りを木の棒で受け切った。

こんな調子でしばらく激しいお互いの攻防が続く。

「ジャックッ！　今までの剣士ごっこで一番楽しいっ！」

「そうか」

先ほどよりも更に目をキラキラさせながら、俺にそう言うセリア。

だが俺には楽しむ余裕などなく、腕が疲労で動かしづらくなってきた。

もう少しで捉《とら》えられそうなんだが、あと一歩が届かない。

こうなったら仕方ない。

「少しズルいが、もう決めさせてもらう」

「えっ？」

俺は自力を知りたいがために使わずにいた〝剣技《けんぎ》〟を使うことを決めた。

このままじゃジリ貧だし負けも見えてきたため、仕方がない。

何事も負けるのは嫌だ。

「**【連斬《れんざん》】**」

師匠がかつて使っていた、一振りで二つの斬撃を飛ばすこの技。

スケルトン時代、【時空斬《じくうざん》】の練習中に俺も会得した剣技だ。

日課にしている剣の特訓の中で、ジャックの体でも使えることに気づき、ちょっとずつだが練習をしていた。

一撃目の攻撃は剣で受けられたセリアだが、二撃目の攻撃は躱しきれずに肩にかする形だったが、俺の木の棒が触れた。

負けなかったし、俺の今の実力も測れた。予想以上に有意義な戦いだったな。

「うそ、ジャックに負けちゃった……。ねぇ！　最後の攻撃どうやったの⁉」

「素早く2回振っただけだ」

「もう1回だけ見せてっ！」

驚きはあったものの、セリアには俺に負けて悔しいと言う感覚はなさそうで、俺の使った【連斬】に興味津々のようだ。

面倒くさいし、それ以上にこの体では何度も使える技ではないため断るが。

「あれは1日1回しか使えない技だから駄目だ」

「えー、ケチ。ねぇ、ジャックって強かったんだね。私もいっぱい剣の技覚えないと！」

「おにいちゃんっ！」

セリアが闘志に燃えている中、戦闘を見守っていたミアが俺に飛びついてきた。

ミアもミアで最近よくひっついてくる。

警戒されていた時の方が本当に楽だったな。

「ミア、暑苦しいから離れろ」

「おにいちゃん、かっこよかった！　おにいちゃんみたいにわたしもつよくなりたいっ！」

目をキラキラと輝かせて俺を見ている。

強くなりたい……か。

その光輝く瞳を見て、ダンジョンで師匠に剣を習い始めたときのことを思い出す。

「そうか。強くなりたいなら、自分で頑張るしかないな」

「うん、ミアがんばるっ！」

「ねぇジャック！　もう1戦やろう！」

「だめっ！　つぎはミアとやるの！」

セリアが俺に再戦を申し込み、ミアがそれを断った。

2人はお互い睨み合い、火花が見えるくらいにバチバチの様子。

俺は先ほどの試合で体力を消耗しているし、お互い戦わせて勝者とやることにするか。

「2人で戦って勝った方と俺が戦う」

「わかった！　セリアにはぜったいまけないから！　……ちょっといいきのぼう、さがしてくる」

「えー、ジャックと戦いたいのにっ！」

俺がそう言うと、ミアはすぐに木の棒を探しにいった。

逆にセリアは不満なようで、頰を膨らませて拗ねているようだ。

「ミアには勝てるだろ？　勝ったら戦ってやるさ」

「むー！　じゃあ早く終わらせるっ！」

こうして休みの日は試合を暗くなるまで行った。

セリアとミアの試合はセリアの全勝だったが、ミアも剣の筋は良かった。

久しぶりに人と打ち合えて実力も分かったし、予想以上に楽しかったが、翌日筋肉を使いすぎたせいで筋肉痛となり、動けなくなった。

第2章　鍛錬

月日が流れてジャックとなった俺は9歳となり、体も大きく成長した。

地道に特訓を積み重ねて段々と貧弱だった体が、強くなっているのが分かる。

スケルトンでは、こう言った肉体的な成長をあまり感じられなかったため、明確に成長が分かることに楽しさを覚えている。

人間としての生活にも大分慣れてきていて、おねしょとかもしなくなった。

睡眠とも上手く付き合っていけるようになったし、大分快適に過ごせているとは思う。

人間の体が色々と面倒くさいことには変わりないけど。

仕事の方は畑の収穫の時期を終えて、これからしばらく畑仕事は休みとなるようだ。

父さんはその間、少しでも稼ぐべく山に潜って、野生の獣を狩りに行くらしい。

今年は豊作だったようで、畑で育った野菜を売ったお金だけでも次の時期まで余裕で暮らせるのだが、畑は自然に影響されやすく、今年とは真逆の不作の年もあるらしく、狩りに行くのはそれに備える貯蔵のためと言っていた。

だから毎年のように冬の時期に入ると、山籠《やまご》もりして獣を狩りに行っていたようだ。

魔物とも戦闘をしたいし、狩りたての獣も味わってみたかったから、俺もついて行きたいと言ったのだが止められた。

母さんには、未だに危険なことはしないでと口うるさく言われている。

コボルトに2度もボコボコにされたことが、尾を引いているようだ。

この月日の経過で肉体的変化がかなりある。

この時期の人間と言うのは、どうやら成長期と呼ばれていて一番成長する時期らしく、背が伸びて長いと思っていた師匠サイズの木の棒を振りやすくなったのと、日々の筋トレのお陰で俺の体は大分筋肉質となってきた。

筋肉がついてきたため、まだまだ大きなズレはあるものの、それでも初期の頃よりかは大分想像通りに木の棒を振れるようになり、今ではセリアにも楽々勝てるようになっている。

未だに思い切り振っても音すら置き去りにできていないから、村を抜け出るにはまだ早いと思っているが着実に俺は成長している。

早く村を抜け出てスケルトンに戻る方法を探したいのだが、焦りは禁物。

まだ時間はあるから、ゆっくりコツコツとやっていこうと思う。

「母さん、セリアのところに行ってくる」

「はーい。気をつけてね」

「まって！　ミアもいく！」

俺が母さんにそう告げると、いつものようにミアもついてきた。

ミアも父さんと母さんから許可を貰って、初めてセリアと試合をした日から剣の練習を始めている。

ミアも成長速度はかなり速く、セリアと同じくらいの剣の才を持っている。

俺達三人の中ではまだ一番弱いが、筋は良いし、いずれいい剣士になるだろうと打ち合う中で俺はそう感じている。

「ミア、またセリアと戦うのか？」

「だっておにいちゃんとたたかってもすぐまけちゃうからつまんないんだもん」

俺は一切負けるつもりはないからな。

剣の筋がいいとは言え、俺からすればすぐに倒せるくらいの強さしか持っていない。

俺が手を抜かず、いつもすぐに倒してしまうせいで、ミアはいつの間にかセリアとしか戦わなくなってしまった。

ただ、毎日の試合のお陰か、ミアとセリアの仲は剣を通じて大分良くなった。

いや……元々二人の仲は良く、仲が良いからこそお互いに言いたいことが言い合える仲だったのだと、最近になって俺は理解した。

俺とセリアの試合も日を追うごとに段々と本格化し始めていて、最近では遊びの範疇《はんちゅう》を超え始めている。

そりゃ俺が本気を出せば余裕で勝てるのだが、本気で戦うに値するほどセリアが成長していると言う証拠。

そしてセリアが成長してくれれば俺のいい練習相手となる。

セリアが強くなれば俺にとっていいことずくめのため、最近では積極的にアドバイスも行っている。

「セリア。試合やろう」

「待って！　今行くからっ！」

セリアの家の前でいつものようにセリアを呼ぶ。

今日も来ると分かっていたのか、すぐに出てきた。

「おまたせ！」

「セリア！　きょうはミアがかつよ！」

「今日も私が勝つよ！　ミア」

始まる前からバチバチと火花を散らしているが、表情はどこか楽しそうな様子。

バチバチな2人を後ろから眺めながら歩き、広場へと着くが今日はいつもと様子が違っていた。

村の広場にいつもはない、人だかりができている。

「あの人だかりなんだろうね？」

「さあな。ちょっと覗いてみるか」

人混みを掻《か》き分けて、中心でなにが起こっているのか覗いてみる。

どうやら人混みの中心では鎧を着た兵士2人による、真剣での戦いが行われているようだ。

「ジャック見てっ！　本物の兵士さん！」

「みたいみたいっ！　ミアにもみせて！」

その兵士たちの試合を見て、2人とも大はしゃぎで興奮している。

そんな2人を余所に、俺は冷静に兵士2人の戦力を推し量ることに注力する。

剣の速度、攻撃の際に行われている駆け引き、激しい攻防の中の判断力。

どれを取ってもかなりの高レベルで行われていて、兵士2人の実力がそこそこ高いことが分かる。

あの2人に対して、力試しをしたい。

そんな欲が出て、俺は中の兵士2人に声をかけることを決めた。

「セリア、ちょっと話しかけてくる」

「えっ!? 試合が終わるまでは迷惑だし、見てようよ」

焦った様子で俺を静止してくるセリアだが、俺は止まる気持ちが一切ない。

セリアとしか対人で剣を振れていないし、鈍りかけていたからいい練習相手になるはずだ。

俺はそう思いついてすぐに歩き出し、中心で戦っている2人の兵士の前に立つ。

そして、母さんから教えられたように、初めて会った人には丁寧な言葉で話しかける。

「ちょっといいですか?」

俺の呼びかけにより、2人の兵士は戦いの手を止めてくれた。

急に目の前に現れた俺に対して、怪訝な顔をしているのが見えるが俺は気にせずに話を続ける。

「試合を止めて頂きありがとうございます。よければ俺もその特訓に交ぜてくれませんか?」

「「はっ?」」

2人ほぼ同時に驚きの声が返ってきた。

当たり前だが、明らかに背の低い少年にそんな提案されたら驚かれるに決まっていた。

だがさっきの戦いを見る限り、剣術だけならば俺は負けてはいない。

レベル的にも高いが、剣術に限って言うならば俺の方が圧倒的に力がある。

「いやいや、坊主。これは遊んでいるんじゃなくて、本気でやっているんだよ」

「知ってます。でも俺も強いので相手にはなると思います。やらせてください」

「いーや、分かってないよ。ほらこの剣、本物だぞ。首に当ててスッとやったら首が飛んじゃう」

真面目に相手にしてくれる様子はなく、面倒くさくなったのか安い脅しをしてくる始末。

どうにかして俺と戦ってくれれば話は早いんだがな。

このままじゃ、あしらわれて終わりそうだし駄目元で提案してみるか。

「じゃあ、１回だけ手合わせしてくれませんか？　俺が負けたらすぐに帰るんで」

「「…………」」

俺のその提案に、お互い顔見合わせてコソコソとなにか話している。

乗ってくれればいいんだが、これで断られたら大人しく引き下がるか。

これ以上交渉に時間を使う方がもったいないしな。

そう考えていると、兵士２人が俺の方へ向き直った。

「分かった、いいだろう。ルールは簡単だ。俺に一撃を入れられたら君の勝ち。逆に１００秒間耐《た》え切れれば俺の勝ち。これでどうだ？」

「耐え切るって言うのは、走って逃げたりとかはなしですよね？」

「ははっ！　子供相手に走って逃げだすもんか」

「じゃあその条件で大丈夫ですよ。よろしくお願いします」

どうやら俺の提案に乗ってくれたようだな。

これで仮に負けたとしても、大人の兵士相手に今の自分の実力を推し量れるからこちらにとって損はない。

ちらりとセリアとミアを見ると固まっていた。

まさか本当に俺が割り込んで声をかけに行くとは思わなかったようだ。

俺は背中に差してある木の棒を抜き取り、構える。

条件を提示してくれた方の兵士も手ごろな木の棒を拾って、構えた。

もう1人の兵士は時間を数える係のようだ。

「じゃあ、準備できたら言ってくれ。秒数数えるからな」

「こっちはいつでも大丈夫です」

「了解した。それじゃ行くぞ。はじめっ！」

その言葉と同時に兵士が秒数を数え始める。

よし。一泡吹かせてやるか。

普通なら上から打ち込まれるだろうから、この身長差では不利なのだが、ルール的に考えてこの兵士はガードに徹すると言うことだろう。

それなら身長が低くとも不利には働かない。

むしろ低い位置から攻撃を仕掛けられるため、俺の方が有利なはず。

時間も短い。初っ端から全力で行く。

「【連斬《れんざん》】」

いきなり剣技を使い、2連続の斬撃を右と左から同時に打ち込む。

下手したらこの一撃で決まると思ったが、流石は兵士。

不意打ち気味で剣技を使ったのだが、あっさりと受けられた。

「おお！　まさかその年で剣技まで使えるのか。それなら相手がいないってのも頷けるな」

兵士は驚いた表情に加えてそんなことを言っているが、まだまだ余裕が見える。

その後も斬り下ろし、袈裟斬り、逆袈裟、水平斬りと色々試すが、速度が足りていないのか全てきっちりと受けられる。

低い位置からの受けづらい攻撃のはずなのにな。

このままでは勝ち目がなさそうだが、どうにかして兵士の鼻を明かしてやりたい。

……密かに練習していた剣技を早速だが実戦で試すか。

剣を引き絞り、体を捻《ね》じるように構え、その捻じった力を放つように剣技を使う。

「【鋭牙《えいが》】」

突きに回転を加えて威力を上げた剣技。

実戦では初で、練習でも5回に1回しか成功しない程度だったが、しっかりと決まった。

兵士の腹部を狙った【鋭牙】は、一直線で腹部に向かって伸びる。

回避できずに当たったと思ったのだが、下からの斬り上げで突きの剣先を逸らされた。

「こりゃ凄いな。また別の剣技かよ」

先ほどの戦いを見ていたから分かってはいたが、やっぱり強いな。

今の体で放てる必殺の剣技を二つとも見破られた。

面白い。師匠レベルでないと相手にならないと思っていたが、動きの一つ一つが違って、師匠とはまた別の強さがあるのが分かる。

じっくりと観察しながら戦いたいところだが、残り時間はもう少ない。

突きを行ったことで間合いを詰めることに成功しているため、勝負を決めに行こう。

こっちの剣技は練習では20回に1回くらいしか成功していないがやるしかない。

「**【四連斬《しれんざん》】**」

【連斬】が一つの振りで二つの斬撃なのに対し、【四連斬】は文字通り一つの振りで四つの斬撃。

【四連斬】を賭け気味で放ったのだが……失敗した。

放たれたのは四つではなく三つの斬撃。

ただ流石の王国兵士と言えど、至近距離からの不意打ち気味の三つの斬撃を躱すことはできなかったようで、むこうずねに三つの内の斬撃の一つが当たり、カーンと言う甲冑《かっちゅう》に木の棒が当たる音が響いた。

「うっわ……やられちまった」

「そこまで！　勝者、少年！」

戦った方の兵士はがっくりと項垂《うなだ》れ、時間を数えていた方の兵士が俺の勝利を告げた。

最後は運勝ちだったが勝ちは勝ちだ。

「ありがとうございました」

「いやー、とてつもない才能だな。まさかこんな小さな少年に一撃貰うとは思わなかった」

「本当ですね。ラルフさんに一撃当てるのなんて隊の中でもそうそういないのに」

俺が戦った相手は会話の内容的に、結構強い人だったみたいだ。

道理で俺の攻撃の躱し方にも余裕があると思った。

2人の剣撃を見る限り、正直当てるだけなら楽勝だと思っていたからな。

多分だが先ほどの戦いでは、時間を数えていた方の兵士に力を合わせていたのだろう。

ある程度の実力者との戦いは面白いということにも気づけた。

コボルトやセリアは、あまり物事を考えずに攻撃を仕掛けてくるだけだったからな。

駆け引きや技術があることで、ここまで面白くなるとは思っていなかった。

「約束通り、特訓に交ぜてくれますか？」

「ああ、男に二言はない」

「ありがとうございます」

よしっ。これで良い特訓相手を手に入れた。

俺は兵士2人にお礼を言い、一旦兵士達の場所から離れると人だかりの中から見守っていたセリアとミアのところまで戻る。

兵士に交ざって特訓することを告げるためだ。

俺が戻ると、目をキラキラとさせたセリアとミアが出迎えている。

「ジャック凄いっ！　兵士の人に勝ったね！」

「おにいちゃん、かっこよかったっ！」

俺が戻るなり賞賛する2人。

「まあハンデがあったからだけどな。それで俺はあの兵士たちの特訓に交ぜてもらうんだけど2人はどうする？」

「えっ……。わ、私はいいかな……」

「ならミアも……。セリアとけんしごっこしてる」

珍しく2人共、歯切れ悪そうに断ってきた。

てっきり即答で乗ってくると思ったのだがな。

まあ、嫌なら構わないのだが。

「……そうか。分かった。それじゃ俺は兵士たちのところへ行く」

「うん」

「わかった」

どこか浮かない表情をしている2人を置いて行き、兵士さんのところに戻る。

俺が戻ると兵士は、顔を覆《おお》っていた兜を外していて、隠れていた顔が見えている。

「もう大丈夫です。お願いします」

「そうか、それじゃよろしくな。まずは自己紹介からだな、俺はラルフ。王国兵団の副団長をやっている」

「俺はエルビス。王国兵団に所属している兵士だ。弟がこの村に住んでいるんだが知っているか？トーマスって言うんだけど」

「知ってます」

どうやら2人とも、王国兵団と言うところに所属している兵士だったようだ。

ラルフと名乗った俺と戦った方の兵士は役職についているようだし、只者ではなかったみたいだな。

それとこっちのエルビスと名乗った時間を数えていた方は、あのトーマスの兄貴のようだ。

トーマスはジャックをよくイジってきていたため、俺としての印象は最低に近いが、兄貴の方はそんな嫌な雰囲気は出ていない。

「そうか！　知り合いだったか。なら仲良くしてやってくれ」

爽やかに笑い、そう言ってきたエルビスに、無言で頷いておく。

トーマスと仲良くする気は毛頭ないけどな。

「俺はジャックって言います。それでは早速特訓お願いします」

「向こうの嬢ちゃんたちもやるのかい？」

こちらをじーっと見ているセリアとミアを指さしたラルフ。

断ったのにこっちをずっと見ているな。一体なんなんだ？

「いえ、2人は2人だけでやるそうなので僕だけ交《ま》ぜてください」

「なるほど。了解した。早速始めようか」

その言葉を皮切りに軽く打ち合いをしながら、兵士2人と話を始める。

「それにしても本当に筋が良いな。ジャックの剣筋は成熟すら感じる」

「本物の兵士にそう言って頂けると自信になります」

「下手したらエルビスより強いかもしれないぞ」

「いや、本気でやったら流石にそれはないですよ！」

「じゃあちょっとやってみるか？」

「俺はいいですよ」

「俺もいいですけど、弟より年下の子は流石に本気ではやりづらいな」

「さっきの俺との戦いを見たろ？　そこらの兵士よりかは強い。それに手加減はいらないよな？

ジャック」

「はい、本気でやりましょう」

こうしていきなりだが、エルビスとの戦いが決まった。

正直、ラルフには本気でこられたら勝ち目はないと思っていたが、エルビスはいける気がする。

その後、エルビスはもちろんラルフ〝さん〟も交えて何戦か模擬戦《もぎせん》を行った。

結果はエルビスには3勝1敗。ラルフさんに0勝3敗。

最初の予想通りエルビスには勝ち越したが、無抵抗ではないラルフさんには手も足も出なかった。

エルビスも見学していたときは弱いと思っていたが、実際に戦ってみると視力がいいのか俺の動きをギリギリまで見極められていたため、決して弱いということはなかったな。

「いや、ジャック強すぎでしょ。本当に子供かよ？」

「いや、まだまだです。ラルフさんには完敗しましたから」

「その年齢、その強さでまだまだって……。年が半分以下の君に負け越した俺はどうなるのさ」

「いや、本当に強かったよ。エルビスも力や技術が伴っていないだけで、センスはあるし弱い方じゃないからな。剣は誰かに教わったりしたのか？」

エルビスには苦笑いを浮かべつつ、ラルフさんからの質問にどう答えるか迷う。

師匠のことを聞くチャンスだが、聞いたことで怪しまれる可能性もある。

迷った末に、師匠のことをぼかしながら話してみることに決めた。

「ちょっと前に村に来たおばあさんに教えてもらったんです」

「おばあさん？」

「はい。ジークって名乗っていた方なんですが」

実際には師匠は自分の名前を名乗ってなかったのだが、師匠の話に出てきた人名を言ってみた。かなり昔のことだったが覚えていてよかった。

「ジーク？　んー、ジークで思いつく人物は元勇者くらいしか分からないな。エルビスは心当たりあるか？」

「いや、俺も元勇者しか出てこないですね。そっちの名前が強すぎますからね」

なんかそれっぽい人物が出てきたな。

師匠が口に出していたジークは多分だがこの人だと思う。でも元勇者か……。

「その元勇者って誰なんですか？」

「さすがに子供じゃまだ知らないか。大昔だがドラゴンを単騎で狩って魔王を討伐したって言われている勇者だよ。〝元〟だけどな」

「元？　今はもう死んでいるってことですか？」

「いや、死んでない。今は魔王をやっているよ。だから元勇者」

？？？

ちょっと意味が分からないな。

魔王を討伐した人物が魔王をやってる？

「すいません。どういうことですか？」

「魔王を討伐して自分が魔王の座に座ったんだ。魔王に魂を売ってな」

「そんな話ってあるんですか？」

「ああ、実際に今でも戦争地域ではたまに姿を見せる。俺も見たことがあるからな」

「それってどれくらい前の話ですか？」

「姿を見たのは去年。ジークが魔王になったと言われるのはずっと昔だ。俺が小さかったときから魔王だったからな」

人間が魔王になる。そんな話があるのか。

時系列的に一瞬は別人かもと思ったが、このジークが師匠の言っていたジークである最有力候補になった。

もしこの魔王が、本当に師匠が名前を出したジークならば会いに行きたい。

「今の魔王にそんな話があったんですね。知らなかった」

「ジャックの師匠さんはもしかすると名前を騙《かた》っていた可能性もあるな。今生きている人で、人類の面汚しの名前を子供につけようとは思わないからな」

「あまり詳しい情報は教えて貰っていないので、その可能性はありますね」

「剣技もそのおばあさんから？」

「基本の型はそうです。あとは自分で開発しました」

「…………」

また二人が少し離れてコソコソと話し始めた。

ちらりとセリアとミアの様子を見てみるとどうやら二人共、まだずーっとこちらの様子を窺っているようだ。

俺と目が合うと誤魔化すようにまた剣士ごっこを始めた。

「なあ、ジャック君。よければだが王国兵士になる気はないか？」

「えっ？」

コソコソ話しから戻ってきたラルフさんがいきなりそんなことを言い出した。

まさかの勧誘だ。

「ああ、今すぐにって話じゃないんだ。成人を迎えたときにでも選択肢の一つとして考えてみて欲しい。もちろん今からっていうのでもこちらは大手を振って歓迎するが」

「俺からもオススメするぜ。高給に好待遇、それに加え職場が王都。誰もが憧れる職業だからな。まあジャックくらいの才能があるなら王国兵士じゃなくても成功するだろうけどな」

「おいっエルビス！　余計なこと言うな」

村を出て行き独り立ちしたいと思っていたが、まさかの勧誘。

だが、どうだろうな。

王国兵士がどういうものかも分かっていないし、今よりも逃げ出しづらい環境の可能性もある。

体を鍛えるだけならこの村でも十分できるから必要性を感じない。

ただ、なにかあるかもしれないから、一応返事を濁《にご》らせて先延ばしにしておくか。

「すいません。今はお断りさせていただきます」

「くー！　振られちまったか。まあ鑑定《かんてい》もまだのようだしなぁ」

「でも、いつかは入りたくなるかもしれないので、その時はぜひお願いします」

「そうか、そうか！　その時は歓迎させてもらう」

「ジャック、待ってるぜ！」

ひとまずは誘いを断らせてもらった。

だが悪い話ではなさそうだし、この村を抜け出すときの口実としても使えるかもしれない。

元々、なにも言わずに村を抜け出る気だったが、探される心配もなくなるしな。

「それじゃ、今日は無理言って交ぜてもらいありがとうございました」

「こっちこそ楽しかったし、いい出会いをさせてもらったよ」

「ジャックは明日も時間あるのか？」

「はい。あります」

「それなら明日も模擬戦やろう。ラルフさんは今日帰っちゃうが、俺はしばらくこの村に留まるからな」

「分かりました。それじゃ明日もまた広場に来ます」

今日帰ると言うラルフさんとだけはお別れの挨拶を済ませて、広場から去っていく2人の背中を見送った。

兵士たちの背中が見えなくなるのを確認し、俺はセリアとミアの下へと戻る。

ちらちらと2人の戦いを見ていたから分かったが、どうやら今日は2人共集中できていなかったようだ。

剣の振りにキレがなく、動きがお粗末《そまつ》。

「向こうは終わった」

俺が2人にそう声を掛けたら、戦いの手を止めて一斉に近寄ってきた。

凄い剣幕だな。

「ねぇ！　どうだった⁉　へいしさんっ！」

「鎧に模様の入った方の兵士さん強かったね！」

「本物の兵士みたいだったから流石に強かった。でも2人でもあと数年後には同じくらいの強さになると思う」

俺は思ったことを素直に伝えると、2人の目に火が灯った気がした。

2人共、筋がいいのは確かだしな。

多分だが、才能だけならばラルフさんよりも2人の方が上だと断言できる。

「ミアがんばるっ！」

「私もまずはジャックに追いつくように頑張る！」

「せっかくの機会だったんだし、2人も交ぜてもらえばよかったのにな」

「だって……ねぇ？」

「緊張するじゃん！　平然と話しにいけるジャックがおかしいんだよ！」

2人らしくない回答だ。

いつも見境なく俺にべったりするし、セリアに至っては誰彼構わず話しかけに行くのにな。

人間と言うのは本当によく分からない。

「明日もあの兵士に誘われたから俺は行くけど、2人はどうするんだ？」

「ミアはあしたはいくっ！」

「私も行くっ！」

俺の言葉にそう元気よく返事した2人。結局来るのか。

そう思ったが口には出さずに今日はそのまま解散とし、翌日。

俺はいつものように引っ付いてくるミアを連れてセリアの家に行き、すぐに広場へと向かった。

既に広場にはエルビス、それとトーマスにティム。

あとはジャックの記憶にもない、綺麗な薄紫色の髪の女の子が1人いた。

それとエルビスは鎧を身に着けておらず、普通の服だ。

「エルビスさん、来ました」

「おう、ジャック！　待ってたぜ」

「本当にこのジャックなのかよ」

昨日、エルビスから俺のことを聞いたのか、俺を見て驚いた様子を見せたトーマス。

こいつは俺が憑依する前のジャックをよくからかっていたからな。

強いと聞いて、俺とは違うジャックの可能性も追っていたのだろうか。

「そっちの女の子は誰ですか？」

「ああ、この子は王都の貴族のご令嬢《れいじょう》。アデルって言うんだ。俺と同じ期間この村に滞在する予定だから仲良くしてやってくれ」

「アデル・ディーン・アルメストと申します。短い時間ですがよろしくお願いします」

「俺はジャック。よろしく」

優雅にお辞儀するアデル。どことなく品の良さを感じる。

なぜ貴族の令嬢とやらがこの村に滞在しているのかは分からないが、剣の腕が立つなら仲良くしたいな。

エルビスにはラルフさんと違って剣の腕に正直期待が持てないからな。

「よしっ早速始めようか！　ジャックは俺とな。他の子は総当たりでやっていこうか」

「ふーん、アデルもやるのか？」

「はい。剣術は小さい頃から教えられていて多少は扱えますので、エルビスに頼んでついて来させてもらったんです」

「おいっ！　ジャック！　アデルさんに馴れ馴れしくするなよっ！」

アデルと軽く話していたら、トーマスが凄い剣幕で割り込んできた。

耳元で怒鳴られイラっとする。……次、不快な行動を取ったら叩きのめすか。

「あいつアデルに惚《ほ》れているみたいなんだ。許してやってくれ」

俺がトーマスに対してそんなことを考えていると、エルビスが俺に近づいてきてそう耳打ちしてきた。

惚れている？　よく分からないが悪気《わるぎ》ではなかったと言うことか？

まあ、悪気があろうがなかろうが俺には関係ない。

「じゃあ俺はエルビスさんとやるから2人は向こうでな」

「ぶー、今日は兵士さんとやるつもりだったのに」

「多分、頼めば後でやらせてくれるだろ」

「おにいちゃんもがんばって！」

俺は2人と離れて、エルビスさんと昨日のような模擬戦を行っていく。

昨日でエルビスの動きは大分掴んでいたし、余裕で勝てると思っていたのだが、今日の戦績は今のところ4勝3敗。

徐々にだが、技術で躱す戦い方に対して対策を立てられている。

やはり身体能力の差が大きく、技術で躱しても力のゴリ押しで来られると対処しきれないときが何度か生まれた。

そこを狙って力でのゴリ押しで来ることが多く、凌げずに3敗を喫してしまった。

向こうも総当たりが終わったようで、セリアがこっちに向かってきた。

それに気が付いた俺とエルビスさんも手を止める。

「一回り終わりましたっ！　あのっ、よければエルビスさんに指導してほしいんですがっ！」

「指導か……。今日もジャックに負け越しているのに偉そうなこと言えないが、俺でよければやらせてもらおう！」

「お願いします！」

指導の許可を貰って嬉しそうにしているセリアを見送る。

あの様子じゃ、しばらく指導を受けるだろうし俺は一時休憩を取ろうか。

ゴリ押しされたせいで無駄に体力も削《そ》がれていたし丁度いい。

「隣、いいかしら？」

大きな木にもたれかかり座っていると、令嬢のアデルが俺に声をかけてきた。

休憩したいし断るか。

もうこれ以上誰かに付き纏《まと》われるのは面倒くさいからな。

「疲れているから、ごめん」

俺はそう言ったのだが、アデルはなぜかゆっくりと近寄ってきて、地面に布を敷くとそこに腰を下ろした。

なぜか俺の横に座ってきたアデルに若干ビックリする。もしかして言葉が通じていないのか？

俺が疑問の目でじっと見ていると、向こうから話しかけてきた。

「ジャックさんは何者なんですか？」

「俺疲れているって言ったんだが、聞こえなかったのか？」

「……質問に答えて頂けたらすぐに向こうへ行きますので」

どうやら言葉が通じていなかった訳ではなかったようだ。

あしらったのだが、どうやら動く気はなさそうだな。

トーマスに見られるのも面倒くさいし、話したくないのだが質問に答えれば向こうへ行くと言っているし、簡潔に答えるか。

「この村で生まれた人間だ。なにか別の者にでも見えるか？」

「いえ、腕が立つようでしたので、昔は貴族で剣術かなにかの指導を受けていたのかなと思っただけです」

「生まれも育ちもこの村だ」

「ならばその剣術どこで磨いたのですか？」

「村に訪れた旅人から教わったんだよ。それよりエルビスさんに剣術を習ってくればどうだ？」

質問に答えてもどこかへ行く気配がなかったため、こちらから誘導をする。

「いえ、先ほども言いましたが、私はもっと優秀な人に指導を受けていますので、エルビスから学ぶことはないです」

エルビスに対して、意外ときついこと言っていて驚く。

まあ大口叩くだけあって、総当たりの試合を見ていたがセリアといい勝負をしていた。

戦いには負けていたようだが、技術だけ見るならばアデルの方が上だったくらいだ。

「エルビスさんも強いと思うけどな」

「強い人が教えるのも上手いとは限らないんですよ。一度だけエルビスから指導を受けたことがありますが、何を言っているかさっぱりでしたから」

「へー、エルビスさんは教えるの下手なのか」

「ええ。エルビスは剣の腕は立ちますけど、頭の方はからっきしですから。……ただ腕の方は本物ですよ。だからこそ、そのエルビスに勝っている貴方のことが気になっているのです」

話が一周回って戻ってきたな。

アデルは俺の強さの本質が分かるまでは動きそうにない。……面倒くさいな。

「もしかしたら貴方は勇者の類いなのかもしれませんね。鑑定はまだ受けてませんか？」

「勇者は大げさだろ。ラルフさんも言っていたけど鑑定って言うのはなんなんだ？」

「鑑定って言うのは自分の才能を図るための儀式のようなものです。王国では法律で10歳になったら受けないといけない決まりなんですよ」

へー。そんなのがあるんだな。

10歳と言うと来年か。それまで村にいるかどうかだが、どうだろうな。

この成長速度では1年じゃ出ていけそうにもなさそうだが。

「初めて聞いたな。俺はまだ9歳だから受けてない。アデルは受けたのか？」

「私もまだ9歳なので来年です。私たち同い年だったんですね」

「そうみたいだな。あとセリアも9歳だぞ」

「セリアさんも同い年だったんだ。私、さっき彼女に負けてしまいまして」

「ちらっとだけど見てた。まあセリアはこの村の子供の中じゃ俺の次に強いし、仕方ないだろ」

「私も一応、王都の同年代の中では一番強かったんですよ。それがこの村に来たら私よりも強い子が2人もいて正直驚いていていて」

剣術に自信はあったって感じだったのか。歯を食いしばって悔しそうな表情をしている。

そんなアデルを見ていると、遠くからトーマスの怒声が飛んできた。

「おい、ジャック！　こっちにこい!!」

「……ちょっと呼ばれたから行ってくる」

トーマスは鬱陶しいが、そのお陰でアデルから離れることができた。

喚いていることにイラっとしながらも、トーマスのところへと歩いて向かう。

「どうしたんだ？　なんか用があるのか？　トーマス」

「アデルさんに馴れ馴れしくするなって言っただろ？　もう忘れたのか？」

「アデルからこっちに来たんだよ。それにトーマスに指図される謂《いわ》れはない」

俺がそう面と向かって言い切ると、トーマスは耳まで真っ赤にさせて憤慨《ふんがい》している様子。

自分より格下だと思っていた相手に舐めた態度を取られてイラついているのだろう。

「ジャックの癖にうるさいんだよ！　おいっ！　俺との力関係をもう一度分からせてやるっ！　俺

と試合しろっ！」

なぜかトーマスから俺に試合を仕掛けてきた。

俺とエルビスの試合を見てなかったのか？　この馬鹿は。

まあ丁度いいな。昔からジャックを痛めつけてくれたようだしな。

その記憶がちらつく度イライラしてきていたし、今日のトーマスの態度にもムカついていたからな。軽く捻《ひね》ってやろうか。

トーマスと木の棒を構えて向かい合う。

態度からして俺を舐め切っているのが分かるが、構えを見ても負ける気が一切しない。

まるで児戯《じぎ》。ミアよりも酷いなこりゃ。

試合開始と共に、大振りをしながら襲い掛かってくるトーマスに攻撃を合わせて、ひたすらに俺の攻撃だけをヒットさせていく。

ルールとか一切無視で襲い掛かってきたトーマスだったが、俺が右腕の1カ所を狙っての攻撃をしまくると、次第に動きが鈍くなり、最後に強めの一撃を入れると「ぎゃっ」と悲鳴をあげながら腕を押さえてうずくまった。

トーマスが勝つと思ってニヤニヤしながら審判役をやっていたティムが慌てて駆け寄っていった。

そんな二人を横目にスッキリした気分で、未だ指導を行っているエルビスのところへと向かう。

「違う違うっ！　シュッじゃなくてビュッて感じだ。上からの振りはズンッて感じで振るんだ！」

来て早々なのもあるが、なんの話をしているのか分からないな。

どうやら指導をしているみたいだが……エルビスは教えるのが下手。アデルが言っていたことは本当だったようだ。

エルビスの指導に、セリアと一緒に指導を受けているミアは小首を傾げながら剣を振っている。

「エルビスさん、指導の方はどうですか？」

「順調だよ。特にセリアは飲み込みがいいな。あれは逸材だぞ」

褒められているセリアは難しい表情をしているミアと違って、何かコツを掴んだみたいだ。

確かに剣の振りが先ほどに比べて良くなっている気がするな。

「本当ですね。なんだか良くなっている気がする」

「だろ？　俺の指導がいいからだな。それよりさ、あんま俺の弟をいじめないでくれよな」

「いや、トーマスの方から仕掛けてきたんで試合を受けただけです」

「知ってるよ。だがさっきも言ったが根は悪いやつじゃないんだ。トーマスより年下のジャックに頼むのはおかしな話だが大目に見てやってくれ」

そう頭を下げて俺に頼んでくるエルビス。

なんで人のために頭を下げるのだろうか。よく分からないな。

「頭を上げてください。ちょっと本気で戦っただけで特に怒ってはないので」

「そうか。それなら良かったよ」

俺がそう言うとニカッと爽やかな笑顔を見せた。この人は本当にいい人のようだな。

……さっきの一件で俺はもうスッキリしていたし、トーマスのことは水に流すか。

まあ、また俺にちょっかいをかけてきたら話は別だがな。

「なんか、ジャックと話しているとトーマスよりも年下の子供と話している気にならないんだよな。

俺よりも落ち着いてるしな」

「いや、中身は全然子供です。未だに家族から離れられてないですし」

「そういう謙遜も大人に見えるんだよな」

その後、エルビスともう2戦だけ試合したあと、今日の特訓は終わった。

自分の弱点も見えたし、トーマスに恥をかかせられたし、実のある1日だったな。

セリアもなにか摑んだのか帰路についている最中だが、ずっと機嫌がいい。

「セリア、調子良さそうだな」

「うんっ！　エルビスさんの指導が分かりやすくてコツを摑んだ気がするんだ！」

「えー……。ミアはぜんぜんわからなかった」

俺もミアと同意見だ。

たまたま、セリアの感覚とエルビスの感覚が似ていたのだろう。

「どちらにせよ、コツを摑めたなら良かったんじゃないか」

「うん！　これでジャックに追いつける！」

「セリアだけずるい！」

「ミアはジャックが教えてくれてるんでしょ？　知ってるんだからね！」

ギクッと体をはねらせたミア。

確かに家で暇があれば剣を見てくれとねだりに来ているが。

そんな会話をしているとすぐに家へと着いた。

「そりゃっ！　チャンスッ！　【連斬】」

「くっ……！　きゃっ！」

セリアが放った【連斬】によって、アデルの頭にセリアの振った木の棒が当たった。

ちなみにこの【連斬】はセリアが俺の剣技を真似して覚えたものだ。

アデルが滞在していた、ここ1カ月の通算戦績はセリアの74勝38敗。

エルビス〝さん〟に剣術を教わって大幅に力をつけたセリアが大きく勝ち越した結果となった。

「あー、最後も負けてしまいましたか……」

「アデル、ありがとうね！　楽しかったよ」

試合後に熱い握手を交わす2人。

今日でアデルとエルビスさんはこの村から王都へと帰るそうだ。

俺も先ほどエルビスさんと、最後の試合を終えたところだ。

俺のエルビスさんとの通算戦績は113勝102敗。

結局力のゴリ押しをどうすることもできず、結果だけを見るとなんとか勝ち越したって感じだった。

「アデル、いつかまた戦おうね！」

「ええ、私も今よりも強くなります！　そして次戦うときは負けません！」

「こっちこそ！　更に強くなっているから！」

さらに熱い約束をしている2人。

そしてちらっとミアを見ると、ぶすっとした表情をしていた。この1カ月、ミアは2人に大きく負け越していたからな。

アデルからライバルと認識されていないようで、そのことに若干拗ねているようだな。

「ミア。アデルになにか言わないのか」

「……いってくる」

怖い顔をしながらアデルの下へと向かったミア。

「アデル！　つぎはわたしもライバルとみとめさせるからっ！」

「えっ……あっはい！　楽しみにしていますね」

ミアはそう一方的に一言、言い放ってすぐに戻ってきた。

アデルはトーマスやティムとも話したあと、離れて見ていた俺の方にもやって来た。

言い放って戻ってきたミアはまた顔を合わせることになり、少し気まずそうな様子。

「ジャック。次は貴方と戦えるだけの力をつけておきます。そのときはお相手お願いしますね」

「ああ、また会う機会があったらな」

アデルのその言葉に俺は適当に返事をする。多分だが、もう会うことはなさそうだがな。

「よしっ、アデル！　馬車が来たぞ」

「今行きます！」

そこでようやくエルビスさんが馬車を連れてきたみたいで、アデルが慌ててエルビスさんのところに向かっていった。

遠ざかる2人の背中を見つめながら見送る。

なんだかんだ、ここ1カ月は毎日一緒に剣を振っていたからな。

短い付き合いではあったが、エルビスさんのお陰で大分力をつけることができた。

それと、まだ俺が力を十分に使いこなせていないと言うことも分からせてくれた。

エルビスさんに至っては、最後の最後まで俺を王国兵団に勧誘してきたが、断りを入れた。

正直、王国兵団に入ると言う選択肢もアリな気がしてきていたがな。

「ジャック、寂しくなるね」

「うーん、まあそうだな。セリアは余計にそう感じているのかもな」

「うん。同年代で女の子。それに剣も扱える子なんてこの村にはいなかったからさ。アデルはいいライバルだったんだよね」

「また会えるだろ」

「そうだね。強くなって王都に行って、いつかアデルともう一度戦いたい」

「ミアももっとつよくなるっ！」

俺にとってもセリアにとっても、兵士たちとの出会いは大きな収穫となったようだ。

第3章　鑑定の儀式

アデルとエルビスさんと別れた日から、かなりの月日が流れて約9カ月が経った。

結局、俺は9カ月経った今でもこの村から出て行けずにいる。

ダンジョンで暗くじめじめした場所でずっと過ごしてきた俺にとって、なんだかんだこの村は居心地がよく、自分の中でこの村に残る理由を見つけては言い訳をして残っているような気がする。

畑の手伝いは、また土作りから始まり→種まき→追肥《ついひ》と行い、あと少しで収穫の時期を迎える。

育てた野菜を食べるのも密かな楽しみだ。

それとこの体は1カ月ほど前に10歳を迎えていて、今日はとうとう隣町であるベキッドの町で鑑《かん》定《てい》が行われる。

この村から鑑定を行われるのは俺とセリア、そしてあまり面識のない2人の男の子だけ。

鑑定は特別なアイテムで行われるらしく、この時期にこの周辺の村の子供をまとめて行うそうだ。

そしてこの村から鑑定を行われる人数は少ないため、この村に鑑定員が来ることはなく、ベキッドの町で一気に執り行われるようで俺達が町まで向かう。

「ジャック。早く準備しなさい。遅れたら大変だから」

「母さん、俺はもう準備できているよ」

「地図は持った？　それとお財布と雨よけに寒くなったときの外套《がいとう》。それとそれと護身用のナイフにもしものときの非常食とお水と……」

「隣町に行ってすぐ帰るだけだから、いらない」

ちょっと村を出るってだけでこの慌てよう。

約1年経ったのに、未だに俺がコボルトに半殺しにされたことが忘れられないようで、こうして心配してくる。

「それじゃ、セリアの家寄ってから行ってくる」

「あー、ジャック待って。馬車まで見送りするわ」

「大丈夫だから」

俺はついてこようとする母さんを振り切るように家を出る。

母さんの心配性は年々酷くなっている気がする。

俺が出て行ったあとどうなるか……正直考えたくはないな。

セリアの家に着くと、セリアはおばさんと珍しく、既に家の外で待っていた。

表情から察するに、ワクワクして待ちきれなかったって感じだ。

「おはようジャック！　さあ、早く行きましょう！」

「セリア、おはよう。行くか」

「そんなに急いでも出発の時刻は変わらないのよ」

「それでも急ぐの！　もし置いて行かれたらどうするのよ！」

「2人とも気をつけて行ってらっしゃい」

セリアの両親に見送られて村の入口へと向かう。

「ねぇジャック。なにか良い才能だといいね！」

「俺は別になくても構わないさ」

「えっなんで？　農民でもいいの？」

「別に農民と出ようが俺には関係ない。誰になんと言われようが俺には自分の力があるからな」

「うーん……。確かにそうだけど。でも私はかっこいい才能があった方がいい！」

良い才能があっても面倒くさそうなだけだしな。

この間聞いたアデルからの話によれば、珍しい適性職業が出た場合、王都へと招集されるらしい。

俺には既に剣の技術がある。そりゃ強い体だったら嬉しいが、あまり関係がない。

セリアと喋りながら村の入口まで着くと、既に馬車が来ているようだ。

まだ予定時間まで相当あると思っていたがな。

「うー！　楽しみっ！」

「そう言えばこの村以外の村とか町に行くのは初めてだもんな」

「うん！　ついでに言うと馬車に乗るのも初めて！　ミアに自慢しよっと」

悪い顔でそんなことを言うセリア。

セリアに自慢されたときの、ミアの荒れ狂う態度は容易に想像できるな。

それにしても俺も正直ワクワクしている。

この村以外の村になにがあるのか、珍しい食べ物があれば食べてみたい。

あふれ出てくるよだれを飲み込み、御者《ぎょしゃ》に挨拶する。

「おはようございます。ジャックです。ベキッドまでお願いします」

「セリアです。よろしくお願いします」

「おお！　パラディオのとこの坊ちゃんとカートライトのとこの嬢ちゃんだね。わしがベキッドの町まで連れて行く村長じゃ。時間までは出発しないが乗っていてくれ」

「わかりました」

御者兼村長に挨拶してから、馬車へと乗り込む。布で覆われただけの簡易的な馬車で中は狭い。

風景も見られなそうだし、これは期待外れだな。

「暗い、狭い、そんでちょっと臭いね」

「確かに。これにずっと乗っていくのか？」

アデル達が乗っていたような、豪華な馬車を勝手に想像していたから落差が凄い。

セリアも露骨にテンションが下がっているようだった。

冷静に考えたら貴族が乗る馬車と、農民が鑑定だけのために乗る馬車じゃ違うに決まっているよな。

なんだか馬車の中の変な臭いだけで気分が悪くなってくるが、出発の時間まで待つ。

しばらく待っていると俺達以外の鑑定を行う、男の子2人も到着したらしく、中に乗ってきた。

2人でも狭かったが、4人だと本当にぎゅうぎゅう詰め。

あまり知らない人間と密着するのは嫌だが仕方ない。

「もう嫌だ。降りたい」

「もうちょっとだ。我慢しろ」

馬車に揺られしばらくして、セリアが弱音を吐いた。

セリアにそう言った俺も、もう限界を迎えそうだ。想像以上に乗り心地が悪い。

かなりの頻度《ひんど》で大きく揺れ、お尻も痛いし何より酷く気持ちが悪い。

これが酔いってやつなのかもしれない。狭い空間で空気も悪く、ストレスが溜まる。

そんな状態を耐え過ごしながら、やっとベキッドに着いた。

「もう最悪。私、今後村から出られないかもしれない」

「忘れているみたいだが帰りもあるからな」

「もう帰りたくない……」

降りてすぐ弱音を吐いたセリアに、このあとすぐ訪れる現実を伝える。

正直、俺ももう乗りたくはないけどな。

「鑑定まで時間はあるらしいから少し気晴らしに行くか。なにか美味しい物があれば食べたい」

「いいね！　賛成！」

町の市場を回りながら、地獄の馬車移動の疲れから体をリフレッシュさせる。

大きな市場を見たら好奇心からか、すぐに気分の悪さからは解放されることができた。

それとお金をあまり持ち合わせてなかったため、露店で色々と食べ物を売っていたのだが、全然買うことができず悩みに悩んだ末、一番良い匂いがした牛串だけ買って食べた。

味は最初の一口から肉汁があふれ出て、多幸感を味わえたのだがそれだけでは終わらず噛めば噛むほど美味しさがあふれ出てくると言う最高の食べ物だった。

肉と言えば、父さんが狩ってくる野生の獣の干し肉しか食べたことがなかったため、衝撃的な美味しさだった。

「はぁー！　楽しかった！」

「ああ、美味しかった。そろそろ教会に行くか」

鑑定は教会で行われるらしく、混雑が起こらないように鑑定を受けられる時間が大まかに指定されている。

2人で教会を探して向かうと、先ほどの馬車に同乗していた少年たちと馬車の御者をしていた村長を見つけた。

「おお、2人共来たか。もうそろそろだからここで待ってなさい」

「分かりました」

村長の指示に従い、人で溢れかえっている教会に並ぶように行列の後ろにつく。

徐々に徐々にと、並んだ俺達は教会の前の方に進んでいき、とうとう俺達の番になった。

まず鑑定を受けるのは一緒に来た少年2人。

「次、前へ。**【鑑定】**、君は適職**【農民】**」

「次、前へ。**【鑑定】**、君も適職**【農民】**だな」

流れ作業のように鑑定されていき、一緒に来た二人の少年は適職が農民と鑑定された。

もっと儀式的な感じを想像していたが流れ作業のように進んでいき、これにも拍子抜《ひようしぬ》けしている。

次は俺かセリアだが。俺から行くか。

師匠から託された水晶のようなものに手をかざしている神官の前に立つ。

特にワクワクすることもなく、ただ結果を待つだけ。

「【鑑定】君は適職【魔法使い】。おめでとう。魔力が高いようだね。次、前へ」

予想外の結果に驚いた。

出ても近接系の鑑定がでると思っていたが、まさかの鑑定結果は魔法使い。

俺は驚いたが、特に珍しい鑑定結果でもないのか神官は無感情で次のセリアを呼んだ。

一歩下がってセリアと立ち位置を入れ替え、セリアの鑑定結果を俺も待つ。

「【鑑定】ん……ッ!!!!　き、君は適職【剣聖《けんせい》】だ!!　ちょっと待っていてくれ!」

「けんせい……?」

どうやらセリアはレアな適性を引いたらしい。

今まで無表情だった神官が、表情を変えて大慌てで奥の部屋へと駆けていった。

一緒に来ていた村長もこんなことは初めてのことだったらしく、戸惑っているのか顔を真っ青にしている。

当のセリアはまだ把握できていないのか、周りをキョロキョロしていて、俺をじっと見てきた。

しばらくすると、奥の部屋から身分の高そうな人を連れて戻ってきた神官。

「お待たせした。君の名前は?」

「セ、セリアです」

「そうか、セリアだね。まずはおめでとう。君は才能に溢《あふ》れている英雄の卵だ。そのため、王国が全面的にバックアップをさせてもらいたい。早速だが近々、王都へと来てもらうが大丈夫かな?」

「えっ……いや……ちょっと待ってください!」

急な話に焦ったのか、あわあわしながら俺の元へと寄ってきた。

「ねぇジャック!!　どうしたらいい!?」

「俺もよくは分からないが、とりあえずしっかり聞いてきた方がいいんじゃないか？　悪い話ではないだろうし」

本当に分からないからそうとだけ伝え、セリアを話を聞きに戻らせる。

成長速度が必死に特訓をしている俺よりも速いとは思っていたが、やはり才能があったみたいだ。

「あの、詳しい話を聞きたいんですが……」

「それはご両親を交えて話そう。この子はどこの出身の子かな」

「ハイッ!!　ロダの村でありますっ！」

身分の高そうな男から、問われた村長が声を裏返しながら大声で答えた。

あからさまにあがっている村長の姿を見て、周りの人達はクスクスと笑っている。

「ロダの村だね。それじゃ1週間後ほどに向かわせてもらう。これはそのことが書かれた書類となる。封を切らないように気をつけてご両親に渡してくれるかな」

「はい、分かりました」

「それじゃ、また来週」

そう言うと、身分の高そうな男は奥の部屋へと戻って行った。

どうやら話は以上のようで今日はもう普通に帰れるようだ。

希少な才能だろうし、大々的に祭り上げると思っていたのだが、そういうことはしないらしい。

まあ、まだ鑑定しなきゃいけない子供がたくさん残っているし時間もないのだろう。

「ジャック。剣聖だって！」

「ああ、聞いてたよ。良かったな」

「良かった……のかな？」

「いい才能が出て欲しいって言っていただろ？」

鑑定が終わるともうすぐに村へと戻るらしく、先頭の村長が馬車へと向かっている。

はぁ。また馬車に乗らなくてはいけないと思うと気が重い。

俺が馬車に乗るのに憂鬱《ゆううつ》になっている一方で、セリアはと言うと渡された書類を握りしめて、あまり喋らない。

表情を見る限り嬉しいって感情ではなさそうで、まだ戸惑っている様子。

「セリア。静かだけど大丈夫か？」

「えっ？　うん、大丈夫だよ！」

「そうか。ならいいんだけど」

結局、馬車に揺られている最中も普段はうるさいセリアから俺に話しかけることはなく、心ここに在らずと言った具合だった。

心配にはなるが、具合が悪そうには見えないし大丈夫だろう。

「ふー。もう馬車には二度と乗りたくないな」

「うん。そうだね。なんだか動いてないのに疲れたよ」

村に着き馬車から降りると、すでに辺りは暗くなっていた。

村長に連れて行ってもらったお礼を言い、セリアと帰路に就く。

家までの帰り道も特に話すこともなく、セリアの家に着いてしまった。

「それじゃ、またな」

「うん……またね」

別れの言葉を告げてから、俺はセリアが家の中に入るのを見届け、その後自分の家へと向かう。

それにしても結局、最後までセリアの態度はおかしなままだった。

普段は鬱陶しいとしか思ってなかったのだが、こうも態度が変わると気になってしまうな。

「ただいま」

「おにいちゃん！　おかえりー！　どうだった？」

「ジャック！　おかえりなさい。どうだった？」

2人は玄関の前で待っていたのか、俺が帰るや否や結果を聞いてきた。

奥の部屋から父さんがちらっと顔を覗かせているのも見える。

「適職は魔法使いだった」

「ええ!?　魔法使い!?　お兄ちゃん剣も凄いのに魔法使いなのッ!?」

「あら、凄いわ！　流石私たちの息子ね！　これはお祝いしましょう!!」

二人は諸手を挙げて喜んでくれているようだ。父さんも覗かせている顔が笑顔になっている。

なんで他人のことでここまで喜べるのか分からないが、皆の喜んでいる顔を見てほっとしている自分に驚く。

「ねね！　セリアはどうだった？」

「セリアは剣聖だってさ」

「けんせい？　なにけんせいって！」

「俺もよく分からないけど、なんか凄い才能らしい」

「へー、セリアちゃんは凄い鑑定結果だったのね。後でお祝いの言葉を言いに行かなくちゃいけないわね！」

玄関での話を終えて食卓に向かうと、大きな鳥が丸々焼かれたものがテーブルの上に置かれていた。

香ばしい良い匂いが食欲を刺激する。なんだこの鳥。こんな鳥見たことすらない。

「なにこの鳥。すごっ」

「いい鑑定結果がでたお祝いよ！　さあ、みんなで食べましょう！」

「わーいっ！　やっとたべれる！」

「ジャック、お疲れ様」

鑑定結果に関係なく、元々用意してあったのであろう鳥の丸焼きを母さんが切り分けてお皿に取り分けていく。

父さんがどこからかワインを取り出し、母さんと父さんのグラスに注ぎ、俺とミアのグラスには果物のジュースを注いだ。

「それじゃ乾杯っ！」

「「かんぱーい」」

家族で豪華な食事を楽しんだ。

初めて食べた鳥の丸焼きも、先ほどベキッドの町で食べた牛串なんかとは比べ物にならない程美味しく、畑で収穫したトマトのソースやデレクさんの牧場のチーズのソースなどで、味を変えながら美味しくいただいた。

ご飯を食べ終わったあと、4人で軽く話していると家の扉が叩かれる音が聞こえた。

「はーい！　こんな時間に誰かしら」

母さんが玄関に行き、来客の対応へと向かった。

俺も来客が誰か覗きに行くと、来ていたのはセリアのお母さん、お父さん、そしてセリアも来ているようだった。

今日の鑑定結果のことを伝えに来たのかもしれないな。

「あら！　カートライトさん、こんな時間にどうしたの？」

「すいません、こんな時間に。ちょっとお話がありまして……いいですか？」

「大丈夫ですよ。どうぞ、どうぞ入ってください」

母さんはセリア一家を家へと招き入れた。

あまり大きくはない家に7人は流石にぎゅうぎゅう。

母さんは、セリアの両親を椅子に座らせた。

「ジャックとミアはセリアちゃんと部屋に行っていてくれる？」

「分かった。セリア、ミア行くか」

母さんの指示に従い、俺はセリアとミアを連れて俺達の部屋へと行く。

「セリア、おにいちゃんからきいたよ！　けんせいなんだってね！　おめでとう！」

「……ぐすっ。……うわーん！」

ミアがそう声をかけるとセリアは泣き出し、俺の胸へと急に飛びついてきた。

急な行動に俺もミアも驚き、２人は顔を見合わせた。

セリアがとりあえず落ち着くまで様子を見ることにした。


「落ち着いたか？」

「うん。もう大丈夫」

泣き止んだセリアは、目を真っ赤にさせながらも力強く大丈夫と答えた。

もう話はできそうだし、泣いていた理由を聞こうか。

「それで、どうして泣いたんだ？」

「……実はさ、私引っ越すことになったの」

多分、鑑定の時に言われたことだろう。

身分の高そうな人が、近々王都に来てもらうとか言っていたしな。

一緒に聞いていたし、このことは分かりきっていたことだが、セリアの口から直接聞いた瞬間に俺の胸はなぜかズキズキと痛んだ。

「え？　いやだよ!!　わたしセリアとまだまだいっしょにとっくんしたい！」

「ありがとうミア。でもねママとパパと話し合って、もう決めたんだ」

「そうか。それで今日はその挨拶に来たってことか。それで王都にはいつ行くんだ？」

「……いつ行くかは分からない。今日、私と話した身分の高そうな人が、近々ロダの村まで詳しい事情を説明しに来てくれるって言っていたから、その時に詳しい日程とかが決まると思う」

「ふたりともなんで？　おにいちゃんもセリアがいってさびしくないの!?」

ミアはまだ整理ができていないようで、俺に訴えかけている。

強くなるには優秀な指導者に指導してもらい、特訓するのに良い環境が整っているはずの王都で鍛えるのが一番だろうからな。

現に俺と毎日打ち合っていたときよりも、エルビスさんに1カ月指導してもらったときの方が成長していた。

そう自分に言い聞かせるように、ミアにもこの事実を伝える。

「セリアが強くなるには王都に行くのが一番だ。それに……一生の別れって訳ではないしな」

「なに、おとなぶってんの！　わたしはいやだっ！」

「ごめんねミア」

喚くミアを、今度はセリアがあやしている。

先ほどまで逆の立場だったのにおかしな光景だ。


「それじゃ、気をつけてね」

「今日は話を聞いてくれてありがとう」

一通り話し終えたセリアとセリアの両親を、母さんと一緒に玄関から見送った。

どうやら、母さん達も泣いていたらしく目の周りが赤かった。

ジャックやセリアが生まれるずっと前からの付き合いって言っていたからな。

「ジャックもセリアちゃんから聞いた？」

「ああ、王都に行くってさ」

「ジャックは寂しくない？」

「強くなるには王都に行くのが俺も一番だと思うからな。それと……俺もちょっと話がある」

ミアは不貞腐れてもう寝てしまった。

父さんと母さんだけを集めて、俺からの話をする。

「それで話ってなんだ？」

「俺も兵士になるために王都に行きたいと思ってる」

「兵士……？　い、嫌よ！　ジャックが危険な目に遭うのは嫌なの」

父さんが話しを促し、母さんは俺に懇願《こんがん》するように提案を却下した。

誘われていた王国兵士のことだ。

ずっと考えていたが、本格的に実行に移そうと思った。

今日の鑑定はかなり良い出来事で、これを理由に俺も王国兵士として働きたいと言えばこの村から抜け出せる口実となる。

黙って村を抜けることに抵抗があったため、村を抜けるための理由を探していたがこれだと俺は思った。

「母さん、ちゃんと聞いて。今すぐとかではないから」

「でも、近々行くと言う話でしょ？　それならば私の意見は変わらないわよ。もうジャックが傷つくのは見たくないの」

「フィオナ。話だけでも聞いてあげよう」

詳しい話を聞かずに拒否してくる母さんを、俺と一緒に宥《なだ》めてくれる父さん。

どうやら父さんの方は、話を聞く気があるようだ。

「……。分かったわ、話だけは聞く」

「ありがとう。実はさ去年、ここの村出身の王国兵士の人と試合をする機会があって、その時王国兵団に入らないかって誘われていたんだ」

「試合？　試合って剣を打ち合う試合？　危ないことはしないって約束したじゃない」

「いや木の棒を加工した木剣だから。……ってそこじゃなくて、その時は保留にしていたんだけど、実は内々で王国兵団のことは考えていたんだよ」

「誘われたのは分かったが、その王国兵団って今からでも入れるのか？」

「ああ、多分だけどね。1年前の時点で即入団可能って言われていたから。でもさっきも言ったけどすぐに行くって訳じゃない」

そう。すぐに王都へ発つって訳じゃない。

今話して、行くための準備を今から始めるってことの宣言のようなものだ。

セリア一家のことで悲しんでいた母さんに、追い打ちをかけるようなことになってしまったが、今日を逃したらもう話す機会がないと思っていたから話した。

「自分自身で前々から決めていたんだな」

「ああ。畑を手伝えなくなるし、心配をかけると思って言い出せなかったけど、ずっと行きたいとは思っていた」

「そうか、なら俺は……良いと思う」

「あなた……!!」

「ジャックには、いや子供たちには自分の好きなことで生きていって欲しいんだ。フィオナがどう思うかは分からないが、これは俺の望みだ」

母さんは父さんのその言葉に押し黙っている。

言葉を出そうとしてはやめ、その繰り返しをしている。

「今日はフィオナも決められないだろ。ジャックももう寝なさい」

「分かった。父さん、母さんおやすみなさい」

その父さんの一言で俺は自室に戻り、眠りにつく。

今日は色々あって久々に疲れを感じたな。


あれから3日が経った。

母さんから俺が王都に行くと言うことの返答は、未だ貰えていない。

まあ、気長に待とうとは思う。

「そりゃっ！　えいっ！」

「うらぎりものにはまけないっ！」

父さんから、畑はいいからセリアの出発まで遊んでおいでと言われたため、この3日間セリアとミアはずっと剣を打ち合っていた。

ミアの気合いの入りかたは相当なもので、絶対に倒すと言う気概を感じる。

「裏切ってない！　強くなるために行くんだっ！　えいっ！」

「わたしはこのむらでつよくなるもんっ！」

二人はあの調子でずっと言い合いをしながら戦っている。

ミアはセリアが王都に行くことに、どうしても納得がいかないようだ。

「2人共、1回休め」

ヒートアップしてきた剣士ごっこを止めて、無理やり休憩を入れさせる。

2人が打ち合いをしている一方で、俺はなんとか魔法が使えないか試していた。

だが、一向に魔法を使うことはできない。

何度か師匠が使っているのを見たことがあるから、要領は知っていると思っていたのだが駄目なようだ。

なにが駄目で魔法が発動されないのかさっぱり分からない。

「次、ジャックとやりたい」

「だめ！　ミアをたおしてからっ！」

「ああ、いいよ。やろう」

3日間でセリアは初めて、俺を剣士ごっこに誘ってきた。

ミアがわーわー言っているが、無視して俺は了承する。

休憩が終わるのを待ってから木の棒を構えて、セリアと対峙する。

「やるのは久しぶりな気がするな」

「そうかな？　ここ数日やってなかっただけじゃない？」

「セリア、いつでもいいぞ」

先制を許して、俺はじっくりと動き出すのを待つ。

セリアもエルビスさんとの特訓から大きく変わったが、俺もエルビスさんとやりあってから、この約1年で大きく変わった。

日々欠かさずに行った筋トレのお陰で、思い切り振ればスケルトンの時のように、音を置き去りにするところまで体を鍛えることができた。

ただ反動は大きく、その一振りで腕が動かせなくなるほど筋肉を使う。

この【音斬《おとぎり》】のお陰で翌日、酷い筋肉痛に苦しんだのは最近の話。

ただ成長したのは【音斬】を使えるようになったことだけでなく、他の基本の型も高水準で繰り出せるようになったし、段々と理想に体が追いつき始めている。

エルビスさんと試合をやっていたときは、俺の動かしたい理想と動かない現実のギャップで、よく攻撃を食らっていたし攻撃を外していたが、今なら圧勝できるくらいにはこの体にも慣れて強くなったと思う。

「【連斬】」

セリアはいきなり【連斬】を繰り出してきた。

だが、これは想定内。

しっかりと二連撃を受け切り、反撃に水平斬りを胴に当てる。

セリアは俺の速度に対応できなかったらしく、簡単に当たった。

「あと2発」

「本当、なんでジャックが剣聖じゃなかったんだろうね」

俺に問いかけながら、攻撃してくるセリアの剣を完璧に捌《さば》ききる。

セリアの剣は速くなったし、鋭くなった。

だが俺もスケルトン時代の努力の財産に甘えず、更に鍛えた。

水平斬りを打つと見せかけて、右上からの袈裟斬り。

これはガードされるが、即座に手首を返し逆風でセリアの手首を下から斬り上げる。

「あと1発」

「ねぇジャック、本気を見せてくれない？」

諦めたのか、構えを解いて手を下に垂らし、無抵抗になったセリア。

ただ目は本気のままで、熱気の籠《こも》った目で俺を見つめている。

本気を見せて、か。

ふぅー。俺は一呼吸入れて、気合いを入れ直す。

餞別《せんべつ》として俺が師匠にしてもらったように、セリアにも俺が高みを見せることに決める。


「……ふぅ。――【音斬】」


俺が木の棒を振り終えてから、ブンッと鈍く鋭い音が響く。

この一撃でもう筋肉が疲労し、腕が上がらない。

そして振った木の棒は、握っていたところから真っ二つにへし折れていた。

気が付いたら振り下ろされていた木の棒と、振られた音が遅れて聞こえてきたことに驚いた表情を見せるセリア。

多分だがセリアは視認できていなかっただろう。

「これが今の本気だ」

「凄い。ジャックは本当に凄いよ。いつも私のお手本になってくれてありがとう」

セリアの目はより輝きを増し、嬉しそうな表情を浮かべた。

セリアの気持ちが手に取るように分かる。

まだまだ強くなれると知ったときの嬉しさ。師匠に教わっていたときの懐かしさを感じるな。

「おにいちゃん！　いまのわざなに!?」

「俺の必殺技だ。ミアも見ていたのか」

「うん！　みてたっ！　ふったあとにぶんっておとがした!!」

ミアは興奮気味にそう騒いでいる。

この3人でこうやって剣を交えるのもあと少し。

……師匠がダンジョンから出て行ったときのことが重なり、ズキズキと胸が痛む。

そしてセリアが村からいなくなる日が近づくにつれ、この謎の胸の痛みが酷くなってきている。

胸が痛む度にセリアにとっては王都に行くのが良いと、自分で自分を納得させて痛みを緩和させていたのだが……最近はそれでも胸の痛みが治まらなかった。

それから更に7日が経過。

3日前には王都から、教会でセリアと喋っていた身分の高そうだった人がセリアの家を訪れていた。

その人物とも色々話したようで、もう既に王都にセリア一家の住む家もあるそうだ。

話し合いの結果、すぐにでも王都に招きたいとのことでセリアとセリアの両親がそれを了承。

そして話し合いから3日後である今日、セリアはこの村から引っ越すことになっている。

正直、予想以上に早い話だったが、思い残すことのないように俺達は毎日3人で剣を交えていた。

謎の胸の痛みで眠れない日々が続き、ここ最近は体調が悪かったのだが、今日は特に酷い。

部屋で寝ていたいぐらいズキズキと痛むが、セリアとはしばらく別れとなるため、俺は無理やり体を起こして見送りへと来た。

「セリア、俺に色々と付き合ってくれてありがとうな。……楽しかった」

「ジャック、私も本当に楽しかった。この村で、ジャックの隣の家に生まれて本当に良かったよ」

そう言い、セリアが笑顔で差し出してきた手を俺は握り返す。

セリアの目には涙が溜まっているが、零れないよう必死に堪えているようだ。

「ゼリア、いっぢゃやだよお！」

一方でセリアの足元でミアが必死にしがみつき、大泣きしている。

感情を隠さずに本心をさらけ出せるミアが、感情を上手く出せない俺にとって少しだけ羨ましく思える。

「セリア。迎えが来たみたいよ」

「うん、ママ。今行く」

母さんがミアをセリアから引きはがし、セリアを行かせるように促す。

俺も握っていた手を放そうとするのだが……俺の考えとは裏腹に俺の体がセリアの手を放そうとしない。

「あのジャック、もう馬車が来ちゃったんだけど……」

「ああ、分かってる。もう少しだけ」

セリアの手を握ったまま、何度か息を整えて心を落ち着かせる。

それでも俺の手はセリアを放すことはなく、セリアも困ったような表情を見せている。

こうなったら力尽くで手を剝がすしかない。

俺は握っていない方の手で、無理やり俺の手を引き剝がす。

俺から解放されたセリアはじっと俺を見て、質問をしてきた。

「ジャックは私に王都に行って欲しくないの？」

その質問に心から迷う。俺としては行って欲しくない。

だが、セリアのことを考えれば王都へと行くべきだと思う。

「ああ。俺は行って欲しくない……だけどセリアは王都に行くべきだと思う」

矛盾しているように聞こえる俺の言葉だが、セリアは俺の言わんとすることが分かったようだ。

セリアが俺になにか言いかけたとき、おばさんに再び呼ばれて躊躇《ためら》った様子のまま、なにも言わずに馬車へと向かって歩き出して行った。

俺はその後ろ姿に、最後なんて声をかけるか迷い、言葉を必死に紡《つむ》ぐ。

「セリア、いつか必ず追いつく。そしたらまた……一緒に勝負しよう」

「うん！　ざぎにいっで、まっでる。じゃっくにまげないように、づよくなるがらっ！」

俺の言葉を聞き、振り返ったセリアの顔は涙やら鼻水で溢れ、ぐちゃぐちゃになっていた。

そんなセリアの姿を見て、胸の痛みが激しくなる。

このまま爆発するのでないかと思うほど胸が締め付けられ、そして次第に目頭が熱くなり、気分が悪くなっていく。

セリアは馬車の方へと向き直ると、ふらふらと歩きながら馬車に乗り込んだ。

おじさんとおばさんが俺達に一礼し、セリアに続くように馬車に乗り込むと、俺の思いなど関係ないかのように、馬車は足早にこの村を出発した。

馬車が完全に見えなくなるまで見送り、俺は頬に流れた一筋の水をふき取った。


その日の夜。

夕食を食べたあと、母さんから話があると引き止められた。

食器の片付けられたテーブルに、俺と父さんに母さんが向かい合って座り、母さんの言葉を待つ。

ちなみにミアは家に帰ってからすぐに部屋に籠って、夕食も食べずにずっと塞ぎこんでいる。

「この間言っていた王国兵士の件についてなんだけど」

大方、予想はついていたがやはりこの件についてだったか。

止めてくるのかどうか。正直分からない。

「ああ、母さんの考えを聞かせてほしい」

「……私は行かせたくない。前も言ったけど心配でしょうがないの」

やっぱり駄目か。

この間の母さんの態度で分かってはいたが。

こうなったら後味は悪いが抜け出すしかないのだろうな。

このまま村にいても良いぐらいには馴染んでしまっているが、どうしても師匠のことだけは探したい。そこの気持ちだけは変わることはなかった。

「そうか。母さんは村に残って、一緒に過ごしてほしいと考えているのか」

「待って！　話は終わってないわ。さっきのは私の気持ち。でも、ランスの言っていたことも私が願っていたことだって気づかされて、ずっと心にひっかかっていた」

ランス。父さんのことだ。

母さんは父さんのあの言葉に引っかかっていたのか。

「それで、心配している気持ちと子供にはせめて好きなように生きてほしい気持ちが交錯《こうさく》していて、ちょっと返答するのに長くなっちゃったの」

「結論は出たってこと？」

「ええ。私もジャックが王都に行きたいって言うのなら行かせてあげたいと思ってる」

いつもはほわほわしている母さんの初めて見た凛々しい顔。

正直、普段の母さんからは予想外の返答だった。

「母さん、いいのか？」

「よくないわよ！　よくないけど、ジャックが行きたいって言うなら応援するってだけよ」

「ありがとう。応援してくれて」

「うん、これで話は終わり……ミアのこと見てあげて」

母さんは顔を横に向け、俺から顔を背けてから部屋に戻るように促した。

父さんも頷きながら行くように言っている。

俺が席を立って部屋へと入ると、扉越しから母さんの嗚咽《おえつ》が聞こえてきた。

多分だが泣いているのだろう。

他人のために悲しむと言うのがよく分からなかったはずなのだが、先ほどのセリアとの一件で、俺もなんとなくだが分かるようになった気がする。

人間と言うのは胸の痛みが酷くなった時に自然と目から涙が零れ出る。

決して気分の良いものではないが、涙が治まると胸の痛みは軽くなるんだよな。

俺の部屋に入り、辺りを見渡すとミアが部屋の隅っこでうつ伏せになってすすり泣いている。

ミアはセリアがいなくなり、胸が痛くなって泣いているのだろう。

俺がジャックに憑依したばかりの頃はセリアとミアはお互いに嫌い合っていたのに、この2年で随分と仲良くなったんだな。

「ミア、大丈夫か？」

「……だいじょうぶじゃない。ほっといて」

「少し話すか？」

近くで待ち、ミアが話そうとするまで待つ。

次第にすすり泣く声も止まり、真っ赤になった目と鼻を擦《こす》りながら顔を上げた。

「……なにはなすの？」

「セリアのことでもいいし、なんでもいいんじゃないか？」

「……セリアのことはかなしくなるから、ちがうはなしがいい」

それから気が紛れるようにとミアと一晩中、これからのことや夢を語ったり、はたまたくだらない話や過去の思い出、結局はセリアの思い出も話した。

こんなふうにミアと話す日が来るとは、1年前からしたら凄い変化だ。

俺も知らぬ間に大分変わった。人間に近づいているのかもしれない。

日が昇る頃には俺自身もスッキリとした気分になっていたし、ミアも昨日よりかは晴れやかな顔つきになったと思う。

「おにいちゃん。ありがとうね」

「今日から切り替えられそうか？」

「……さすがにまだできないよ」

「でも今日から頑張らないとセリアに離される一方だぞ」

「なら、きりかえる！　きょうからがんばるっ！」

ミアは完全とは言えないが、立ち直っただろう。

ミアと共に部屋から出ると、母さんと父さんがテーブルの上に突っ伏して寝ていた。

テーブルの上には酒の空き瓶が置いてあり、珍しく飲んだようだ。

「あれ、ママとパパこんなところでねてる。それになんかおさけくさい」

「2人もミアのようにセリア達が引っ越して悲しかったんだろう」

「……そうなんだ」

母さんと父さんを起こさないようにしながら、２人で外へと出る。

畑まで向かって２人の代わりに畑仕事を手伝う。

収穫前の時期だから、やることと言えば虫が寄り付かないようにチェックすることと除草や摘果を行うだけ。

これなら２人でできるし、なによりここ１週間手伝っていなかったから、その分働かなくちゃな。

「おにいちゃん、こっちはおわったよ」

「俺も終わった」

２人で分担して行い、集中してやったお陰か早く終わった。

父さんと母さんの仕事が丁寧で、雑草や無駄な実が残っていなかったというのもあるけど。

おっ、父さんが来たみたいだ。

「２人共ここにいたのか。仕事してくれていたのか？」

「父さん、おはよう。もう粗方《あらかた》終わらせた」

「ミアとおにいちゃんでやった！」

「そうかありがとな」

ミアの頭をぽんぽんと撫でながら、褒めている父さん。

母さんはまだ寝ているのだろうか。

「母さんはまだ寝ているの？」

「ああ、昨日大分飲んだからな。二日酔いが酷いみたいで休ませている」

「そっか」

「あっと、ジャック……これ」

父さんから手渡されたのは師匠の剣だ。

返してもらう機会を逃して、ずっと母さんと父さんの部屋に置いてあった師匠の剣。

「いいのか？」

「ああ、ジャックのだろ？　ジャックが意識を失っていても離さなかったって言っていた」

「そうだ。この剣は俺のだよ」

父さんから剣を受け取ると、鞘から剣を少しだけ出し久しぶりに刀身を確認する。

未だに白い靄《もや》がかかっていて美しい剣だ。

久しぶりの師匠の剣をしばらく鑑賞してから、もう一度丁寧に鞘《さや》に納める。

「ねー！　おにいちゃんだけずるい!!」

「いや、ずるいもなにもこれは俺のだから」

「うそだっ！」

「嘘じゃない。これは俺のだ」

「じゃあどこでかったの？」

話しの流れが分からず黙っていたミアが、俺が剣を父さんから貰ったことを知ったようで駄々をこね始めた。

しかし、答えづらい質問をするな。

さて、どう誤魔化すか……。いや誤魔化さなくてもいいのか。

「昔、俺がコボルトに襲われて怪我したとき覚えているか？」

「うん！　おぼえてる！　じぶんでゆびおってた!!」

「……そこはもういい。俺はコボルトに襲われて、逃げるのに必死であまり覚えてないけど、山裏のダンジョンに入ってこの剣を見つけたんだよ」

「うそだ！　ダンジョンなんかしらないもん！」

「嘘じゃない。ダンジョンは魔物がいっぱいいるところ」

それでも嘘だ嘘だと言っているミアをほっといて、剣を鞘に戻してから背中に負う。

問題はこの剣を扱えるかだが……まだズシリとした重さを感じている。

だが鍛えたお陰か、憑依したばかりの頃のようにふらつくことはないし、問題なさそうだ。

「それじゃ父さん。俺は家に戻る。剣を渡してくれてありがとう」

「ああ、俺はもうちょっと畑に残る」

「ミアもかえる！　おにいちゃんあとでそのけん、つかわせてね！」

第4章　ゴブリンの群れ

それから収穫の時期を終えて、畑の休みのシーズンを迎えた。

丁度、エルビスさん達との特訓が1年前ってことになる。

久しぶりにラルフさんやエルビスさん達にも会いたいな。成長した今の俺の強さを確かめたい。

そう思い、俺は自然と足を広場の方に向けていた。

うーん。見た限り人だかりはなさそうだ。

1年前を思い出し、人だかりができていないことに落胆する。

辺りを見渡すがやはり兵士らしき人物は見えず、今年は来ていないのかもしれない。

それにしても広場も久しぶりだな。

セリアが王都に行ってからは、この広場に来ることは滅多になくなった。

打ち合いもミアとしかやらなくなったし、わざわざ広場まで出向く理由がなくなったからな。

ちなみにトーマス達はと言うと1年前、アデルの前でボコボコにしてから口すら利いていない。

さすがに大人げなかったと今では少し反省している。

広場から引き返して家へと戻る最中、大人数で慌てて広場の方へ走っている村の自警団の人たちとすれ違った。

すれ違った際に見えた、自警団の人たちの顔つきに鬼気迫るものを感じ、なんだか嫌な予感がする。

俺はこの嫌な予感を拭いきれず、自警団を追ってまた広場へと戻る。

広場には自警団の人たちの姿は見えない。ということは兵舎だろうか。

自警団の人たちが休憩所として使っている兵舎に着く。

激しく言い争っているのが、距離が離れたこの場所からでも聞こえてきた。

俺は兵舎の扉にそっと近づき、聞き耳を立てる。

「ただのゴブリンの群れじゃない！　赤く変異したゴブリンも見かけた！」

「だが今までだって退治してきただろ」

「それだけじゃない！　数も１００匹は優に超えていた！　あれはスタンピードだ！」

「ゴブリンに対して大げさだって。みんなもそう思うだろ？」

ゴブリンの群れ？　もしかしてそれがこの村に向かってきているのか？

話が途中からだったからいまいち分からない。

「大げさじゃねぇって！　見てきた俺ら全員が言ってるんだ。疑うならお前も見てきたらいい」

「分かったよ。それで、どうすんだよ」

「とりあえず戦える者を全員集めて討伐にでる。この村は防衛には向いていなすぎるからな」

「それって自警団以外の人たちも集めるってことか？　いてもゴブリン１００匹だろ？」

「そうだ。しかしさっきも言ったが赤く変異したゴブリンを見かけた。あのゴブリンはただのゴブリンなんかじゃない。なんだか嫌な予感がする」

「予感って曖昧《あいまい》だな……。まあ、お前らを信じるよ。それでどう動く？」

どうやら、ゴブリンの群れが向かってきているようだな。

ゴブリンの強さはコボルトと同等くらいだったはずだ。

今の俺ならばゴブリン20匹くらいならば、１人で勝てると思う。

今すぐその場所に出張って狩りに行ってもいい気がするが、引っかかるのは実際に見に行ったと言う兵士の言葉。

赤いゴブリン。

実際に先ほどすれ違った全員が鬼気迫る顔をしていたことから、本当になにか異常事態が起こっているのかもしれない。

俺は兵舎を離れて、家へと戻った。

先ほどの一件を父さんに話して、偵察に行く報告をしようと思っている。

これは絶好のチャンスかもしれない。

もし俺がこの戦いに参加し、ゴブリン達を殲滅《せんめつ》できたら、俺が王都に行ける実績となる。

家に着くと父さんは狩り用の槍の刃を研いでいた。数日後には去年同様、山籠もりをするためだろう。

「父さん、ちょっと話がある」

「ん？　どうした？」

家には母さんもいたため、母さんに聞かれないように父さんだけを家の外へと連れだしてから話を始める。

「さっき自警団が、ゴブリンの集団がこの村に向かっているって話しているのを聞いた」

「なに!?　それは本当か？」

「ああ、数は100匹程。群れのリーダーのようなゴブリンもいたって言っていた」

「そうか……ちょっと兵舎へ行ってくる。ジャック教えてくれてありがとな」

「父さん、ちょっと待って」

礼を言って足早に立ち去ろうとしている父さんを慌てて引き留める。

「なんだ？　まだなにかあるのか？」

「このゴブリンの群れの偵察にいきたい」

「なんでだ？　お前はまだ……いや、んー」

悩んでいるのか手を頭に当て、考えている様子を俺に見せる。

しばらく葛藤《かっとう》し、答えが決まったのか顔を上げた父さん。

「分かった。俺もついて行くってことなら許そう」

「それって、父さんも一緒に偵察に行くってことか？」

「ああ、そういうことだ」

「俺は全然大丈夫だけど、父さんは大丈夫なの？」

「ん？　戦闘面での心配をしているのか？　農民だからって舐《な》めるなよ？　毎年獣を狩りに山に籠っているんだ。そこらの兵士よりかは強い」

なんだか、いつも覇気のなさそうに見える父さんがイキイキしているように感じる。

父さんの意外な一面が見られた気がした。

「それじゃ父さん、一緒に行こうか」

「ああ、今から行くのか？」

「そうしようと思ってる。父さんが準備でき次第行きたい」

「分かった。ちょっとだけ待っていてくれ」

ミアに感づかれないように、父さんの準備を外で待っていると装備を整えた父さんが出てきた。

服装は軽装で弓と矢筒《やづつ》を肩にかけていて、腰には短剣を差している。

「さっき研いでいた槍は持ってこないの？」

「今回は偵察だろ？　長物は邪魔になる」

至極真っ当な答えに納得する。

俺も師匠の剣を置いて行った方がいいかとも考えたが、万が一もあるからな。

念のため、俺は帯刀しておくか。

「ゴブリンの目撃情報があった場所は分かっているのか？」

「多分だけどロダの森の方向だと思う。ゴブリンの群れを見たって言っていた自警団の人がロダの森の方向から帰ってきていたから」

「そんなところまで見ていたのか。ならロダの森を探してみるか」

父さんについて行くように村を出て、ロダの森へと向かう。

なんだかんだ久しぶりに村の外だ。

鑑定の時を除けば、コボルトの時以来かもしれない。

「なあ、ジャック。魔法の方はどうだ？」

「全然。魔力の使い方がさっぱりでまだ使えてない」

「そうか……。村には魔法を使える人は医者くらいしかいないもんな。教えてくれる人がいればいいんだが」

「確かに魔法は使いたいけど俺は焦ってないから。剣術だってあるし」

「そうか。ジャックは強くなったんだな」

普段あまり話さない父さんと雑談しながらロダの森を進んでいくと、しばらくして父さんが手で静止の合図をだした。

俺は立ち止まって、近くの木の裏に身を潜める。

「ゴブリンだ」

小声でそう言う父さん。

俺も気配を察知しながら前方を注意深く見ると、遠くに緑色の影が動いているのが見えた。

あれがゴブリンか。それにしても父さん、あの距離のゴブリンによく気が付いたな。

「父さん、どうする」

「ここはゴブリンの進行方向に入っている。大回りして横から確認しよう」

「了解」

音を立てないように気をつけながら、木から木へと移るように大きく回り込んでいく。

意外と村から近かったな。このままじゃ、下手すれば半日程で村とゴブリンがぶつかるぞ。

「ここで隠れながら様子見しよう」

「分かった」

外へと回り込み、更に視界が良く身を隠せる場所で潜伏《せんぷく》することに決めた。

しばらくじっとして待っているとゴブリン達が俺達の横を通り過ぎていく。

黒っぽい緑色の凹凸《おうとつ》の目立つ汚らしい体。

顔は人と比べると醜悪《しゅうあく》で距離があるのに臭ってくる悪臭。

身長は1mぐらいだが、手には簡易的なこん棒を持っている。

「父さん、100匹どころじゃなくないか？」

「ああ。200いや300くらい……シッ！」

父さんが人指し指を口に当て、静かにするようジェスチャーする。

警戒を一段階上げ、そっとゴブリンの群れを見ると……いた。

体躯が他のゴブリン達とは違い2mを優に超えていて、筋骨隆々の体つきに極め付きは真っ赤な体。

そして手にはどこで手に入れたのかバスタードソードを握っている。

見るからに危険なのがビシビシと伝わってきた。あれが自警団の人たちが言っていた赤いゴブリンか。

「父さん、あれ本当にゴブリンか？」

なんだか違和感を覚える。

ダンジョンにいたゴブリンの亜種でも、あれほどまでの巨軀《きょく》をもつゴブリンは見たことがない。

見た目は色、身長、体格を除けば似ていると言えば似ているのだが。

「ゴブリンの上位種か、もしくはゴブリンとは違う別種の可能性もあるな」

「どちらにしても危険そうだな。これからどう動く？」

「一度、村に帰って自警団と合流してから考えよう……ちょっと待て、嘘だろ」

父さんが一点を見つめ、固まった。

俺もその方向に目を向けると、ゴブリンの群れの後ろから赤いゴブリンの群れが見えた。

視界に捉えているのだけで20匹ほどだ。

「これはまずい。ジャック、急いで村に戻るぞ」

父さんの言葉に従い、すぐさま踵《きびす》を返して村の方面へと走る。

まさか赤いゴブリンも群れていたとは思わなかった。

ゴブリン推定300匹に赤いゴブリンが少なくとも20匹。

特に赤いゴブリンは一対一でも勝てるかどうか分からない。

飛ばして走る父さんに必死について行き、ゴブリン達よりも大分早く村まで戻ってこられた。

村に着くとそのままの足で、兵舎へと向かった父さん。俺も後について行き、成り行きを見守る。

「ちょっといいか？」

ドアを叩きながら大声で開けるように急かす父さん。

その声に反応し、中から装備を整えた自警団の人が出てきた。

「おお、パラディオさんじゃないか。そんなに慌ててどうしたんだ？」

「ついさっき、ロダの森でゴブリンの群れを見た」

その言葉を聞くと自警団の人は、周りをキョロキョロとして近くに誰もいないことを確認すると中に入れてくれた。

初めて入る兵舎の中だ。作りは簡素《かんそ》で物置小屋のような感じ。

壁には使い込まれた鉄製の武器がいくつか並んでいて、奥にはベッドが数床。

地面には大きな地図が広げられていて、その地図を囲むように数十人の自警団の人たちが囲んでいた。

「その様子じゃみんなもゴブリンの群れに気づいていたようだな」

「ああ、さっき村の周りを見回っている兵士から、ゴブリンの群れのことは既に聞いていた」

「そうか。なら対策は練っていただろうから無駄足だったか」

「いや、情報は少しでも欲しいから無駄足なんかじゃないさ」

父さんと俺は自警団の情報からゴブリンの群れを偵察に行ったのだが、どうやら自警団が発見していたことを知らなかった体《てい》で話しているようだ。

「それで、そっちはどんな情報を聞いているんだ？」

「ゴブリンが100匹ほどこの村に向かって進んでいるってこととその集団のリーダーの赤いゴブリンが強そうだったってことだ。なにかこの情報に錯誤《さくご》はあるか？」

「ああ、俺と俺の息子はもっとじっくり見てきた。違う点は、ゴブリンは100匹ではなく約300匹だった」

「300匹だとっ!?　くそっ！　本当にスタンピードだったのか」

「情報はそれだけじゃないぞ。赤いゴブリンは身長2mオーバーで筋骨隆々。俺の知っているホブゴブリンやゴブリンウォリアーとは一線を画した見た目をしていて、ゴブリンではなく別種の可能性もある」

「その特徴、オーガか……？　オーガがゴブリンを束ねて村に向かっているとしたら不味いぞ」

慌てて、動きだそうとする自警団の警備兵を父さんは止める。

「情報はまだある」

「おいおい、もうこれ以上の不吉な情報はやめてくれ」

「その赤いゴブリンは群れていた。数はゴブリン程ではないが最低20匹はいた」

「その情報は本当なのか？」

「ああ、実際さっき見たばかりだ」

「僕も見ました」

初めて俺も口を開き、父さんの情報に間違いがないことを伝える。

それを聞いた警備兵たちは全員、口を開けて固まっている。

父さんもこうなることが分かっていたのか口を閉ざしたまま、黙りこんだ。

「無理だ。ゴブリン３００匹にオーガが20匹？　なんだそのふざけた数は!!　こんなの戦っても助からない。村を放棄して逃げ出した方が助かる確率は高い」

「だが、距離的にもう１時間もかからずにゴブリンの群れはこの村にぶつかるぞ。逃げ出すにも時間がない」

父さんと主に話していた警備兵は震える手でコップを手に取り、水を飲む。

震えているため、かなりの水を零しているのだが、それを馬鹿にする者はこの部屋にはいない。

水を飲んで落ち着いたのか、一呼吸入れてから話を始めた。

「だが、勝てないのも事実だ。ならば足止め係を配置してその間に他の村の人を逃がす」

「……それが賢い選択だ。選別はどうする」

「時間がないから今から村長のところへ行って、残す人と逃がす人を決めてくる。お前らは村を回ってこの事実を伝えてこい。そして村人を全員広場に集めろ」

そう伝えると警備兵たちは兵舎を出て、村へと出て行った。

あっという間に兵舎に取り残された俺と父さん。

「一度、家に帰ってフィオナとミアを連れて広場に行こうか」

「こんな大ごとになると思わなかった」

「だがジャックはよくやった。偵察に行こうと言わなければ下手すれば村人全員死んでいた可能性もあったからな」

家に戻り、母さんとミアに事情を説明し広場へと戻る。

戻ったときには、情報を聞いたであろう大勢の村人が集まっていた。

広場に演壇《えんだん》が作られていて、その上には先ほど話した警備兵の人と村長が立っている。

これから逃げられる人と戦わなきゃいけない人が言い渡されるのだろう。

「皆、急な要請にもかかわらずよく集まってくれた。話は聞いているだろうが、結論から言わせてもらうとこの村を放棄することに決めた。すぐ近くにゴブリンの大群が確認され、それと同時にオーガの群れらしきものも確認された。事態は一刻を争う」

村長が大声を張り上げてそう発言すると、大勢集まった村人から嘆《なげ》きの声が聞こえる。

俺の視界に入ったのは、大きく項垂れている牧場主のデレクさん。

人目も気にせずに、ウォンウォンと大声を上げて泣いている。

多分だが今の村長の発言で、動物たちを見殺しにしなければいけないと察してだろうか。

全ての動物を愛情込めて育て、俺とセリア、ミアが遊びに行ったときは必ず牛乳をくれたことを思い出す。優しさ故の苦悩だろうか。

以前の俺ならば、内心で馬鹿にしていただろうがもう、馬鹿にする気持ちは湧いてこない。

「色々言いたいこともあるだろうが、これが最善の策と判断しての決断だ。どうか異論を唱えないでほしい」

頭を下げて詫びる村長。悪いのは村長ではないし、そもそもこの村の人たちに悪者はいない。

心の奥底から溢れる怒りで体が熱くなってきた。

おかしいな。俺は人間が嫌いなはずなんだがな。

「そして最後に大事なことを伝える。逃げる者とここに残る者を伝える。ここに残る者は逃がすための……壁役となる。人選は既に決めた。家族を守るため、他の村人を守るためと考え受け入れてほしい」

そう言ってから名前を読み上げていく村長。

主に名前を呼ばれているのは年の老いた人や戦える男性、そして自警団の人たちだ。

この人選の理由は戦力としてだけでなく、年の老いた人はこの先の命が短いからだと勝手に推測する。

もちろんのことながら、父さんの名前も呼ばれた。

父さんの名前が呼ばれた瞬間に、母さんは顔を手で覆って泣き出した。

ミアは状況がつかめていないのか、茫然としている。

「名前が呼ばれなかったものはただちに支度を整え、村を出発してくれ。グレゴリオ、村のみんなを頼んだぞ」

村長は息子のグレゴリオに避難組のまとめ役を任せて、壇上から降りた。

名前を呼ばれた者達は家族を抱きしめ、泣いている様子も見受けられるが、事情が事情なためか非難の声もなく、ぞろぞろと周りのみんなは歩き始めた。

「あなた……。いやだ」

「フィオナ。ジャックとミアを頼んだ。お前にしか子供たちを任せられない」

泣いて抱き着く母さんに、そう声をかけて引き離す父さん。

父さんの言葉に母さんは泣きながら頷く。

母さんの目に強い光が宿ったのを見て、父さんは俺の元へとやってきた。

「最後まで面倒をみてやれずごめんな。2人はジャックに任せた。男のお前が2人を支えてやってくれ」

「分かったって言いたいところだけどごめん。俺は残って戦う」

「それだけは駄目だ!!　絶対に許さないぞっ!!」

俺の発言に食い気味で怒鳴り、却下した父さん。

初めて父さんが怒っているところを見て、ビクッとしたが俺も引く気はない。

「許されなくても俺も残るよ。俺は父さんたちみたいにこの村を諦めてないから」

「頼む。俺の最期の言うことを聞いてくれ」

怒りではどうにもできないと思ったのか、次は頭を下げてお願いしてきた父さん。

命懸けで家族を守ろうとしている気持ちを無下にするのは心苦しいが、俺も引くわけにはいかない。

「なら父さん、こうしよう」

俺はミアの持っている木の棒を2本借りて、1本を父さんに渡す。

俺が行おうと思っているのは、そう剣士ごっこだ。

今日の反応的に戦闘は好きそうだったのに、一度も父さんとは剣を交えたことがなかったな。

「この木の棒で父さんが一撃与えられたら、俺は足手まといと察して逃げるよ。逆に俺が父さんに3発。3発当てたらここに残らせてくれ」

「…………。分かった。俺が1発でジャックが3発でいいんだな？」

「ルールはそれで大丈夫。父さん、了承したな。男に二言はないよ」

「ああ、誓う」

父さんは俺を殺す気でくるだろう。

さっきまでの父親としての温かい雰囲気は吹き飛び、今は獣のような殺気を放っている。

負けたら父さんを含めた、ここに残る村人を見捨てて逃げなければならない。

まさに人生を懸けた剣士ごっこが始まる。

「ジャック、言ってなかったが俺の適職は農民ではなく戦士だ。だが手加減はしないからな」

「父さん、前に言ったと思うけど俺の適職は魔法使いだ。だけど剣の腕なら剣聖以上。手加減はいらないよ」

俺のその言葉に父さんはニヤリと笑った。

やっぱり父さんは戦闘関連となると楽しそうな表情を見せる。

そんな感想を抱いていると、父さんが木の棒を構え、踏み込んできたことで戦闘が開始される。

父さんの動きは予想していたよりも速かった。

だが、俺はバックステップでしっかりと回避し、振られた棒が目の前を通り過ぎる。

攻撃の流れで、すかさず胴を狙った突きを繰り出してくるが、俺はその突きもサイドステップで躱す。

剣士ごっこの常套《じょうとう》手段であるこのコンボは、何千試合とセリアやミアとこなしてきた俺には効かない。

突きの剣先を下から上へと思い切り斬り上げて、無防備となった父さんの胴体を袈裟斬りにする。

「まず1発」

「慣れているな。若いころ習っていた剣の講師より熟練しているように感じたぞ」

「セリアやミアと打ち合いまくったからね。父さん、もう諦めてもいいよ」

「はっ。誰が諦めるか」

棒を握り直して、また向かってくる父さん。さて、次はどう動くか。

俺は最初の動きでどう動くのかを大体予想できるようになっている。

父さんが熟練と言っていたがその言葉の通り、俺に加えミアとセリアもこの駆け引きに関しては、本職の兵士達よりも訓練してきた自負がある。

父さんの動きはシンプルな左上からの袈裟斬り。

棒のスピード的にも本気の斬りのようだが……なるほど。

俺は先ほど同様にバックステップでその袈裟斬りを躱す。

そして、棒が振り下ろされ、俺はがら空きの左側を狙って袈裟斬りを行う。

……フリをしたら案の定、父さんは待っていたと言わんばかりに、振り下ろされた状態から逆袈裟を行ってきた。

俺の攻撃を誘えたと思いこみ、返しの攻撃をしてきた父さんに、水平斬りを叩き込む。

甘い。甘いよ父さん。

父さんが今やったのは、俺がセリアと初めて剣士ごっこをしたときに使った誘い込み。

師匠並みに読めないように立ち回られていたら危なかったが、動きが露骨すぎてすぐに分かった。

「2発目。あと1発で俺の勝ちだ」

「今の攻撃、読んでいたのか？」

「まあね。動きがちょっと露骨だったかな」

「ふっ。生意気に」

父さんに先ほどまでの陰鬱《いんうつ》な雰囲気は一切なく、俺との戦いを純粋に楽しんでいるみたいだ。

周りの人も悲壮感漂う中、いきなり始まった俺と父さんの戦いを見学しているようで、結構な人数に見られている。

ミアもおとうさんをやっつけろー！　とデカい声で叫んでいるのが聞こえる。

母さんはそれを必死に止めて、はしゃぐミアといきなり戦いを始めた俺と父さんに対して恥ずかしそうな顔を見せている。

「ちょっと周りの雰囲気良くなってきて良かった」

「そうだな。俺も最後に楽しませてもらった」

「いや、勝つのは俺だから最後じゃないよ」

「ごめんな。正面からじゃ勝てなそうだからズルを使う」

宣言している時点でズルではないけどな、などと思っていると父さんは木の棒を左腰に差した。

一瞬、試合を放棄したのかと思ったがそういう訳ではないらしい。

腰を捻り、右手で木の棒を握り、左手は棒に添えているだけ。

そこから父さんは動く気配がなく、試合は硬直した。

どうやら、俺から斬り込んで来いってことらしい。

こういう試合展開は何千試合とこなしてきたが初めてのパターンだ。

それにあの父さんの構え。一見、無防備に見えるが嫌な予感がしてくる。

だが、俺が動かないと試合は終わらない。嫌だが、誘いに乗る。

全意識を防御に割いて、慎重に近づく。

一歩、そしてまた一歩。

どこからが攻撃の射程圏内なのか分からないから一歩、一歩に緊張が走る。

また一歩踏み込んだ瞬間、

「――――【瞬閃《しゅんせん》】」

父さんの剣技発動の声が後ろから聞こえた。

余りに一瞬。

試合を見ていた村人はなにが起こったのか分からなかった者が大半だろう。

どっちが勝ったのか、負けたのか。

勝敗すら分からない試合なんて興ざめもいいところだが、どうやら観客からは俺の服に木の棒で打ち込まれた跡が見えたようで、父さんの方に歓声が上がっている。

「おとうさん、つよかったんだね！」

「ああ、ビックリした。まさかあんな剣技を使えるなんて」

すぐに駆け寄ってきたミアが、今の剣技の感想を言う。

正直、俺も父さんがあれほどの一撃を持っているとは思っていなかった。

自分ごと素早く移動できるならば剣の速度は【音斬《おとぎり》】に劣るが、使い勝手なら父さんの使った【瞬閃】の方がいい。

それにしても父さんが棒を振り終えた状態で片膝をついたまま、一向に動かない。

様子がおかしいため駆け寄り、様子を窺う。

「父さん、大丈夫？」

「いや駄目だ。足をやった」

どうやら今の攻撃で足を怪我したみたいで、動けなくなっていたみたいだ。

これから本格的な戦いが始まるというのに、なにをしているんだか。

「父さん、ほら背中乗って」

「す、すまない、ジャック」

師匠の剣をミアに渡して、背中に乗るように合図をだすと申し訳なさそうに背中に摑まった。

「僅差だったけど俺の勝ちだった。父さん、男に二言はないよね」

「ああ、必殺の剣技を使ったのに負けた。完敗だ。いつの間にかそんなに強くなっていたんだな。俺は知らなかったよ。父親失格だな」

「そんなことない。俺にとっては素晴らしい父親だ。……だから俺に守らせてくれ」

「……ああ。頼んだ、ジャック」

さっきの戦いだが、父さんの【瞬閃】には確かにかすった。

だがかする前に、父さんの手首に俺の方が速く一撃を当てていたのだ。

その事実を知るのは実際に戦った俺と父さん以外に知る人物はいないのだが、父さんは男の約束を守ってくれたようだ。

だが本当に僅差《きんさ》で危なかった。

剣技を使わずに勝つと自分につけたハンデのせいで負けかけたが、その条件で父さんに勝てないようならばゴブリンの群れに勝つ可能性なんて皆無だと思ったからだ。

父さんとの剣士ごっこは楽しかったがここからは切り替えよう。

本当の命と命を懸けた戦いが始まるのだから。

「あなた、大丈夫？」

「ああ、ちょっと無理して筋肉を痛めてしまっただけだ」

「その足で戦えるの？」

「俺は弓も使えるしな。それに……ジャックがいる」

「ランス、あなた正気で言っているの？」

「フィオナも今の戦い見ていただろ？　村の誰よりもジャックは強い。それに俺は……ジャックに、俺の息子に賭けてみたい」

「……そういうことなら私達も残るわ。２人を見捨てて逃げても辛いだけ」

「わたしものこるっ！」

どうやら話が変な方向に行ってしまいそうだ。

母さんたちがいても足手纏《まと》いになるだけ。

ミアはもしかしたら他の村人よりかは役に立つかもしれないが。

「それは駄目だ」

「なんで!?　私だって２人の死を背負って生きていくことなんてできないわ」

「違う。俺たちは負けない」

「だったら！」

「もし仮に負けてしまったとしたら、俺がこの命を賭してでもジャックだけは逃がす」

「…………………」

父さんの強い意志を感じたのか、母さんは黙った。

その横でミアはやる気満々と言う感じで、木の棒を振り回している。

「２人共、もう向こう側の入口でグレゴリオが避難者をまとめているはずだ。早く向かってくれ」

「……ランス、ジャック。絶対に生きて帰ってきてね。死んだら絶対に許さないから」

そう言うと母さんはやる気満々のミアを引っ張って村の入口へと向かっていった。

父さんの寂しそうな横顔が視界に入る。

「死んだら許さないか」

「父さん、これで本当に死ねなくなったな」

「そうだな。絶対に負けられなくなった」


広場で父さんの手当てをしながらしばらく待っていると、壇上に再び村長が立った。

ちなみに子供の俺がこの場に残ったことには、村の人々から反対の声はなかった。

昔からセリアやミアとの剣士ごっこで腕が立つことを知っている人もいれば、ラルフさんやエルビスさん達と互角にやりあったことを知っている人もいる。

先ほどの父さんとの試合も大きかっただろう。

「今、避難者たちが村を出発した。そして村の見張り台からゴブリン達の姿が確認された。距離的にあと10分もせずに村にぶつかるそうだ」

村長がそこまで言うと自警団の警備兵が入れ替わり、大声で話す。

「みんな気合いを入れろ！　もう目の前まで迫っている。俺達がすぐに倒れたら逃げた人々の背中を追いかけるだろう！　絶対に簡単には殺られるな！」

「「「おおおおおおおおおおおおおお！！！！」」」

警備兵が檄《げき》を飛ばし、村人たちが雄たけびで応える。

士気《しき》も大分高まり、いよいよ戦闘の準備に入る。

作戦がないようだから、俺と父さんだけでも少しは作戦を練っておこう。

「念のために聞くけど、父さんは剣での戦闘は無理なんだよね？」

「ああ、情けないがこの足では動けない」

「いや……本当に情けないいな」

俺のその言葉にしばらく沈黙したあと、父さんの怪我した足を見て二人で小さく笑う。

「父さんの弓の腕はどれくらいなんだ？」

「大まかに狙ったところに撃てるってぐらいで、腕がめちゃくちゃ良いってわけではない。20m程先の敵にならら確実に当てられるって感じだな」

「十分だな。父さんには俺の援護を頼みたい」

「それは大丈夫だが、ジャックと対敵している奴を撃てばいいのか？」

「いや、逆だ。対敵していない近くのゴブリンを射貫いて欲しい」

「なるほど。それなら任せてくれ」

「あと俺に射線から外れてほしいときや、俺が危険だと思ったときの合図だけ決めておこう」

「合図か、それなら口笛でどうだ？」

そう言うと父さんは甲高い口笛を響き渡らせた。

合図として完璧だ。これなら遠くにいても聞こえそうだな。

「それで大丈夫。じゃあ、父さん頼んだ」

「ああ、ジャックも絶対に負けるなよ」

俺は父さんと離れて、近接部隊へと加わる。近接武器を持ち、集まった人数は40人程度。

人数の割合は警備兵が10人、老人が15人、家族持ちの父親が15人に子供の俺が1人って感じだ。

そのすぐ後ろに槍などの長物を持った警備兵が、10人程待機している。

遠距離部隊は父さん含めて4人だけ。

弓は扱いが難しいから人数が集まらなかったようだ。

人数が少ない中、父さんを俺専用の弓術師《きゅうじゅつし》として使うのは申し訳ないが、多分だが俺1人につけた方がより多く敵を殲滅《せんめつ》できるはず。

「来るぞ！　もう目の前だ！」

見張り台からゴブリンの位置を確認している警備兵が、声を上げてゴブリンが目の前まで迫っていることを俺達に知らせる。

俺はミアから返してもらった師匠の剣を背中から抜き取り、構える。

剣を握った手にじんわりと汗が流れているのを感じる。

貧弱な身体の時にボコボコにやられたコボルト戦を除けば、この体では初めての魔物との戦いだが、程よい緊張感で臨めていると思う。

ふぅー。一息入れて心の準備も整った。

「見えたぞ！　ゴブリンだ！　みんな行くぞおおおおお！」

「うギっぎぎギ！」

叫ぶ警備兵を先頭にゴブリンとの戦闘が開始された。

「そおおお、らあああああ！」

突撃の号令を叫んだ警備兵の一撃が、ゴブリンの腹を掻《か》っ捌《さば》いた。

警備兵は更に心臓を突き、まずはゴブリン1匹を撃破。

続くように他の村人たちも討伐に当たる。

俺も警備兵に負けじとゴブリンの殲滅にかかる。

「ギぎっ！　うギぎ！」

まずは1匹倒すところから。

駆け引きなどなしで、目の前のゴブリンが俺の間合いに入った瞬間に袈裟斬りをする。

俺の袈裟斬りに、反応すらできずに斬られたゴブリンは、汚いドス黒い血をまき散らしながら地面へと倒れた。

よしっ、一撃。

師匠の剣の切れ味も相変わらず良いし、俺自身の調子も良さそうだ。

この調子でゴブリン300匹を斬り殺したいところだが、このゴブリン達の後ろに控えている、赤いゴブリンの群れを忘れてはいけない。

俺は体力を温存させながら、場が押され始めたら助太刀に入る。

力を使いすぎないように、序盤は力を温存気味で立ち回っていく。

戦線が崩壊しないように、程ほどにはゴブリンを斬り殺しながら場の動きを冷静に見極めることに俺は徹した。

「オミッドが怪我をした！　だ、誰か助太刀に……あああ！」

戦闘開始から約30分が経過したとき、村人の1人がゴブリンに殺られた。

これが村人側の初めての犠牲者なのだが……これはまずい。

村人が殺られた場所からゴブリンの侵入を許し、押され始めた。

このままでは第二、第三の犠牲者が生まれ、戦線が崩壊する。

そう悟った俺は、村人たちが自身の力でゴブリン達を押し返すまで、全力でゴブリンを殲滅にかかる。

唐竹。

袈裟斬り。

水平斬り。

逆袈裟。

逆風。

師匠から習った基本の型のみでゴブリンを次々と斬り殺していく。

あくまで剣技は温存しながらも、ハイペースでゴブリンを斬り殺す。

「ランスの息子に続けえええぇ!!」

俺が全力でゴブリンを殲滅していることに気がついた警備兵が声を上げる。

その警備兵の言葉と俺の無双ぶりに村人たちの士気はまた上がり、戦線を押し返し始めた。

かなり無茶な攻撃をしかけたのだが、父さんの援護もありなんとか成功できた。

一度戻り、攻撃を緩めようと考えたその時。

ピュ――――ッピュィィーッ!

父さんの口笛が鳴ったのが聞こえた。

射線には入っていないはずだから、これは俺が危険という合図。

直ぐにそう判断した俺は、目の前のゴブリンを一瞬で斬り伏せ、この場から一度逃げ去る。

俺が逃げたと同時に、後ろからドンッと地面を思い切り叩くような音が聞こえ、振り返ると……

いた。

巨体の赤いゴブリンだ。

こちらの戦線維持に気を取られ、気づかなかったがもうここまで迫っていたのか。

赤いゴブリンの手に持たれているのはバスタードソード。

近くで見ると更に大きく感じる。

多分だがこの赤いゴブリンは、俺が見たゴブリンの群れに紛れていた個体だろう。

ならば、群れている方はまだ後ろのはず。

赤いゴブリンとの戦いに慣れることも含め、いいチャンスだ。

なるべく、ここは一対一で挑みたい。

「俺がこの赤いゴブリンと戦う。みんなはゴブリンを抑えてくれ」

俺はそう言い、通常のゴブリンを村人と父さんに任せて、この赤いゴブリンだけに全力を注ぐ。

剣技はまだ封印するが、全力で戦わせてもらう。

思えば、俺が本気で戦うのは1年前のエルビスさん以来だな。

「うがうっ！　うがあああああ!!」

赤いゴブリンがなにか喋るように吠えたあと、バスタードソードをぶんまわしながら襲いかかってきた。

体格差、そしてゴブリンの手に持たれているバスタードソードの長さを考えたら、俺の間合いよりも倍以上長い。

安全圏をしっかりと考えながら、立ち回らないとやられる。

「ウグゥがあああ！　ウガがああああああ！」

雄叫びをあげながら攻撃を繰り返す赤いゴブリンに対して、しっかりと距離を取って攻撃を躱していく俺。

間合いは長いし、赤ゴブリンの馬鹿げた筋肉のせいで、一撃が重い上にスピードまで速い。

剣で受けると一撃受ける度に、剣が弾かれる。

だが戦闘が始まり、数分が経過したこの段階で、赤ゴブリンの動きのパターンが掴めてきた。

知能は低いのか駆け引きと言うものがなく、俺がいる方に攻撃をしてくるだけ。

そうと分かれば攻撃を誘いだして、攻撃を躱した直後にすかさず斬りつける。

「ガッがあああアア！」

狙いは成功し、赤ゴブリンの腕に命中した。

単純な敵ほど誘いだしは上手く決まる。

切り傷の痛みからか、先ほどとは違う種類の声を上げた赤ゴブリン。

だが剣先でかすった程度で、腕からは結構な量の血が流れているが致命傷ではない。

「うおっと、危ない」

即座に返しの斬り上げを仕掛けてきたが、俺は上手く躱す。

やっぱり赤ゴブリンの剣の速度は落ちていない。

だが先ほどの唸《うな》り声から察するに、効いていないと言うことはないと思う。

このまま深追いはせず、無茶はしないで、ヒットアンドアウェイで削っていこう。


赤ゴブリンに攻撃を入れること10発目。

ようやく動きが鈍くなり始めた。

剣での攻撃も傷のせいで力が思うように入らないのか、バスタードソードの重さに赤ゴブリンが振られているようになっている。

ここまで長かった。

既に赤ゴブリンと戦闘を開始して、10分以上経過している。

……だが、もう終わりだ。

赤ゴブリンが剣を振った瞬間に懐へと潜り込み、心臓に向かって剣を突き刺す。

「ぐっグ、がハぁ、あぁ」

上手く心臓に突き刺さり、赤ゴブリンの口から血が吹き出す。

だがまだ諦めていないようで、最後の足掻《あが》きで噛みつこうとしてきたため、俺はすぐさま剣を引き抜く。

剣を引き抜いたことで、俺と言う体を支える支柱がなくなった赤ゴブリンは、真正面へと頭から倒れこんだ。

その後、しばらく藻掻《もが》いていたが、段々と動きが弱くなっていきピクリとも動かなくなった。

ふぅー。俺はひとまず深呼吸をする。

あの破壊力故に、一撃も食らってはいけない緊張からようやく解放された。

当初の予定通りに一撃も食らわず、そして剣技すらも使わずに赤ゴブリンを殺すことができた。

そこで俺はようやく意識を外へと向ける。

地面に倒れている赤ゴブリンから視線を上げて、周りを見渡すと想像を絶する光景が広がっていた。

奥にはまだゴブリンがいるのだが、俺の周辺には立っているゴブリンが1匹もおらず、全て死体となって地面に倒れている。

そしてその死んでいるゴブリン1匹、1匹に矢が刺さっていることに気が付いた。

その矢に心当たりがあった俺は振り返り、父さんの方を見ると、父さんは俺に向かって親指を立てている。

そしてその立てられた親指は傷だらけで赤く血に染まっていた。

あの血だらけの指から察するに、父さんは最大威力で射貫くだけ射貫いたのだろう。

その様子をおくびにも出さずに当たり前のようにしている。

ただ頑張ったのは父さんだけではない。

村人や警備兵たちも、息を絶え絶《た》え《だ》にしながら、戦い抜いていたのが分かる。

父さんたち弓兵が矢でゴブリンを弱らせ、動きが鈍ったところを村人と警備兵でトドメを刺していったのだろう。

開戦前までは壁役だと失意していたのに、みんな凄い活躍ぶりだな。

特に近接兵の中で大車輪の活躍を見せたのはデレクさんのようだ。

デレクさんも俺と同じく名前を呼ばれていないのに、自ら志願して村に残って戦っている。

開戦直後こそ、目立っていなかったがデレクさんは今なお、ゴブリンの群れに突っ込んでいき、普段の姿からは想像もできない鬼の形相でゴブリン達の頭を錘《すい》で叩き潰して回っている。

俺は意外な戦力に勝ちが近づいたのを感じた。

「ジャックが赤ゴブリンを倒したぞ!!　この調子で守り抜けっ！」

「「「おおおおおおおお！！！」」」

俺が赤ゴブリンを倒したのに気が付いた警備兵が、声を張り上げて村人の士気を上げていく。

この警備兵の存在も大きい。

先陣を切って突撃した事といい、才能なのか、元兵士なのか分からないが士気を上げられる場面で上げ、指示を的確に飛ばし、村人の負傷者を最低限に抑えているのはこの人のお陰だ。

勝てる。

戦っていた村人誰もがそう思ったときにやってきたのは……まさに絶望。

ゴブリン達の第一波から遅れてやってきた赤ゴブリンの群れが、とうとう俺達の前に姿を見せた。

味方であるはずのゴブリンを薙《な》ぎ払いながら進んでくる赤い巨体の集団は、恐怖でしかないだろう。

上がった士気が冷や水をぶっかけられたが如く、下がっていくのを感じる。

その何とも言えない赤ゴブリンの圧に恐怖し、我を失ったのか村人が１人、赤ゴブリンの群れに突っ込んでいった。

その奇行に俺は一瞬呆けてしまう。

いち早く行動を察知した警備兵が、慌てて大声を出して引き止める。

「駄目だああ！　止まれえええ！」

俺もその声に反応して飛び出した村人を追いかけるが、距離的に追いつけない。

「止まれえええ！　聞こえないのか！」

「ロビー止まれ！　無茶だっ！」

俺以外の村人たちも声を飛ばすが、飛び出した村人は止まらない。

「侵入者共めえええええ！　絶対にゆるっ」

叫びながら突っ込んでいく村人に、赤ゴブリンが斧を振り上げた。

その光景を見て、俺が駄目だと悟ったその瞬間、振り下ろされた斧が村人の脳天に刺さり、そのまま村人は潰れるように真っ二つとなった。

そして真っ二つになり潰れた村人を見て、ケタケタと笑っている赤ゴブリン達。

今すぐ飛び込み、あの巨体を斬り殺したい衝動に駆られるが今は耐えるときだ。

冷静にならないと、俺までやられてしまう。俺がやられたら戦線は崩壊する。

自分にそう言い聞かせて気持ちを静め、一度衛生兵たちの元へ下がった俺は、村人たちに話を聞かせる。

「あの赤ゴブリンの群れが今回のゴブリン戦の山場です。それと多分ですがこの中であの赤ゴブリンに太刀打ちできるのは俺だけだと思います」

「あのゴブリンを倒せば動物たちや村のみんなの暮らしは守れるんだろ？　ならばみんなで戦うべきだ！」

デレクさんは先ほどの村人が殺された怒りで、顔を真っ赤にしながらそう進言してきた。

我を失っているようにも見えるが、まだギリギリ話は通じそう。

早く話を纏《まと》めないと赤ゴブリンの群れと接敵してしまう。

「戦っても勝てないと俺は言っているんです。だから全て俺に託してください」

「あの群れを1人で倒す気か？」

「それは多分無理です。だから皆さんには手伝ってもらいたい」

「俺達はなにをすればいいんだ？」

「あの赤ゴブリンたちを陽動してバラけさせてほしいんです」

「バラけさせる……か、分かった。やらせてもらおう」

最初に俺の提案に即了承したのは警備兵。

それに続くように俺の提案に続々と了承し始めた。

陽動も危険な役回りだが受けてくれて助かった。

「それじゃお願いします。俺はなるべく早く片付けます」

俺のその言葉に、先ほどの俺と赤ゴブリンとの戦いを見ていた村人から、期待の眼差しを感じる。

絶対に成功させる。

頬をパチンと叩いて気合いを入れなおし、ゴブリン戦の戦いの最終局面へと向かう。

まず飛び出したのは警備兵を含む第四部隊。

ここでも先陣を切ってくれたようだ。

警備兵たちが手に持っているのは石ころ。

問題なのは石ころ程度で気を引けるかどうかなのだが。

警備兵が石ころを投げて赤ゴブリンの顔面に当てると、当てられた5匹の赤ゴブリンは警備兵に向かって群れの中を飛び出し、突撃してきた。

思いのほか簡単に釣れたようだ。

戦った限り、お世辞にも知能が高いとは言えなかったから、当然の結果と言えば当然なのか。

それに赤ゴブリン達は先ほどの村人の飛び出しで完全に俺達を下に見ているようで、飛び出した赤ゴブリンも遊んでいるかのように本気で殺しに行っていないのが分かる。

まんまと罠にかかっているとも気づかずに調子に乗っているようだ。

その舐めた行為を俺が絶対に後悔させてやる。

警備兵に続くように続々と赤ゴブリンに、石を投げて陽動をし始める村人たち。

そして、その陽動全てに引っかかる赤ゴブリン。

村人は5人1組となって追いつかれないように交代を繰り返し逃げる手筈《てはず》となっている。

その村人たちをニタニタと気色の悪い笑みを浮かべながら追いかけまわす赤ゴブリンに、不快感を覚えながらも俺は俺の仕事を全うする。

村人たちの陽動によって分断された赤ゴブリンたちだが、計画通りに俺の目の前には3匹と少数になった赤ゴブリンが佇んでいる。

この3匹の赤ゴブリンもニタニタと笑いながら、俺の獲物はお前かとばかりに腕をぶんぶんと振り回している。

俺は先ほど殺し、倒れている赤ゴブリンを指さし、そのあとに親指で首を掻っ切るジェスチャーを行う。

馬鹿な赤ゴブリン達でも俺の言わんとすることが伝わったのか、雄たけびを上げながら突っ込んできた。

「ウがガがあああ！　ウぐァあアッ！」

馬鹿の相手はやりやすくて助かる。

確かにお前たちの一撃は速いし重いが、さっきの戦いでもう慣れた。

動きが読めれば避けるのなんて容易いし、攻撃を当てることだって余裕でできる。

そこに剣技を合わせれば、3匹なんて瞬殺だ。

「**【四連斬《しれんざん》】**」

1年前はほとんど成功しなかった【四連斬】だが、今では確実に放てるようになった。

俺の剣から繰り出される四つの斬撃、全てを食らった赤ゴブリンは全身の至るところから血を吹き出し、地面へと倒れた。

「まず1匹」

血をまき散らしながら倒れた味方の赤ゴブリンを見て、突撃を中断させた残りの赤ゴブリンたちを俺は剣を握り直してから、いつ攻撃を仕掛けられてもいいように構える。

だが、2匹の赤ゴブリンは攻撃をする気配を見せずに立ち止まっている。

馬鹿でも危険か危険じゃないかくらいは分かるようだ。

ならば、こっちからいかせてもらおう。

俺はある程度距離を詰めてから、剣を左の腰に差したフリをする。

腰を捻らせ、右手で柄を持ち、左手は添えるだけ。

心を落ち着かせるように、呼吸をしながら集中力を高めていく。


「────【一閃《いっせん》】」


2匹の赤ゴブリンの真ん中を駆け抜けて、一瞬の間に片腕ずつ斬り落とした。

「うガッぁ、がああアアアア！！！」

俺の速度について来られなかったらしく、地面に落ちた自分の腕を見てから痛みに気づいたようで、遅れて叫び声のような雄たけびを上げた。

さっきの剣士ごっこで父さんが使っていた剣技を真似てみたが、なんとか成功したようだ。

父さんのように怪我をしないように、スピードはかなり落としたつもりだがそれでも、足の筋肉が痙攣しているのを感じる。

流石に調子に乗りすぎていたが、この技めちゃくちゃ気持ちが良い。

スケルトンの時よりも視力が上がっていたのは気づいていたが、この技を使ってその目の良さが際立った。

高速で動いているはずなのに、敵の一挙手一投足まで全てが視認できたのだ。

癖になりそうだが、この戦いではこの技は封印する。

腕を斬り落とした赤ゴブリンを見ると、斬られた腕を押さえながら俺を睨《にら》みつけていて、その瞳からは怒りを感じられる。

だが怒ったところで形勢が逆転するわけがない。

俺はトドメを刺しに赤ゴブリン2匹の元へと向かう。

ピュ――ッピュィィーッ！

父さんの口笛が鳴り響いた。

これは危険の合図か。

一度止まり、周りを確認すると1匹の赤ゴブリンが俺に向けて槍を投げようとしているのが見えた。

父さんもあの赤ゴブリンを警戒しての口笛だったのだろう。

不意打ちでなければあの距離からの投擲《とうてき》は避けられる。

冷静に飛んできた槍を避けてからトドメを刺しに動く。

片腕の赤ゴブリンもまだ諦めていないようで、拳を振り上げ、対抗しようとしている。

俺は、俺に向けて振り下ろされた拳を逆風で斬り落としてから、手なしとなった無防備な赤ゴブリンを袈裟斬りにする。

そして後ろから迫ってきている、もう1匹の片腕赤ゴブリンには迫ってくるタイミングに合わせて、振り返ると同時に水平斬りで腹を掻っ捌いた。

2匹のゴブリンを倒したことを確認し、次なる赤ゴブリンを引き受けるべく辺りを見渡すが、近くには先ほどの槍を投擲してきた赤ゴブリンしかいない。

「第一部隊ッ!!」

手筈通りに大声で合図を叫び、今呼んだ村人たちがここに戻ってくる前に、俺はこの槍投げの赤ゴブリンを始末するか。

先ほど、この赤ゴブリンは自身の武器を投げたため、手に武器は持っていない。

敵が拳のみなら余裕で殺せるはずだ。

俺は剣を構えながらゆっくりと近づいていき、剣技を発動させる。

「【鋭牙《えいが》】」

赤ゴブリンは腕をクロスさせ、防御に徹しているが関係ない。

俺の渾身の【鋭牙】は、ガードした腕ごと腹まで貫いた。

素早く刺した剣を抜き取り、まだ息があるため首を斬り落とす。

この赤ゴブリンで俺が斬り殺したのは、ゴブリンに混ざっていた個体を除くと4匹目。

分断する前に、この場にいたのは21匹だったからあと17匹か。

改めて赤ゴブリンの多さに驚愕するが、大丈夫、倒せる。

4匹を圧倒したことで、俺の自信は確信に変わっていた。

「ジャックー！　連れて来たぞ！」

走ってきたのは汗だくの村人4人。その後ろには赤ゴブリンが5匹追いかけている。

そしてその赤ゴブリンの一匹の腕には、村人の腕らしきものが握られていた。

被害ゼロで勝つなんて無理だと頭では理解しているのだが、こうして村人を囮として使ってしまったことで自責の念に駆られる。

だが後悔するのは今じゃない。全てを終えたときにいくらでも頭を下げよう。

剣を構えて、5匹の赤ゴブリンに備える。数が多くなったが大丈夫だろう。

村人が俺の横を通り過ぎる。

赤ゴブリンも止まることなく俺目掛けて走ってきている。

先ほどの戦いを見ていないからか、俺に対して警戒をしていないようだ。

赤ゴブリン4匹の死骸が転がっているのに警戒なしってのはある意味凄いが、俺に取ってはやりやすいから関係ない。

「**【四連斬】**」

対象は1匹ではなく2匹に向けて【四連斬】を放つ。

俺の正面を走ってきた赤ゴブリン2匹は、即座に俺に斬られ、片膝をつく。

走り抜けようとした他の3匹の赤ゴブリンも異変に気付き立ち止まって、俺を囲むようにして立ちふさがった。

どうやら2匹に怪我を負わせたから、俺を敵と認識したようだ。

巨体の赤ゴブリンに囲まれ、凄まじい圧迫感を感じるのだが、この囲まれた状況でも負けると言った感覚は一切湧いてこない。

負ける気がしないし、もし俺がやられかけたとしても、父さんがなんとかしてくれる。

そう思うと怖いものなどない。ジッと場が動くのを待った俺に痺れを切らし、先に動いたのは赤ゴブリン達。

こん棒を持った赤ゴブリンが叩きつけを行い、その後ろからバスタードソードを持った赤ゴブリンが斬りかかってくる。

冷静に見極め、攻撃を躱しつつ少しでもダメージが入るように、少しの隙を見つけては剣先で腕を斬りつける。

始めに戦ったやつとの1対1が活きていて、囲まれた状態での3匹相手でもさばけている。

だがこれに今片膝ついている2匹も加わったら少しまずい。

攻撃を受けつつ、チマチマと倒している暇はなさそうだ。

「【鋭牙】」

「【連斬《れんざん》】」

剣技で勝負を決めにいく。

高威力かつ素早い攻撃の【鋭牙】を攻撃の中心に、【連斬】でしっかりと相手の攻撃をいなす。

【連斬】は受けでも使えるため、使い勝手がかなりいい。

「【鋭牙】」

隙を見逃さず放った、2発の【鋭牙】で2匹の赤ゴブリンに重傷を負わせられた。

これで5匹中4匹が深い傷を負っている。

残りの1匹もちまちまと削った傷が効いているのか、振りに勢いがなくなった気がする。

「うガッがあ、ガああアあアア！」

吠えて威嚇《いかく》しているようだが、泣き声にしか聞こえず、全く怖くない。

このまま決めきる。

袈裟斬りで正面の赤ゴブリンを斬り伏せたあと、反対を向き後ろにいた赤ゴブリンを逆袈裟で斬り上げる。

2匹が倒れ、あと3匹。

基本の型のみで完封し、これで倒した赤ゴブリンは9匹。

約半数のゴブリンを倒したことになる。

だが油断はせずに、残りの赤ゴブリンを倒しきる。

「第二部隊ッ!!」

またも合図を送ってから村人を待つ。

それから第二部隊の引き連れた赤ゴブリンと第三部隊の引き連れた赤ゴブリンを同様の手口で倒しきり、残るは警備兵の引き連れている第四部隊のみ。

一番後の部隊でより長い時間逃げなければならないため、捕まってないか心配になるが、俺は大声で合図を送る。

「第四部隊ッ!!」

俺に加え、無事帰還した村人たちも第四部隊の到着をただただ待つ。

ちなみにデレクさんの第二部隊では死傷者が2人。

若い男を中心に組まれた第三部隊でも死傷者が1人出てしまっていた。

中々現れない第四部隊に、やきもきしながら待っていると、右前方から警備兵が走ってくるのが見えた。

前を走る人数を確認すると5人全員いる。流石は警備兵さんだ。

それに後ろの赤ゴブリンの数がおかしい。

5匹連れて行ったはずなのに3匹しか追ってきていない。

「ジャックが見えた！　ラストだっ！　踏ん張れっ！」

警備兵が掛け声をかける。

俺も前へと走り、早めに入れ代わるように動く。

「ジャック、あとは頼んだ。2匹は俺らで倒した！」

「警備兵さん、助かりました」

2匹を村人だけで倒したのか。

俺の負担を減らすためだろう。すれ違いざまにお礼を言う。

走ってくる3匹の赤ゴブリンの前に、立ちはだかり、戦闘が開始される。

これが正真正銘の最後の戦いだ。3匹だから、瞬殺で終わるだろうがそれでいい。

熱い戦いなどこの場に必要ない。ただただ赤ゴブリンを屠《ほふ》るのみ。

剣技の使いすぎで震える手を、必死に堪えて剣を握る。

明日は多分、筋肉痛で腕が動かなくなるだろうが今動けば無問題。

「ウグガアアアアアア!!」

吠《ほ》える赤ゴブリンに近づき、一瞬で決める。

真ん中の吠えていた赤ゴブリンが、近づいてきた俺に対して、斧を振り上げたその瞬間を狙い仕掛ける。

「【四連斬】」

本日何度目の発動となるか分からない【四連斬】で、真ん中のゴブリンを滅多斬りにする。

続けざまに、こん棒を持った赤ゴブリンの叩きつけを避けてから心臓を狙い、突きを放つ。

「【鋭牙】」

こん棒持ちの赤ゴブリンの胸に大きな穴があき、血が噴き出したあと、ヒューヒューとへんな音を漏らしながら、後ろ向きに倒れた。

残るは最後の1体。長かった。本当に長かった。

そして最小限には抑えたが、犠牲者も複数人だしてしまった。

全ての恨みをぶつけるが如く、俺の最高の一撃を叩き込む。


「【音斬】」


赤ゴブリンの肩口から一閃。剣が振られた音、斬った際の音すらも置き去りにする。

斬られたはずの赤ゴブリンですら、自分が斬られたことにまだ気づいていない。

音が世界に追いついたとき、最後の1匹だった赤ゴブリンは、今までで一番の血しぶきを上げて地面へと倒れた。

「ランスの息子！　ジャックが赤ゴブリンを殲滅したぞ!!　俺達の勝利だあああああああ!!」

「「うおおおおおおおおおおお！！！！！」」

最後の赤ゴブリンが倒れた瞬間に、警備兵が勝ちどきを上げ、こうしてゴブリンとの戦いは幕を閉じた。

村人のみんなはお祭り騒ぎではしゃいでいるが、俺にはもうそんな力も残っていない。

最後の【音斬】で全てを使い果たし、立っているのも億劫だったため、仰向けに寝そべる。

「今日ってこんな綺麗な青空だったんだな」

今日は戦いに夢中だったせいで、空なんて見てなかった。

綺麗な青空を落ち着いて見られる幸せを感じながら、俺はそんな感想を呟いた。

寝そべっている俺に、村人たちが駆け寄ってくる。

「ジャック！　本当に凄かった！　この村の英雄だよ！」

「ありがとう！　俺は死も覚悟していた。生きて家族にまた会えるとは思っていなかった」

「ジャックくん！　本当にありがとう。お陰で動物たちを守れた。感謝してもしきれないよ」

みんなが次々と俺に対してお礼を言ってくる。

今まで感謝されることなんてなかったため、むず痒《がゆ》い気持ちになるが……悪い気はしない。

ただ、確かに俺が赤ゴブリンを一番多く殺したが、1人では殲滅することはできなかった。

これは死んでしまった村人含め、全員で力を合わせた結果。

俺だけが感謝されるものではないな。

「みんなの力がなかったら俺は負けていましたから。全員の力で摑み取った勝利です」

俺がそう言うと照れ臭そうにした村人たち。

戦闘の専門職が殆どいない中、本当によく戦ったと思う。

村人たちとそんな会話をしていると、目の前に警備兵が来た。

俺は先導し戦ってくれたお礼を言うべく引き止める。

「警備兵さん」

「おお、これは英雄様。この度は村を助けて頂き、ありがとうございます」

「ちょっとやめてください」

「冗談だ。だが本当に助かったよ。ありがとう」

俺に対して頭を深々と下げる警備兵。

俺からしたら英雄はこの警備兵なんだけどな。

「こちらこそ村人を纏めてもらって、本当に助かりました」

「いやいや、俺はただ先頭に立って偉そうにしていただけさ」

「その立ち振舞いが、村人たちの力になっていましたから」

「照れるが……素直にその感謝、受け取っておこうか。赤ゴブリンを単騎で20匹屠ったジャックに誉められると嬉しいね」

「それにしても警備兵さんの部隊を追いかけていた赤ゴブリンは、どうやって倒したんですか？」

「倒したって言うか、罠に引っかけてやったって言った方が正しいな。俺たちの隊を更に半分に分断させて片方は逃げ、片方は害獣用の落とし穴に剣を仕込ませて、そこに叩き落としてやったんだ」

あの緊迫した中でやってのけるとは、やっぱりこの人できるな。

この警備兵がいなければ、本当に全滅していたかもしれないな。

「逃げるだけでも厳しいのに倒してくれて、本当に助かりました」

「まあ、ジャックの負担を少しでも減らせればと思って、博打のような作戦が成功しただけさ。なによりジャックにはそんな気遣いいらなかっただろうけど」

「そんなことないです。ほら、手が疲労で震えていますから。もし5匹だったら俺の体力が先に尽きていました」

「そうか。なら博打に出て良かったよ。……おっ、親父さんがきたぞ」

警備兵さんが見た方向を向くと父さんが木の棒を杖代わりにし、凄い勢いで俺のところに向かってきている。

「ジャックッ！　無事か!!」

「ああ、父さん。無事だ」

父さんは倒れている俺を見つけると、杖代わりにしていた木の棒を投げ捨て、寝ている俺を抱きしめてきた。

記憶では父さんに抱きしめられたことなどなかったから、俺はその行動に素直に驚く。

「良かった。本当に良かった……」

「父さん、苦しいから」

「うるさいっ！　もうちょっとジャックの無事を感じさせてくれ」

しばらく抱きしめられ続けたあと、ようやく抱擁《ほうよう》から解放された。

その父さんの満足気な表情が印象的だった。

「父さん、援護助かったよ。弓の腕はそこそこって言っていたけど凄かったな」

「いや、いつもはあんなに狙ったところに飛んでいかない。今日は調子が良かっただけだ。いつも以上に集中できていたんだと思う」

「ここ一番ってところで最高の力が出せたってこと？」

「ああ。だけど最初の通常ゴブリンたち相手で矢を使い果たして、赤ゴブリン相手の時はなにもできなかった」

「いや、多分だけど赤ゴブリンには矢はそんな効かなかっただろうし、普通のゴブリンに使ったのは正解だったと思う。それに危険時の合図も助かった」

「俺は遠くから俯瞰して見られていたからな。大まかな合図だったが決めておいて良かった」

完璧な合図をくれていた。

連携の重要さを確認できた戦いだったな。

「これで、母さんに俺を戦いに残したことを許してもらえそうだね」

「ああ、そうだな。フィオナやミアと共に暮らせる。それだけで俺は幸せだ」

父さんに肩を貸してもらいながら、村人たちと共に村の中へと戻っていく。

中に残っていた、村長や偵察部隊の人たちもはしゃいでいた。

「そういえばジャック、怪我はないか？　あるならこのまま医療テントに向かうが」

「いや、大丈夫。結局一撃も食らわなかったし、筋肉の疲労で動けないだけだから怪我はない」

「あの数相手に一撃も食らわなかったって……。益々、ジャックの潜在能力の高さに驚くよ」

「いや、ゴブリンの知能が低かったからだけだし、そもそも赤ゴブリンの攻撃は一撃でも食らっていたら死んでいるから」

そんな会話をしながら、杖つきの父さんに自宅まで運んでもらい自室の布団で俺は横になる。

戦いの疲労からか、目を瞑《つむ》った瞬間に気絶するかの如く、俺は眠りについた。


目を覚ますと、俺の顔をのぞき込んでいたミアと目が合った。

いきなりのミアの顔に、驚き、体がビクッとはねる。

「ママ！　おにいちゃん、おきたっ！」

ミアはすぐに部屋から出て行き、母さんを呼びに行ったようだ。

2人共、俺が寝ている間に帰ってきていたんだな。俺は体を起こそうと体に力を入れる。

「いった」

体に力を入れるとビキッと激痛が走り、立てない。

ゴブリンたちとの戦いでの筋肉痛だろう。

どう足掻いても動けないため、寝たまま待っていると母さんを連れたミアが戻ってきた。

「ジャック！　良かった。全然目を覚まさなかったから！」

「俺、そんな寝ていたのか」

そして寝ている俺に抱き着いてきた母さん。

筋肉痛の体が痛いが我慢し、母さんの抱擁を耐える。

「体はもう大丈夫なの？」

「いや……まだ痛い」

「あっ、そうだったの!?　ごめんね」

俺がまだ回復しきっていないことに気づいた母さんは慌てて俺の体から離れ、布団に寝かせてくれた。

抱き着くのは確認してからにしてほしかった。

「それより俺ってどれくらい寝ていたんだ？」

「丸3日間よ。私達がこの村に帰ってきたのが昨日で、ランスからまだ目が覚めてないって聞いてね。本当に心配したわ」

「死闘だったからね。でも傷は一つもないし大丈夫だ」

「うん。お医者さんもそう言っていたわ。……本当にゴブリン達を倒したのね」

「生きて帰るって約束したからね。父さんを守れて良かった」

「ありがとう、ジャック。2人とも帰ってきてくれてよかった」

そう言うと母さんは感極まったのか、また抱き着いてきた。

「だから母さん、痛いって」

「あっ！　ごめんなさい！」

その後、一通り話したあと母さんは部屋から出て行った。

母さんは出て行ったが、ミアはまだ部屋に残っていて、何も喋らずニコニコと笑っている。

「どうした、ミア」

「おにいちゃんはえいゆうだって！　みんながいってるの！」

俺が話しかけると、いきなりそんなことを言い出した。

話について行けず聞き返す。

「ん？　どういうことだ？」

「おにいちゃんはすごいってみんながいってるってこと!!」

「おお、それはよかったのか？」

「うんっ！　むらのひとたちは、セリアばっかりほめてたから！　おにいちゃんのがつよいのにね！」

「セリアのが俺より才能があるってことは事実だからな。それに英雄の卵が村から出て嬉しかったんだろう。セリアはみんなと仲が良かったしな」

俺よりもセリアの方が持ち上げられていたことに、若干引っかかりを覚えていたようだ。

確かに最近は村を歩けばセリアの話題ばっかりだったからな。

「でも、セリアはえいゆうのたまごで、おにいちゃんはえいゆうでしょ？　おにいちゃんのがすごいってことじゃん！」

「んー。そうなのか？」

「そうだよ！　おにいちゃんはえいゆうだもん！」

「ふふ、そうか」

ミアはまたニコニコ笑い始めた。

「だからきめたの！　ミアもえいゆうになる！」

また突拍子もないことを言い始めたな。

英雄は、英雄になろうと思ってなれるものではないと思うのだが、否定する理由もないし肯定しておくか。

「おお、頑張れ。応援してる」

「それでミアとゴブリンどっちがつよかった？」

「さすがにゴブリンの方が強かったな」

「やっぱりかー。……けんふってくる!!」

そう言うと、勢いよく部屋から飛び出していった。

最近、セリアのようなお転婆になりつつあるな。

一気に静かになった部屋に寂しさを感じつつも、俺はもうひと眠りすることに決めた。


2日後、酷かった筋肉痛も治まり動けるようになった。

治ったらまずやることは決めていた。

囮として使い、死んでしまった家族たちへの謝罪だ。

村の英雄として祭り上げられている一方で、俺はずっと心で引っかかっていた。

密接な死と関わることで、俺の中で心境の変化が起こったのかもしれない。

父さんに頼み込み、今回の被害者家族の情報を教えてもらう。

最初は悪いのはお前じゃないと渋っていたが、俺が折れないと察し、教えてくれた。

この謝罪は被害者家族に余計辛い思いをさせるかもしれないとも考えたが、それでも謝りに行かなければと思った。

教えられた家へと向かい、ドアを叩く。

しばらくすると、中から女性が出てきて、俺に気が付いたようだ。

なにか言葉を発する前に、俺は頭を下げて謝る。

「すいませんでした。俺はあなたの家族を守ることができなかったです」

「悪いのはジャック君じゃないよ。それにジャック君の活躍聞いたわ。村を救ってくれてありがとう」

「…………」

俺のことを聞いたということは囮のことも聞いただろうに、返ってきたのは感謝の言葉。

予想外の言葉に俺は言葉を返せない。

なぜこの人は家族を囮に使った俺に対して怒らないのだろう。また、人間に対しての疑問が生まれてくる。

しばらく沈黙の状態が続くと、また向こうの女性の方から質問がきた。

「私の旦那は立派に戦っていましたか？」

「はい。立派にそして勇敢に戦っていました」

即座にそう断言するとニコっと笑ってから、良かったと呟いた。

俺はもう一度、頭を下げてからその家をあとにする。

そして俺は忘れないように胸に刻み込む。あの悲しい笑顔を。

第5章　旅立ち

ゴブリン襲撃の日から月日が過ぎ、1年が経とうとしていた。

俺は11歳になり、ミアは8歳になった。

ゴブリンの事件以来、大きな事件は特になく、俺は農業を手伝いつつミア、たまに父さんと共に特訓に明け暮れる日々を過ごしていた。

両親が許可をくれたことだし、今すぐにでも王国兵士となり、村を出発したいのだが、去年はラルフさんもエルビスさんもこの村に訪れることはなく、そっちの話に関しては未だに進展がない。

「お兄ちゃん！　いくよっ！」

「おう、どっからでもかかってこい」

ここ1年での一番の成長と言えば、ミアの舌足らずだ。

たどたどしかった喋りがなくなり、普通に喋っている。

妹の成長が嬉しい反面、少し寂しさも感じている。

「おっと！　あぶなっ！」

呆けていたら、ミアの袈裟斬りが当たりそうになった。

もちろん舌足らずだけでなく、ミアは剣の方もしっかりと成長している。

「【連斬《れんざん》】」

繰り出される【連斬】を躱し、俺は攻撃の隙を窺う。

ミアは8歳にして剣技を使えている。セリアが使えるようになったのは9歳のとき。

それに俺が剣技を使ったときもラルフさんは驚いていたし、8歳にして剣技を扱えると言うのは才能がある証拠だと思う。

この村から2人目の剣聖が生まれるかも、そんなことを考える。

剣技だけでなく基本の型も練度は高く、剣技なしの戦いならこの間、父さんに勝っていたぐらいだ。

「ソリャッ！　エエエーイッ！」

振りも早い。だが、俺に当てることは敵わない。

俺のここ1年の鍛え方は尋常ではなかった。

睡眠時間を削りながら、鍛錬に明け暮れる日々。

ゴブリン戦での村人の犠牲が俺の心を強くした。

「うりゃあああ！」

ミアの袈裟斬りの構えを見てから、俺は動きだし、先に動いたミアよりも早く水平斬りを胴に当てた。

体を鍛えたお陰で、こんな芸当までできるようになっていた。

スケルトンだったときの感覚に順調に近づけている。

この間、【音斬】よりも速く振ることを試したのだが、腕を痛めただけで失敗に終わった。

光よりも速く振り下ろすことなんて人間の体では無理なのではと頭の片隅で、思い始めてしまっている。

だが、師匠は人間の体で更に先の【時空斬】を見せてくれた。

俺も体は違えど成功させたし、不可能ではない。それだけで目指す価値はある。

「ねえ！　お兄ちゃんに勝てるビジョンが浮かばないよ」

「俺より速く動けるようにならないと無理かもな。だけど、ミアが成長しているのは感じているし確実に強くなっている」

「じゃあなんで勝てないのさ！」

「俺がミア以上に成長しているから」

「ムカつくー！　剣振ってくる！」

そう言うと立ち去ったミア。

俺はミアのあとは追わずに、日課となっている広場へ向かう。

毎日、ラルフさんとエルビスさんがいないかチェックしているのだ。

んー、どうやら今日も来ていなそうだな。

広場をザっと見て、いないことを確認し、家へとまた戻る。

「ジャックじゃないか！」

横から声をかけてきたのはスタンさんだ。

スタンさんはゴブリン戦で大活躍した警備兵さんの名前で、あの戦い以降ちょくちょく話す仲になっていた。

「どうも、スタンさん。買い物ですか？」

両手に大量の食材を抱えているのを見て、そう尋ねる。

1人暮らしのはずだけど、大量の食材を抱えているってことは、スタンさんは買い溜めする人なのかもしれないな。

「そうだ。ダイスゲームで負けて俺が買い出しすることになっちゃってな」

「そうなんですか。大変そうですね。それじゃ俺はこれで！」

「おいおい、英雄様なのに困っている人を放っとくのか？」

「それやめてくださいって。あと冗談ですよ、半分持ちます」

「俺も冗談だよ。ありがとな、助かる」

ちょいちょい英雄として茶化してくるスタンさん。

英雄と呼ばれるのは別に嫌ではないけど、スタンさんは声がデカいから視線を集めるのが嫌だ。

大量に抱えた食材を半分持ち、スタンさんの家へと向かう。

兵舎の奥辺りだから特段、遠くはない。

「よし、着いた。手伝ってもらって悪かったな」

「これくらい、いいですよ。それよりどこに置けば？」

「ああ、中に入って台所に置いてくれると助かる」

そう言われたので、スタンさんの家へと入り台所を目指す。

中には人の気配がして、さっきダイスで負けたとか言っていた人だろう。

台所に食材を置き、帰ろうとすると声をかけられた。

「ジャックか？　やっぱりジャックじゃないか！　久しぶりだな！」

その声に聞き覚えがある。エルビスさんだ。

「エルビスさん。久しぶりです。村に戻っていたんですね」

「本当久しぶりだな！　ジャック大きくなったな。それよりなんでスタンさんの家にいるんだ？」

「いや、それはこっちのセリフですけど」

「お、なんだ。お前たち知り合いだったのか」

後ろから入ってきたスタンさんがそう声をかけた。

それにしても意外な場所だったが、やっとエルビスさんに出会うことができた。

「2人はどういった知り合いなんですか？」

「同村ってだけだよ、な？」

「そう！　スタンさんが俺を王国兵士にしてくれたんだよ」

してくれた？　剣術を小さいころに教えて貰ったとかか？

「してくれたって言うのは、この村で鍛えてもらったってことですか？」

「いや違うよ。スタンさんが王国兵団の団長に推薦してくれたのさ」

？？？

ますます分からなくなったぞ。

「それってどういう意味ですか？」

「あれ？　聞いてないのか？　スタンさんは元王国兵団の副団長だよ」

「えっ、そうなんですか？」

驚愕の事実。

他の自警団の人たちとは一線を画していたが、まさか元王国兵団の副団長とは思いもしなかった。

「ああ、まあな。だが、昔の話だ。今は只のしがない農民さ」

「なるほど。と言うことは今エルビスさんがいるってことは、その恩人に会いに来ていたって訳ですね」

「まあ、それも多少あるけど本題は違う。連れ戻しに来たんだよ、スタンさんを」

「連れ戻す？　辞めた人をですか？」

「正確には辞めさせられたんだよ。スタンさんは」

「おいっ！　もういいだろ。人に聞かせるような話じゃない」

「俺は聞きたいです。スタンさんのことは俺も気になっていましたから」

それからエルビスさんからスタンさんの王国兵士時代の話を聞いた。

指揮や統率、戦術と言った面には非常に優れていたのだが、当時の団長が根っからの実力主義だったため、剣の実力が振るわなかったスタンさんは無理やり辞めさせられたそうだ。

「そうだったんですか。ただ、スタンさんを連れ戻すってことはその団長が最近辞めたってことですよね」

「ああ、そういうことだ。って言ってももう2年前にそいつは戦死しているんだけどな」

「え？　じゃあ、最初にこの村に来たときもスタンさんを連れ戻しに来ていたんですか？」

「そういうことだ。その時は1カ月間、交渉したんだけど最後まで首を縦に振らなくてな」

「それでも諦めきれず、また誘いに来たと？」

「いや、今回はスタンさんから連絡を貰ってな。急遽《きゅうきょ》俺が来たんだ。距離の都合上、連絡もらってから大分かかっちゃったけど」

スタンさんが戻りたくなったってことだろうか。

ゴブリン戦で兵士としての心が戻ったとかだったりして。

「それで、お前らはどういった仲なんだ？」

次に質問してきたのはスタンさん。

「2年前にスタンさんに会いに来たときにたまたま出会った少年ですよ。言いませんでしたっけ？凄く強い少年がいるって！」

「聞いた覚えがない。お前は俺の家ではダイスの賭けごとと王国兵団に戻ってくれしか言ってなかったわ」

「あれ、おかしいな。まあ俺とジャックはそういう関係です！」

「どういう関係かは見えてこないが、知り合いだったなら話は早いな。俺からの話って言うのはジャックを王国兵団に入れてやってくれってことだったんだよ」

ぶっこんできたのはスタンさん。

なんでそんなことを言い出したのか分からない。

王国兵士になろうと決めていたから、嬉しい提案を持ち掛けてくれたことには変わりないんだが。

「いきなりどうしたんですか？　スタンさん」

急な話に訳が分からず聞き返す。

「ジャック、お前はこの村で腐らすには惜しい。俺はジャックに初めて見た。英雄の姿ってやつを」

英雄って言うのは茶化して言っていた訳ではなく、本心で言ってくれていたみたいだな。

スタンさんは随分と俺のことを買いかぶってくれているみたいだ。

「話ってそれだったんですか？　実はジャックももう勧誘していたんですよ」

「え？　お前、既に誘っていたのか？」

「俺って言うか最初はラルフさんですけどね」

「じゃあジャックは断ったってことか。ジャック、なんで断ったんだ？」

「あの時は急でしたからね。それに両親の了承も得られないと思っていましたし」

「それじゃ、今回は大丈夫ってことか？」

「はい。実は俺、毎日広場に来てエルビスさんが来ないか見に来ていたぐらいですから」

「ジャック本当か!?　これはラルフさん喜ぶぞ！　そう言うことなら、もちろん俺らは歓迎するぜ！」

……え？　もしかして今のやり取りで俺の入団が決まったのか？

俺本人が決まったのかどうかも分からないほど、あっけなく俺の王国兵団への入団が決まった。

「それで、俺は行きますけど、スタンさんはどうするんですか？」

こっちも気になっていたこと。

スタンさんが剣ではなくゴブリン戦で見せてくれた、味方の士気を高めることや、咄嗟《とっさ》の状況判断の高さ、無謀な作戦すらも成功させてしまうその行動力を買われて、王国兵団に今なお、誘われているならば、もう一度入団し直しても良さそうだが。

この能力を買われているなら、年による衰えだって気にしなくてもいいしな。

「俺は入らない。さっきも言ったが今はもう王国兵団に未練はないんだ」

「スタンさんが俺にも言ってくれましたけど、俺もスタンさんの力をこの村で腐らすのは惜しいと思っています」

「ふっ、嬉しいこと言ってくれるな。だが俺のは腐らす訳じゃない。ジャックは自分がこの村を出たら、残された家族が心配じゃねぇのか？」

「そこは大丈夫ですよ！　スタンさん以外にも自警団の人はいますし！　俺はスタンさんに戻ってきて欲しいですよ！」

「エルビスはこんなこと言っているが、ジャックはそんな安易なこと言えないよな」

「確かに、心配じゃないと言えば嘘になりますね。もしスタンさんがこの村にいてくれるなら俺は思い残すことなく、王都へ行けると思います」

さっきの発言とは矛盾しているように思えるが、俺とスタンさんがいなくなったこの村を考えれば、確かに不安に感じる。

どうしても去年のゴブリン襲来のことが頭をよぎるのだ。

本来なら俺がこの村に残るのが、守ると言う意味では確実なのだが。

「そうだろ？　この村は俺にとっての故郷だし、今の生活に不自由を感じてないからな。ジャックが気兼ねなく王都へ行くためにも俺は残る」

「そうですか……残念です。ジャックとスタンさん同時に連れ戻せると思っていたんですけどね。それより、なにかあったんですか？」

「ああ、話せば長くなるけど聞くか？」

「ぜひ聞かせてください」

「その前に飯にでもするか。ジャックも食べていくか？」

「はい。いただきます」


こうして、スタンさんは村に残ることが決まった。

俺としては残ってくれるのはありがたいが、それでもスタンさんから色々学べることがありそうだったから一緒に王国兵団で働きたかった思いもあった。

ご飯を食べたあと、エルビスさんにゴブリンの群れの襲来の話をした。

スタンさんによると、赤ゴブリンはオーガという種族だったらしく、オーガ20匹を俺が1人で殺したと聞いたエルビスさんは腰を抜かしていた。

その後、家族を守ってくれてありがとうとお礼まで言われる始末。

ゴブリンの件だけでなく、エルビスさんの最近の話やスタンさんが王国兵士だったときの面白い話を聞いたりし、気が付けば日が落ち始めるまで話し込んでいた。

「いやー、久しぶりに普通の話をしたわ」

「俺とエルビスだけじゃ、ろくでもない話ばかりだからな」

「色んな話を聞けて楽しかったです」

キリのいいところで俺が帰りますと言ったら、そのままお開きとなるようで、今は玄関にてスタンさんに見送られている。

「今度はジャックが面白い話を持ってきて聞かせてくれよ」

「いや……面白い話持ってこられますかね？」

「そりゃあ、これから英雄として世界を救うんだ。きっと面白いことにも遭遇するだろうよ」

「スタンさん、勘違いしていますが俺は英雄になる気はないですからね」

「ジャックの意思なんて関係ないさ。英雄は成るべくして成るんだよ」

成るべくして成る……ね。

俺にそんな器も気概もないのだが、スタンさんに言われると本当になってしまう気がしてしまう。

「まあ、英雄は置いておいて面白いことに遭遇したらお話しします」

「ああ、楽しみにしている」

スタンさんと別れて、エルビスさんと俺の家へ向かう。

どうやらこの足で俺の家に一緒に行き、俺の両親に説明してくれるそうだ。

1人で伝えると重い空気になりそうだから、ちょっと安心している。

「そういえば俺が剣を教えた、筋がいい嬢ちゃんは元気か？」

セリアのことだろうか？

同じ王都にいるはずなのだが、向こうで会っていないのだろうか？

「セリアのことですか？」

「あっ！　そうそう！　セリアちゃん」

「元気か分からないです。セリアは鑑定で【剣聖】とでて、1年前にこの村を出ていったんで」

「剣聖!?　おいおい本当かよ！　知らなかったぜ」

「セリアは王都に行ったはずなんですが、噂とか流れて来ないんですか？」

「あー。言われれば剣聖の女の子が王都に来たってのは聞いた気がするが……まさかセリアちゃんとは思いもしなかったわ」

剣聖と言えど、すぐに名が広まる訳ではないのか。

それにセリアはまだ子供。

一人前となり、武功《ぶこう》を上げてようやく名前が売れるのかもしれない。

そこは剣聖だろうが普通の剣士だろうが、強くなくては変わらないようだ。

「同じ街に暮らしていても、会わないもんなんですね」

「そりゃ王都はこんな小さな村と比較にならないほど大きいからな。剣聖ならもしかしたら上級地区に住んでいるだろうし、会わないな。ジャックも王都に行ったらその大きさに驚くぜ」

「それは楽しみです」

「それにしても俺、剣聖の師匠か……。これは女の子が寄ってきちまうかもな。よしっ、帰ったら自慢しよっと！」

不埒《ふらち》なことを考えているエルビスさんを横目に、俺の家へと進んでいく。

エルビスさんと話しながら歩き、俺の家が見えてきた。

「あれがジャックの家か？　ん、誰か外にいるみたいだな」

「妹だと思います。いつも外で一緒に剣を振っているんで」

「あー、あの子、ジャックの妹か！　2年前もいたよな？　思い出した！」

そんな話をしていると、ミアは帰ってきた俺に気が付いたようで、走ってこっちにやってくる。

「お兄ちゃん、お帰り！　そっちの人、だあれ？」

「覚えてないか？　2年前、一緒に特訓した王国兵士さんだ」

「久しぶり！　トーマスの兄ちゃんのエルビスだ！　覚えてない？」

「んー？　あっ！　お兄ちゃんに負けてた人か！」

「いや、間違ってないいんだけど、嫌な思い出し方してるな」

ミアのその言葉に、エルビスさんは苦笑いしている。

「あと、剣の教え方が下手な人！」

「いや、それは間違ってる。だって俺は剣聖の師匠だぞ！」

「じゃあ、斬り下ろす振り方教えて？」

先ほどまで振っていた木の棒を、エルビスさんに渡したミア。

結構な無茶ぶりだが、エルビスさんはやる気満々のようで、振り上げた棒を振り下ろす。

ビュンッと鋭く振り下ろされた棒は、2年前見たときよりも速度が上がっていた。

「おお！　じゃあ次はミアが振るから、なにが悪かったか教えてね！」

そう言ってから、あからさまに手を抜いて木の棒を振ったミア。

その見え透いた罠に一瞬で食いついたエルビスさんが、ミアから木の棒を取って指導を開始する。

「全然駄目だ！　ほら貸して！　こうだこう。ギュンッて振り上げて、ザンッて感じで振り下ろす！　分かったか？」

「……ぷっ、あっはっは！　ねーお兄ちゃん、ギュンッだって!!　ひゃーっはっは、あーお腹痛い。そんでザンッ！　あっはっは！」

エルビスさんの剣の指導を全力で馬鹿にしたミアに、馬鹿にされた怒りからかプルプルと震えているエルビスさん。

「おい、ジャック。1発だけこの棒で妹の頭ひっぱたいていいか？」

「駄目です。子供相手に情けないですよ。……ほらミア、エルビスさんに謝れ」

「ぷっくっく。ふふっ……ふぅ。エルビスさんごめんなさーい」

笑いが収まってから、ミアは舌をペロリと出しながら謝罪をした。

形だけの謝罪だったが、エルビスさんは満足したようで、3人で俺の家へと向かう。

ただ内心は気にしていたみたいで、エルビスさんはひっそりと俺の教え方って分かりやすいよなと聞いてきたので、適当に分かりやすいですよと答えておいた。

家の中に入ると、玄関に母さんがいた。

どうやら俺達を待っていたようだ。

「2人共おかえり！　……あれどちら様ですか？」

後ろに立っているエルビスさんに気づいた母さんが、警戒した様子を見せた。

「私は王都で兵士をやっています、エルビスと申します」

エルビスさんは俺らと話しているときとは真逆と言っていいほど、誠実な喋り方で自己紹介をし出した。

「あー。ジャックが前に言っていた王国兵士の方？」

「そうだよ。さっき偶然会って……兵士の件を頼んできた」

俺のその言葉に母さんは一瞬だけ暗い顔を見せた。

「玄関ではなんですし、良かったら中に上がってください」

「それでは失礼します」

母さんはそのままテーブルまで案内すると、エルビスさんを椅子に座らせた。

父さんも既に部屋にいたようで、エルビスさんの前の場所に座っている。

俺はエルビスさんの横、母さんは父さんの横に座り、テーブルの椅子が埋まった。

「ねえ、ミアはどこに座ればいいの？」

「ごめんね。ミアはちょっとだけ部屋に行っていてくれる？」

母さんがそう言うと文句を垂れながらも部屋へと向かった。

ミアが部屋に入ったことを確認すると、母さんが話を始める。

「エルビスさん。遅くなりましたが息子と娘の面倒を見て頂き、ありがとうございます」

「いえいえ、私の方がお世話になっているぐらいです」

「それで……ここに来たと言うことは、ジャックを王国兵士として雇いたいと言うことですか？」

「はい、その通りです。ジャック君を我が隊に預からせては頂けないでしょうか？」

俺の両親に頭を下げて頼みこんだエルビスさん。

俺の知っているエルビスさんとの態度の違いに、別人に見えてくる。

「……ジャックはどう思っているの？」

「俺は前にも言ったけど、行きたいと思っている」

「理由だけ聞いてもいい？」

「単純に王国兵士が魅力的だったって言うのもあるけど……セリアにも追いつきたい」

「……そう。なら私は息子を応援します。ジャックをどうかよろしくお願いします！」

「俺も、息子がやりたいと思ったことをやってほしいと思っている。ジャック頑張れよ」

「ありがとうございます！　絶対にジャック君、そしてジャック君のご両親に王国兵団に入団したことを後悔させることはしません！」

3人が頭を下げあっているのを見て、俺も一応頭を下げた。

「それで出立はいつになるんですか？」

母さんがそう尋ねた。

俺の出立もエルビスさんの滞在期間次第って感じだろう。

「私は1週間後にこの村を出立する予定です」

「1週間後……」

1週間後か。

丁度いい期間なのか、別れを済ますには短いのか。

ただ俺は1週間後にエルビスさんが村を出るならば、一緒に出たいと思っている。

「別に私と一緒に行かなければいけないと言うことはありませんので。私が着き次第、迎えを送ることも可能ですから」

期間を呟いたあと、言葉が詰まった母さんに追加でそう言った。

「そうなんですね。どうするかは家族で話し合って決めたいと思います」

「分かりました。1週間以内にご連絡ください。それではもう時間も遅いので私はお暇《いとま》させていただきます」

そう言って立ち上がったエルビスさんに、俺はついて行く。

母さんと父さんも玄関までは見送りにきた。

「エルビスさんと話したいから途中まで送ってく」

「分かったわ。気をつけてね」

俺は、エルビスさんと一緒に自宅を出た。

しばらく歩き、俺の両親が見えなくなったところで、エルビスさんは深いため息をつく。

「はぁー疲れた。意外だろうけど俺、ああいう格式ばったの苦手なんだよね」

「いや、意外じゃないですよ。でも、別人に見えるくらいしっかりしていました」

「だろ？　なんとしてもジャックを連れていくために頑張った」

「みんな本当に買いかぶってくれますね」

「実際、それだけの力を持っているからな」

俺が努力したことを褒めてもらえるのは嬉しい。

ただ、不義理にはなりたくないので、一つ言っておかないといけないことを伝える。

「頑張って誘ってもらった手前こんなこと言うのはアレなんですが俺、目的があって」

「ん？　目的？」

「俺に剣を教えてくれた人を探すって言う目的です」

「あー、ジークさんだっけか？　ジャックが王都に行きたがっているのは、てっきりセリアちゃんに会いたいからだと思っていたけど」

「セリアに会いたいって言うのもありますが、第一はその人を探すって言うことが本望ですね。だからもしかしたら、入団してもすぐに退団するかもしれません」

「ははっ！　入団前から辞職の話とは面白いな。多分だが、団長は話が分かる人だからそこらへんは大丈夫だろうよ。ジャックを逃さないと動く可能性もあるけどな」

「んー。それは困りますね」

「まあ、俺の方からも団長に進言しておいてやるから安心していいぞ。話が終わりならもう家に戻りな。家族と話すことがあるだろ？」

「そうですね。エルビスさん、色々ありがとうございました。それじゃまた」

「いいってことよ。おう、またな！」

話を終えて、エルビスさんと別れ、家へと戻る。

さっき話したテーブルには家族3人座っていて、無言で俺の着席を促してくる。

その雰囲気に従うように俺は椅子に座る。

すると、母さんはいきなり聞いてきた。

「それで、ジャックはエルビスさんと一緒に行くつもり？」

「ああ。前にも言ったがそのつもりでいる」

「そう……。なら、今日からは連日豪勢にいきましょうか！」

「えっお兄ちゃんどこ行くの？」

「ミアにはあとで話すよ」

「じゃあ、今日はこの間狩ったノスティープの肉でも食べるか」

「いいわね！　ちょっと持ってくるわ」

そう言うと母さんが肉を取りに行った。

久々のノスティープだ。

ノスティープはたまに見かける珍しい鳥型の魔物で非常においしい。

父さんがたまに狩ってくる獲物の中で、一番嬉しい獲物。

久々のノスティープに満足しながら夜ご飯を楽しんだ。

特に暗い話になることはなく、家族4人で談笑をしたあとミアと自室に戻る。

月明かりに照らされた部屋の中、ミアが俺に聞いてきた。

「ねえ、お兄ちゃんどこ行くの？」

「王都だよ」

「…………。そっか、お兄ちゃんも行くんだ」

「なんだ？　意外と大人しいな」

「なんとなく想像ついていたからさ。セリアを追いかけるんだよね？」

「……まあ、そうだな」

「ミア、セリアが嫌い」

「昔から嫌いだっただろ？　なにを今更」

「これは本当の嫌い！　……ねぇお兄ちゃん、寂しくなるね」

「寂しい……？　ああ、そうだな。寂しい」

俺がそう言うと、俺の胸に抱き着いてきたミア。

俺はしばらく、俺の胸で泣くミアの背中をさすり続けた。

翌日。

昨日の夜とは一転、元気になったミアに剣士ごっこを挑まれる。

しかも父さんも一緒で、更にこの1週間で2人のどっちかが勝ったら王都へは行かないと言う無茶苦茶なルールつき。

全然、気持ちの整理ができていないのには笑ったが、俺は受け入れた。

その代わり、本気でやらせてもらうが。

たまに、母さんも家から出てきて剣士ごっこを見学しにきたりもしながら、3人で剣士ごっこをしている内にあっという間に時間は過ぎていった。


そしてとうとう出立の日となる7日目を迎えた。

ちなみにもちろんながら、剣士ごっこは俺の全勝で終わった。

それとエルビスさんにはこの日に俺が一緒に行くことは既に伝えてある。

俺は朝から準備を整えて、既に旅立てる用意は終えている。

後ろの方では、朝からずっとそわそわとしている父さんと母さん。

「ジャック地図は持った？　それとお財布と雨よけに寒くなったときの外套《がいとう》。それとそれと護身用のナイフにもしものときの非常食とお水と……」

「ああ、大丈夫。全部持った」

「そ、そう。なら良かった！　あとはエルビスさんが来るのを待つだけね」

どこか懐かしい母さんのセリフを聞きながら、全て持ったことを伝える。

あとはエルビスさんが到着すればすぐに旅立てるのだが。

「ジャック着いたぞ！」

噂をすればと言うやつか。外からエルビスさんの声が聞こえてきた。

荷物を纏《まと》めて、俺は外に出ようとする。

「お兄ちゃん！　剣士ごっこ！」

ミアもエルビスさんの声が聞こえたのか、部屋から飛び出てきて、いきなり剣士ごっこをやろうと言い出した。

流石にエルビスさんも来ているし、無理だ。

昨日もずっと剣士ごっこしていたし、本当に最後の剣士ごっこも昨日、終えている。

俺は断ろうとしたのだが、俺の口からは断りの言葉は出てこない。

「分かった。ミア、これが本当に最後の剣士ごっこだからな」

「……うん」

結局断りきれず、了承してしまった。

すぐに外にでて、既に来ていたエルビスさんに事情を説明する。

「すいません、エルビスさん。最後にミアと1戦だけやってもいいですか？　これが終わったら行く準備はできているので」

「ああ、全然構わないぞ。思う存分戦ってあげな」

「ありがとうございます」

エルビスさんから許可を貰い、お礼を言ってから俺は木の棒を構える。

そしてミアも俺の前に立ち、木の棒を構える。

「ミア、母さんと父さんを頼んだ」

「……………ここで倒してお兄ちゃんをいかせない！」

当初のあの約束を未だに狙っていたらしく、この期に及んでまだそんなことを言っている、往生際の悪いミアに笑ってしまう。

攻撃を仕掛けてきたのは、ミアから。

いきなり間合いに飛び込み、袈裟斬り、突き、逆袈裟と繰り出しているが……振りが全て鈍い。

それに段々と剣筋がふらふらとし始めた。

そしてミアはそのまま、その場で地面にへたり込む。

「大丈夫か？」

「大丈夫じゃないよ、行っちゃヤダ、行かないでお兄ちゃん」

木の棒を放りなげて、しがみついてきたミア。

俺はそんなミアの頭をなでながら、必死で宥める。

「ミア、ごめん。もう決めたことなんだ」

「うあああああん」

それでも泣き続けるミアに困り果てる。

「ミア、最後に笑った顔を見せてくれないか？　俺に笑顔を見せてくれ」

「ごんなどぎにわらえるわげないじゃん」

「無理を承知での最後のお願いだ」

俺がそう言うとミアは顔を両手で必死にゴシゴシし、涙を止めようとしている。

俺の願いに必死に応えるべく、涙でぐちゃぐちゃの顔を必死で笑顔にしたミア。

「ミア、ありがとう。行ってくる」

「お兄ちゃん、頑張ってね」

もう一回、頭をポンッと一撫でしてから、地面に置いた荷物を拾い、次は父さんと母さんのところへと行く。

母さんは泣かないように必死に、唇を噛んでいるのが分かる。

「今まで大事に育ててくれてありがとうございました。頑張ってきます」

「いいや、頑張りすぎるなよ。逃げたっていいんだからな。お前の家はここにあるんだから。辛かったらいつでも戻っておいで」

「こっちこそ、私達の子供として生まれてきてくれてありがとう。それと一つだけ約束して。絶対に生きてまた顔を見せに来てね」

「ああ、約束する。父さん、母さん。行ってきます」

俺はもう振り返らず、エルビスさんの元へ向かう。

後ろから聞こえてくる、啜《すす》り声に感情が溢れそうになるが必死で耐える。

「それじゃ、前に乗ってくれ」

エルビスさんが連れてきた馬に乗る。

初めての乗馬だったが、手綱《たづな》は後ろのエルビスさんが握ってくれるみたいで安心だ。

「大丈夫です。行きましょう」

「んじゃ、出発だ」

そう言うと馬をゆっくりと歩かせた。

そして家族が見えなくなったところで、必死に堪えていた涙がとめどなく溢れてきた。

「ずいません」

「なに、謝ることじゃない。好きなだけ泣いたらいい」

背中で優しく声をかけてくれるエルビスさん。

ジャックとなってからそれほど長い時間ではなかったが、この村での溢れんばかりの思い出が涙となって溢れていく。

スケルトンとして明らかに、以前のジャックとは異なった性格となった俺に大事に接してくれた家族。

家族同様に優しく接してくれた村の人々。

短い時間であったが俺はこの村で過ごし、〝人〟として大きく成長することができた気がする。

溢れ出る涙は村が見えなくなっても止まることはなかった。

こうしてジャックは11年間、中の俺としては3年間過ごしたロダの村を離れ、王都プロメトルバリーで王国兵士として働くことになった。

農民だった11歳の少年は史上最年少の王国兵士となったのだった。

第6章　王国兵団への入団

馬に揺られながら進むこと約4日。

涙は村を出てからすぐに止まり、4日経った今ではスッキリとした気分で旅を楽しんでいるくらいだ。

移り行く景色を楽しみながら、俺は今、長く整備された王都への道を進んでいる。

予定ではロダの村から王都までは4日程で着くと言っていたから、もうそろそろなはずなのだが。

「おい、ジャック、見えて来たぞ！」

そんなことを考え始めた直後、エルビスさんが前方を指さして大きな声を上げた。

俺は目を凝らして指をさした方角を見てみると、大きな高い壁がうっすらと見える。

もしかしてあれが王都なのか……？

「あの壁が王都ですか？」

「ああ、あの壁向こうに街が広がっているんだ」

凄いな。近づいて行けば行くほど、その壁の高さに驚く。

公道の正面には門があり、そこに大勢の人が並んでいるのが見えた。

門の前にいる人たちだけで、ロダの村の人口を遥かに超えた人数がいるのが分かる。

「なんか別世界みたいです」

「実際、別世界だからな。中に入ればもっと驚くぞ」

俺の反応を見て楽しそうにそう言ったエルビスさんは、勢いよく馬を走らせた。

向かったのは大勢の人がいる行列の後ろではなく、壁を回り込んだら見えた、人のいない更に小さな門。

「あっちの大きな門じゃなくて、ここから入るんですか？」

「ああ、ここは一部の人間だけが使える裏門。王国兵士ならあそこの行列に並ばなくても、ここから出入りできるんだ」

「へー、便利な門があるんですね」

その門まで辿り着くと、エルビスさんは馬から降りて小さな門を叩いた。

小気味いいリズムでノックを繰り返す。

「誰だ」

エルビスさんのノックに対して、門の向こうから声が返ってきた。

「王国兵士のエルビスです。只今《ただいま》戻りました」

「おお！　エルビスか、ちょっと待ってな」

高い位置に開けられた穴からこちらを確認したのか、すぐに門が開けられた。

門を開けてくれた人も兵士なようで、一昨年エルビスさん達が着ていたような甲冑を着ている。

「ロバートさん。開けてくれてありがとうございます」

「エルビス、久しぶりだな。……ん？　その馬上の子は？」

エルビスさんと軽く肩を叩きあっていた、ロバートと呼ばれた兵士と目が合った。

自己紹介しようと思ったのだが、それよりも早くエルビスさんが説明をした。

「新しい王国兵士です。俺の故郷から連れてきました」

「エルビスお前また勧誘に失敗したんだな。団長にドヤされるぞ」

「今回は失敗じゃないですよ。正直、スタンさんよりもいい人材を連れて来ましたから」

「へー、その子がか」

そう言うと俺をジロジロと見てきたロバートと呼ばれた兵士。

口ぶり的にはエルビスさんよりも上の役職に感じるが、ラルフさんと同じくらいの年だろうか。

「王国兵士として働きにきました。ジャックです。よろしくお願いします」

「挨拶とは感心だな。エルビスのところじゃなくて俺の派閥に来な。色々とよくしてやるからよ」

そう言ったロバートさんは開けた門を閉める。

ロバートさんの言葉に対して俺が苦笑いをすると、門閉めをしているロバートさんを待たずに、エルビスさんは王都の中を進んでいく。

「あれ、ロバートさんとはもう話さなくていいんですか？」

「ああ。ジャックお前もロバートとは軽く話す程度に留めておけよ」

ロバートさんと話していたときとは一変し、敬称もつけずにそう言ったエルビスさん。

「え？　なんでですか？　かなりベテランの方のように見えましたが」

「確かにロバートはベテランだが、役職は俺と同じただの兵士だ。それなのに兵士歴が長いってだけで、あんな感じで自分より後に入った兵士を自分のグループに引き込んでいる。ロバートのグループに入ったら最後、堕落するからな」

随分と酷い言いようだな。

面倒見はよさそうにも見えたんだけど。

「ロバートさんはそんなに駄目なんですね」

「ああ、8年連続のクビ候補。経験不足のベテラン兵士だ」

本当に酷い言いようだ。

ただ、エルビスさんは冗談で言っているようではないようなので、多分事実なのだろう。

そんな会話をしながら裏門から少し進むと、大きな建物が見えた。

建物の前の広場のような場所には、カカシに甲冑を着けられたものがいくつも置いてある。

ここが王国兵団の兵舎か。ロダの村の物置のような兵舎とは偉い違い。

「馬を厩舎《きゅうしゃ》に置いてくるから降りてくれるか？」

「分かりました」

そう言われたので馬から降りて、ここまで運んできてもらった感謝を込めて馬の頭を一撫でする。

ヒヒーンと短く嘶《いなな》いた馬は、エルビスさんに連れられて厩舎へと戻っていった。

エルビスさんが戻ってくるまでの間、辺りを観察する。

裏門から真っ直ぐきた正面に兵舎があって、右にも王国兵団関連のものと見られる建物がある。

俺が今立っている場所がおそらく訓練所だと思われる広場で、エルビスさんが馬を連れて行った左に厩舎があるのだろう。

外に兵士の姿は見えないが、正面の兵舎の窓からはチラチラと人の影が見える。

兵舎の奥に簡易的な門が見えて、その更に奥に高い建物がいくつも見えることから、その門から一般人も暮らす王都へと繋がっているのだと思う。

兵舎周りを観察しながらそんなことを考えていると、馬を置いてきたエルビスさんが戻ってきた。

「じゃあ、団長にジャックを紹介するから兵舎に行こうか」

そう言い兵舎へ入って行くエルビスさんの後ろを、俺はついていった。

兵舎の中に入り、驚いたのがその綺麗な内装。

荒れているのをイメージしていたが、実際は真逆で細かなところまで拘《こだわ》っているように見える。

そして入って、最初に目につく王国兵団の紋章が象《かたど》られた大きなタペストリー。

そのタペストリーの下に、受付があった。

ちゃんと受付には人も立っていて、その受付の人は頭から獣のような耳が生えているが、顔は普通の人間で整った顔立ちをしている可愛らしい女の人。

エルビスさんはそのまま受付のところまで歩くと、その受付嬢に話しかけた。

「久しぶり！　ウェンディーちゃん」

「お久しぶりです、エルビスさん。ご帰還されていたんですね」

「うん、今さっきね。それで団長は部屋にいる？」

「はい。いますよ！」

「おお、良かった！　ありがとね。早速行ってくる」

俺は受付嬢の耳が気になり、エルビスさんのあとをついて行きながらもチラチラと見ていたら、俺の視線に気が付いて手を振ってくれた。

俺も手を振り返すと前を歩いていたエルビスさんに、軽く頭をはたかれた。

「デレデレするなっ！」

「してないですよ」

「本当か？　ならいいんだが。それより団長のところに行くんだからシャキッとしろよ？」

気を引き締めるように言うエルビスさんについて行き、階段を上がっていく。

兵舎は3階建てとなっているようで、その最上階である3階まで上がる。

村には2階建ての建物すらなかったから、床が踏み抜けないか心配になりながらもついていく。

3階の突き当たりまで進み、一つの部屋が見えた。

外装が他の部屋と一風変わっていて、特別感がある。

「ここが団長の部屋だ。入るぞ」

俺は背筋をビシッと立てて、気合いを入れる。

できる限り一挙手一投足に気をつけて、対応しよう。

エルビスさんはドアを4回ノックし、中に入る。

「失礼します。第六隊エルビス、ただいま戻りました」

「おう、エルビス。ご苦労だったな。それでスタンはどうだった？」

「駄目でした。手紙を寄越した理由は別にあったようで、再入団の方は断られました」

「……そうか。なら仕方がねぇな。それでスタンがエルビスを呼んだ理由ってなんだったんだ？」

俺は作法とかを全く知らないため、なにも喋らずにただエルビスさんの後ろにくっついて話を聞いている。

団長さんは、50歳くらいだろうか。

白髪を後ろでビシッと束ねていて、声も見た目も態度も全てが渋い。

組まれている手から見える腕には年齢不相応の鋼のような筋肉が見え、無数の古傷が歴戦の戦士だったことを告げている。

「この子です。スタンさんは将来、英雄になるから育てろと」

「へー、この少年がか。スタンの目は侮れないからな。あいつの見えている景色は俺ら生粋《きっすい》の武人とは一線を画すものが見えていた。そのスタンが言うならその少年は本物だろう」

「あとこの子は一昨年、ラルフさんが入団させたい少年がいるって言った子と同じ人物なんです」

「剣技を操る少年って言っていた子か？　……ますます興味深いじゃねぇか」

俺は一言も喋っていないのに、俺についての話がどんどんと進んでいく。

なにか喋ったほうがいいのか迷っていると、団長さんか話しかけてきた。

「それで、坊主。名前はなんて言うんだ？」

「ジャックです」

「ジャックか、いい名前だな。スタンとラルフが推薦《すいせん》するなら問題ない。ジャックの入団を認める
……がジャックは問題ないんだよな？」

「はい。大丈夫です」

「いや、ちょっと待ってください！」

俺が大丈夫と返事をした後に、エルビスさんが割って入った。

「実は、ジャックを誘った際に1つ条件を設けていまして」

「条件？　なんだその条件って」

「自由に退団できる権利です」

「自由に退団できる権利？　なんだそりゃ」

「実は、ジャックの適職は剣士ではなく、魔法使いなんです。その魔法の技術を伸ばすために、時が来たら辞めるかもしれないと言われ、その条件を承知して連れて来たんです」

「なるほどな。辞めたければ勝手に辞めればいいだろ。王国兵団には一度入団したら辞められないなんてルールはない」

「だそうだぞ。ジャック」

エルビスさんはウインクしながらそう伝えてきた。

どうやら俺が言った、なにかあったら辞めると言うのを脚色し、条件としてねじ込んでくれたみたいだ。

俺自身、退団のことが頭から抜け落ちていたため、こうして条件を入れてくれたのはありがたい。

「それじゃ、王国兵団入団のことを書面に残すからサインだけくれるか？」

「サイン？　名前を書くってことですか？」

「ああ、そうだ。この紙のここに名前を書いてくれ」

渡された紙の指定箇所に名前を書く。

俺は文字も読めないし、書けないが名前だけはなんとか書くことができる。

ジャックと拙《つたな》い文字だが書き、その紙を団長に渡す。

「よし！　これで入団が正式に決まった。明日から仕事に就いてもらうからな。今日は休んでくれ。

……おいっ、エルビス！　お前は俺と打ち合いだ」

「えっ!?　俺も長旅で疲れているんですけど……」

「大丈夫だ。行くぞ」

団長はそう言うと、エルビスさんの首根っこを摑み、そのまま訓練所まで引っ張って行った。

1人残されて休んでいいと言われてもな……。

王都についてなにも分からないし、エルビスさんと団長の打ち合いとやらが終わるまで待って、エルビスさんに案内してもらおうか。

2人に少し遅れて兵舎の外へと出ると、2人は既に打ち合いをしていた。

打ち合いというよりかは、一方的な団長による攻撃だったが。

エルビスさんも弱くはないはずなのに、子供と大人の試合を見ているような実力差を感じる。

啞然《あぜん》としながら2人の打ち合いを見ていると、誰かに後ろから声をかけられた。

「団長さん、強いでしょ？」

振り返ると、先ほどの獣耳の受付嬢の人だ。

ウェンディーさんだっけか？

「そうですね。正直、ここまでの強さだとは思ってなかったので驚いています。……エルビスさん大丈夫なんですかね？」

「ギリギリで止めるのも上手いから大丈夫だよ。それより君はエルビスさんの……お友達？」

「友達……と言うか、今日から王国兵団に入団したジャックと言います」

「へー！　新しい兵士さんだったんだ。若いのに凄いね！　私はウェンディー。ここの受付嬢をやっています」

お互いにお辞儀をし、自己紹介をした。

頭を下げたときにウェンディーさんの頭の耳も一緒に下がる。

どうしてもパタパタと動く耳に目が行ってしまうな。

俺の視線に気が付いたのか、ウェンディーさんは両手で耳を隠した。

「やっぱり、変……かな？」

「いや、変じゃないですよ。自分の暮らしていた村にはいなかったので珍しく……すいません」

「ううん。慣れているから謝らなくて大丈夫だよ。私、父親が犬の獣人で母親は普通の人間だから、なんか少しだけ獣人《じゅうじん》の特徴が残っているみたいでさ。小さいころから周りの人によく奇異な目で見られるんだよね」

笑顔でそう言ってくれたが、俺が凝視していたせいで、トラウマを思い出させてしまったようだ。

ただ、彼女が見られていたのは違う要素の方が大きそうだが……。

こうしてエルビスさんが戦い終わるまで、ウェンディーさんと会話をしながら2人の打ち合いを見ていた。

「それでさ！　お父さんなんて言ったと思う？　その娘は私の娘だー、だよ？　本当あのときは最悪だったよー」

「いや、面白いお父さんじゃないですか——あっ、終わったようですね」

どうやら2人の打ち合いが終わったようだ。

こっちに戻ってくるエルビスさんはかなり痛そうにしているが、とりあえずは大丈夫そうである。

「ジャック。っとウェンディーちゃん！　見ていてくれたのか」

ウェンディーさんの姿が目に入ると、返事もしていないのに手を握り、お礼を言い始めたエルビスさん。

体はボロボロなのになんだかもう元気そうだな。

「エルビスさん。打ち合いが終わったなら、案内してください。まだ全然分からないんで」

ウェンディーさんにデレデレしているエルビスさんにそう伝えると、惜しむような仕草を見せてからウェンディーさんの手を放し、俺の方に体を向けた。

「それじゃジャックの部屋を案内するか。この兵舎の右側に建物があっただろ？　あそこが兵士達の寮になるから。もちろん強制入寮ではないから金があるなら王都で家でも借りるといい」

「入寮したいです。お金は全くないんで」

「それじゃ寮に行くか。それじゃウェンディーちゃん、ジャックを案内するからまた今度ね！」

「は、はい……ジャック君もまたね」

俺とエルビスさんはウェンディーさんに別れを告げて、兵舎を後にする。

それにしてもさっきの会話で、ウェンディーさんとは大分仲良くなれた気がするな。

人間は未だに得意ではないため人付き合いは苦手だが、家族のいない王都では極力大事にしていこうと思っていた手前、仲良くなれたのは良かった。

「おい、ジャック。お前、俺が団長にしごかれている間ウェンディーちゃんと仲良く喋っていただろ！」

「見ていたんですか？　そりゃエルビスさんがいないとなにも分からないので、待っている間は2人で話すしかないじゃないですか」

「くそっ。ジャックは子供ってだけで警戒されてないもんな。うらやましい」

ウェンディーさんの前での、エルビスさんの挙動はおかしいから警戒されているのだと思うけど、面倒くさいし言わなくていいか。

未だにぶつぶつと羨ましがっているエルビスさんのあとについて行き、寮へと歩く。

寮の中に入るが中は至って普通だった。兵舎は綺麗だったが、寮の方は木造の古めの建物。

内装も長年使ってきたであろう経年劣化が見てとれる。

「意外とボロいだろ？」

「そうですね。兵舎を先に見ちゃったのでそう感じますが、ロダの村ではこれでも新しい建物に入りますよ」

「ははっ！　確かにそうだな。でと、ジャックの部屋はこっちだ」

案内されるがまま、木造の寮を歩いていく。

寮と言うわりに生活感があまり見えない。

ちらちらと扉が開いている部屋の中を確認しているが、荷物の一切ない部屋ばかりだ。

もしかしたらこの寮はあまり使われていないのかもしれない。

「ここだ。一人部屋だぞ。良かったな」

案内されたのは寮に入り、すぐに右を曲がって真っ直ぐ行った一番奥の部屋。

中は、結構広いな。

「ここを1人で使っていいんですか？」

「ああ、この寮には今は10人しか住んでないからな。ジャックで11人目だ」

「そうなんですか。エルビスさんも住んでないんですか？」

「おう。俺は王都で部屋を借りてる。休みのときも仕事場にいたくないのと、急な呼び出しとかは寮の奴が優先されるからな。基本兵舎にはどの時間帯も交代制で人が待機はしているから大丈夫だとは思うけど」

エルビスさんは、そう言いながら部屋に舞っている埃を手で扇《あお》ぎながら、部屋に唯一ある窓をこじ開けた。

どうやら老朽化が進んでいるようで、窓を開けるのにも一苦労するようだ。

「体とかを洗うなら外にシャワーがあるからそこで洗えな。そのシャワーは訓練後とかも使うから覚えておいて損はないぞ」

「シャワーも近くにあるんですね。寮生活、意外と便利そうだ」

「ただご飯は出てこない。街に出て買いに行くか、食べてくるしかないな」

「分かりました。エルビスさん、あとで王都も案内してください」

「いいぜ。おすすめの店とか案内してやるよ」

おお、楽しみだ。

早く王都には行ってみたくて、ウズウズしていたからな。

さて、この王都にはどんな食べ物があるんだろうか。

「っと。こんなもんか。なにか質問とかあるか？」

「大丈夫です。ありがとうございます」

「それじゃ今日は終わりだ。明日から仕事についての説明かな。今日は長旅の疲れを癒してくれ。ついでに俺もジャックも団長にやられたしな」

まだいてーよ、と傷口を押さえているエルビスさん。

案内からなにからなにまでお世話になったな。

所々抜けているが、いざというときは頼りになる人だ。

「はい。今日は体を休めます。他の兵士達に挨拶回りとかした方がいいんですかね？」

「いや、いらない。あー、ラルフさんにだけはしておいた方がいいな。ジャックも面識あるし。それに俺がロダの村に行く前にジャックを勧誘してこいよって念押しされていたから、顔を見せたら喜ぶと思うぜ」

「そうだったんですか。ラルフさんには会いたいですね。それでラルフさんは今どこに？」

「今は外に演習に行っていると思うから会えないな。夕方頃、ジャックの部屋に行くわ。一緒にラルフさんのところに行こうぜ」

「分かりました。夕方までは掃除でもしながら時間潰しています」

「了解。じゃあまたな」

こうして、一度エルビスさんとは別れた。初めての自分だけの部屋か。

狭い家で家族4人、暮らしていたから寂しく感じるような、嬉しく感じるような。

とりあえず、この汚れた部屋を掃除するところから始めようか。

部屋の掃除と荷ほどきが終わり、やることがなくなった。

物がないから掃除も楽だったたし、馬での移動だったため荷物を最低限しか持ってきてないから、部屋に置く荷物もほとんどない。

布団はないからしばらくは野宿のときに使った寝袋で寝る事になりそうだ。

暇だったため、剣を振って待つこと約2時間。

部屋の扉が数回ノックされ、俺は返事をした。

「入るぜ。おお、大分綺麗になったな……ってなんでそんなに汗だくなんだよ」

「いや暇だったんで剣振っていたんですよ」

「これからラルフさんと食事行くんだぞ。汗臭いのは勘弁してくれ」

「すいません。シャワー浴びてきます」

「ジャックはちょっと抜けてるよな」

一番言われたくない人に言われてしまった。

シャワーを浴びたら、そのまま行けるように5銅貨しか入ってないが、一応財布と着替えだけ持って部屋を出る。

「すいません。お待たせしました」

「おう。行こうぜ！」

軽く汗を流し、シャワールームの前で待っていたエルビスさんと合流。

今度こそ、ラルフさんの元へと向かう。

ラルフさんはどうやら兵舎にいるようで、また兵舎に入り、エルビスさんの後をついていき部屋に入る。

「ラルフさん、帰ってきました！」

「おう！　久しぶりだなエルビス。っとジャックじゃねぇか!!」

椅子に座っていたラルフさんは俺を見つけるなり、立ち上がって駆け寄ってきて嬉しそうに肩をバンバンと叩いてきた。

ラルフさんもよく俺を覚えていたな。2年前に一度だけ会っただけなのに。

ラルフさんは見た目が、2年前とあまり変化していなかったからすぐに分かったが、俺は大分成長したからな。

「ジャック、ここにいるってことは入団するってことか？」

「はい、ラルフさん。お世話になります」

「おお!!　こりゃ楽しみが増えた！　お前たち2人共これから暇か？　ご飯でも食べに行こう」

「ぜひ。俺もエルビスさんも丁度ラルフさんを誘いに来たところだったんで」

「おお！　そうかそうか。ちょっと待っていろ。団長に今日の報告だけしてきちまうからよ」

そう言って急いで部屋を出ていったラルフさん。

こんなに歓迎されている理由はよく分からないが、嬉しい限りだな。

「ラルフさん随分と喜んでいたな。こりゃ今日は美味い飯が期待できるぞ」

「本当ですか？」

「ああ、とっておきの店に連れて行ってくれるかもしれない！」

おお！　これはワクワクが止まらない。

その情報を聞いたせいでお腹が減ってきた。

「待たせたな。俺の行きつけの店でいいか？」

団長のところから戻ってきたラルフさんがそう言った。

「はい。大丈夫ですよ」

行きつけと言ったのを聞き逃さなかった俺は、チラリとエルビスさんを見る。

俺の視線に気づいたエルビスさんはウインクで俺に合図を送り、とっておきのお店だと言うことを伝えてくれている。

これは楽しみだ。期待に胸を膨らませる。

ラルフさんの後をついていき、兵舎をあとにした。

外に出たら辺りは既に暗くなっていて、俺は一つ疑念が生まれた。

「もう夜になっているんですが、そこのお店って夜でも開いているんですか？」

俺がそう問いかけるとラルフさんとエルビスさんは、2人で顔を見合わせ固まった。

俺が2人の行動を不思議に思っていると、エルビスさんが笑い始める。

「そうか、ロダの村には夜開いている店なんてなかったもんな」

「大丈夫だ。俺が今から連れていく店は夜もやっているよ」

「ジャックは王都の夜の街を見たらきっとビックリするぜ」

質問した俺を置き去りにし、2人楽しそうに俺の反応を窺っている。

よく分からないが、開いているならいいと気にせず、俺は王都へと繋がる門へと歩いていく。

「そうだ、エルビス。見かけないと言うことは、スタンは駄目だったんだな」

「はい。交渉したんですが、もう未練がないのと村に愛着があるの一点張りで」

「そうか。また一緒に戦いたかったが仕方がないな」

　2人が話し始めた、スタンさんについての会話を聞きながら歩いていると、門の入口が見えた。

　ここの門にも、兵士が1人配置されているようで、その兵士はラルフさんの姿を見ると、ビシッと背筋を伸ばし片手を胸に当て挨拶をしてきた。

「ラルフさん！　お疲れ様です！」

「おう。お疲れ」

　ラルフさんが軽く手を上げ、挨拶を返すとすぐに兵士が門を開けた。

　ラルフさんの後に続くように門を潜っていく。

「兵士なら顔パスで通れるんですね」

「いや、顔を知られている兵士だけだぞ。ジャックはしばらく、門を通るときは証明書が必要になるだろうな」

「証明書？　貰ってないんですが、その証明書って貰えるんですか？」

「兵士には全員渡されるぞ。明日には渡されると思うぜ。他の大きな街へ入るときの身分証にもなるから、貰っても無くすなよ！」

「はい、大事に保管します」

　やっと王都の中が見られる。

　鑑定の時に行った、ベキッドの町も大きかったが、王都はベキッドの町と比べても桁外れに大きい。

門を抜けてもまだ暗い道が続くのだが、その先には昼のように明るい光が見える。

「凄い光ですね」

「これが王国一の都だよ。別世界だろ？」

光に向かって進んでいくと、そこはエルビスさんの言っていた、別次元な世界が広がっていた。

夜にもかかわらず、たくさんの街灯の光によって明るい大通り。

そしてなにより、この大通りは人で溢れかえっていた。

「すごっ……本当に凄いしか出てこないですよ……」

「だよなー！　俺も村から出てきたばっかのときは驚いたからな！」

「ははは！　いい反応するなっ！　これだから田舎から来た奴の反応を見るのはやめられない」

ラルフさんがそう言って笑った。

なんだか馬鹿にされている感覚に襲われるが、それ以上に目の前に広がる異常な光景に目が奪われる。

看板の文字が読めないから、何のお店なのかは詳しくは分からないが、様々な店があり、この時間帯でもどこのお店も賑わっている。

好奇心で無意識の内に、お店にふらふらと入りかけるが、ラルフさんに止められる。

「今日の目的はご飯だから王都観光は別の日にしような」

その言葉に従い、好奇心を必死に抑えて、ラルフさんの後をついて行く。

明るいのはここ一帯だけでなく、歩いても歩いても見えるのは明るい光。

街灯がいたるところに設置されていて、暗い場所なんてほとんどない。

だが、ラルフさんはピカピカと輝く大通りから外れ、細く薄暗い裏道へと入っていく。

一瞬躊躇《ちゅうちょ》するが、俺も後をついて行き、裏道へと入って行く。

裏道を進んで行くとラルフさんが立ち止まり、一つの建物を指さした。

「着いたぞ。この店だ」

「ここ……ですか？」

ラルフさんが指をさした店は、特に看板も立てられていない小さなお店。

正直、期待ハズレで心中では落胆している。

この程度のお店なら、ロダの村にもあるからな。

「どうした浮かない顔をして」

「あー、いやなんでもないです。入りましょう」

「当ててやろうか？　こんな店かよって思ったんだろ？」

「えっいや……ちがっ。うーん、まあ……はい……」

否定しようとしたが、表情に出ていたのか見透《みす》かされているようで、素直に答えた。

エルビスさんがハードルを上げなきゃ顔には出なかったのに。

そう思い、睨むようにエルビスさんを見るが、どうやらエルビスさんは俺とは違うことを考えているようで、目をキラキラとさせてそのお店を見ていた。

「まあ、ジャック。騙されたと思ってついてきてくれ」

そう言って中に入ったラルフさんに続いてお店の中へと入る。

中に入ったら外観とは違い、豪華なお店。とかではなく、外観通りの普通のお店。

俺達の他に客はおらず、いるのは料理人にしては強靭な体つきの強面《こわもて》の店主だけだ。

席がカウンターしかないため、3人横に並び座った。

「らっしゃい。ラルフさん」

「どうも、また来たよ。今日はいつもの入ってるかい？」

「ええ、とびきりのが入ってるぜ」

「それは良かった。それじゃそれを3人前頼む」

「少々お待ちを」

そうラルフさんと意味深な会話をした強面の店主は、奥の厨房へと消えていった。

エルビスさんはお店を見てから一言も喋らなくなったし、未だに目をキラキラとさせている。

このエルビスさんの興奮の仕方。

一体どんな料理が出てくるんだろうか。


しばらく待っていると、奥から肉の焼けたいい匂いが漂ってきた。

そのあまりにも美味しそうな匂いに思わず、溜まった唾をゴクリと飲み込む。

久しぶりに会ったから会話をしにきたはずなのに、俺を含めた3人共、黙ってこの美味しそうな匂いを嗅ぎ続けている。

俺が今か今かと肉を待っていると、鉄板に置かれた豪快に切られた肉を持って、厨房から店主が戻ってきた。

「おまたせ。ワイバーンのステーキだ」

出されたのはワイバーンと呼ばれた肉のステーキ。

分厚く、それでいて柔らかそうな、良い焼目のついた肉が目の前に置かれた。

「驚いたろ。ここは王都で唯一、ワイバーンを扱う専門店なんだよ」

「と、とりあえず、驚きよりも、もう食べたくて……」

「ははっ！　そうだな。食べるか」

ラルフさんのその言葉を皮切りに、一斉に食べ始めた俺とエルビスさん。


「はぁー、美味しかったです。ラルフさん」

「俺も大満足ですよ。ラルフさん、ありがとうございました！」

2人で膨れたお腹をさすりながら、ラルフさんに感謝を伝える。

本当に美味しかった。

俺の中で美味しかった食べ物の順位は、ノスティープの肉が今までの食べ物で1位だったのだが、
頭二つほど飛びぬけてワイバーンのステーキとなったな。

「喜んでもらえてよかったよ。連れてきた甲斐があったぜ」

「こんな美味しいお肉が食べられるなんて、思っても見なかったです」

「だから言ったろ？　騙されたと思ってついてきなって！」

ドヤ顔でそう言うラルフさんが、なんだかかっこよく見えてくる。

「俺もワイバーンのお店に連れてきてもらえるとは思わなかったですよ」

「エルビスさんはこのお店自体は知っていたんですか？」

「まあな。ここは割りと有名なお店だからな。ただ、値段が高すぎて俺みたいな一般兵の給料じゃ食えなくてずっとモヤモヤしていたから、今日は最高の1日になった」

「うっし。食べ終わったしそれじゃ、そろそろ帰ろうか」

そう言って、席から立ち上がり会計をしようとするラルフさん。

高いと聞き、いくらなのか近づき盗み聞く。

「3人前で金貨15枚だ」

「はいよ。大将、また来るぜ」

金貨15枚っ!?

見たこともない額に腰を抜かしそうになる。

ロダの村では誰一人として金貨なんか持ってなかったし、銀貨ですら少数しか持ってなかっただろう。

それが1食で1人、金貨5枚。3人分で金貨15枚分が消えた。


確か硬貨の価値は、銭貨10枚で銅貨1枚の価値。

銅貨10枚で銀貨1枚の価値。

銀貨10枚で金貨1枚の価値。

金貨10枚で白金貨1枚の価値。

銀貨以上は全く使われなかったからうろ覚えだが、こんな具合だったはず。

硬貨の価値を再確認すると、1食金貨5枚と言う事実に頭がパニック状態になる。

軽くポンッと白金貨1枚と金貨5枚で払ったラルフさんのあとについて行き、お店をあとにした。

お店を出るなり、俺はすぐにラルフさんに近寄り、頭を下げる。

「すいません。俺あんな高いものだと思わず、バクバク食べてしまいました」

俺が凄い勢いで頭を下げたものだから、ラルフさんは一瞬困惑した様子を見せたがすぐに笑うと、頭をワシワシと撫でまわしてきた。

「いいってもんよ。ジャックには明日からビシバシと働いてもらうしな！」

「俺も、本当に感激しています！　ラルフさん、ごちそうさまです！」

「エルビスはジャックを連れてきた褒美だからな。ジャックに感謝しとけよ」

「はい！　ジャックさん！　ありがとうございます！」

ビシッと腰を90度に曲げて、俺に頭を下げてきたエルビスさん。

エルビスさんは本当、調子のいい人だ。

「悪ふざけはやめてくださいよ」

「ははは！　エルビスは調子のよさだけが取り柄だからな。もう1軒行きたいところだが、2人共、今日は長旅で疲れているだろうし、解散にするか」

「なんか、話にきたのにあまり話せなかったですね」

「まあ、それは近々エルビスか俺の家に来て、ゆっくり話そうぜ」

「そうですね。ラルフさん、今日はごちそうさまでした」

「ラルフさん、ごちそうさまでしたっ！」

俺とエルビスさんは2人並んでもう一度、ラルフさんに頭を下げ、家へと戻っていくラルフさんを見送った。

「な！　言ったろ。秘蔵のお店連れて行ってくれるって」

「いやぁワイバーンの肉、凄かったですね」

「ああ、俺もまさかワイバーンの肉が食べられるとは思わなかったぜ」

「人生で一番美味い食べ物でしたよ。思い出すだけでまた涎が溢れてくる」

「俺も一番に美味かったかもな。匂いから美味かったしな」

エルビスさんの言った「匂いから美味かった」。

おかしな表現だが、その表現が適切だと思えるほどに、焼かれたワイバーンの肉からは良い匂いがした。

「ラルフさんには感謝しないとですね」

「だなー。それじゃ俺達も解散するか！　兵士はさっき通ったばかりだから通して貰えるだろうが帰り道は大丈夫か？　なんなら俺が寮まで送るが」

帰り道は覚えているが、なんとなく心配だしついてきてもらうか迷うが……大丈夫だろう。

エルビスさんも俺を送ってだと二度手間になるだろうしな。

「大丈夫です。帰り道は覚えているんで」

「そうか。じゃあここで解散だな！　また明日な」

「はい。お疲れ様です」

エルビスさんとも別れて、俺は1人、王都の街を帰る。

美味しいご飯を食べてお腹もいっぱいだし、旅の疲れで眠気も凄い。今日はよく眠れそうだ。

寮に戻ってからすぐに寝て、翌日。

久しぶりの寝袋でゆっくりと休んだことで目覚めはバッチリで、移動の疲れも戦闘の疲れも吹き飛び、体調は万全。

俺は部屋を出て、訓練所へと向かう。

まだ日が昇って間もないのだが、甲冑に向かって剣の稽古《けいこ》をしている人たちが何人か見える。

その様子を眺めながら師匠の剣を抜き、素振りを開始した。

訓練所でしばらく黙々と剣を振っていると、甲冑相手に剣の稽古をしていた1人が、俺に気づき近づいてきた。

年はエルビスさんぐらいで、俺ほどではないが若い兵士だ。

「なあ、お前なにしてんの？」

「剣の稽古です」

「そりゃ、見れば分かるわ。なんで子供がここで剣振ってるのって聞いてんだよ」

「ここの兵士だからです」

挨拶しようと思ったのだが、予想以上にこの兵士の感じが悪い。

言葉の端々に嫌味を感じるな。気のせいかもしれないが。

「兵士？　お前がか？」

「はい。昨日入団したジャックです」

「……その様子じゃ本当のようだな。はっ、王国兵団も落ちぶれたもんだ」

それだけ言い残すと、元の場所に戻って行った感じの悪い兵士。

その態度に少しイラッとしたが、気にしても仕方がないため、忘れて剣を振るう。

しばらくすると、街の方からエルビスさんがやってきた。

自宅から今、出勤して来たのだろうか。

「おはようジャック。朝からやってるな」

「おはようございます。あのエルビスさん、あそこにいる兵士って分かりますか？」

「んー？　オリバのことか？」

嫌味を言われた兵士の横を通り過ぎたとき、その兵士についてエルビスさんに聞いた。

どうやら彼はオリバと言う名前らしい。

「さっき、あのオリバって人に馬鹿にされたんですけど」

「あいつのことはほっとけ。自分より下だと思っている奴には基本そういう態度だ」

「特に言い返したりもしてないので、大丈夫ですよ。ただ少し気になっただけです」

「目つけられると面倒だからな。実力はジャックのが確実に上だし、ほっとけばネチネチと言われる以外に害はない」

ネチネチと言われるのは大分嫌なのだが、仕方ないだろう。

エルビスさんの言葉通り、あの兵士は相手にしないと心に決める。

「それじゃジャック、団長のところへ挨拶に行くか。もしかしたら配属される部隊も伝えられるかもしれないからな」

「配属される部隊……ですか？」

「ああ、王国兵団は大まかに全八隊の部隊があって、そのどこかに所属することになる。全部隊を仕切っているのが昨日挨拶した団長。その団長を補佐するのが、ラルフさんたち副団長って感じだ」

「なるほど。どこかの部隊に配属されるんですね。できればエルビスさんと同じ部隊がいいんですけど」

「そこは団長も配慮してくれると思うが……どうだろうな。実際に聞いてみなければ分からない」

2人で配属される部隊についての話をしながら兵舎へと向かう。

まだ朝早いためか受付にウェンディーさんの姿はないな。

受付を素通りして、1階から3階へと上がり団長の部屋へ向かう。

エルビスさんが扉をノックして、返事を待つ。

団長さんは中にいる様で、すぐに返事が返ってきた。

「失礼します。エルビスです」

「おう、入れ。……ジャックも一緒だな。ほら、王国兵士の証明書だ」

ピンッと団長の指先で弾かれた証明書をキャッチする。

これが証明書か。色々な文字が書かれている小さなカードだ。

「ありがとうございます」

「今日から本格的に兵士として働いてもらう。とは言っても最初は覚えていくだけだがな」

「はい。頑張ります」

「仕事は……そうだな、エルビスに教えてもらえ」

「それってエルビスさんと同じ部隊ってことですか？」

「ああ、ジャックは第六部隊に所属を命じる。あとこれは餞《はなむけ》だ」

また俺の方に投げられた袋をキャッチする。

ズシリと重い小袋だ。

「それは祝い金だ。村から出てきたってことは金がないだろ？　ちなみに次に支払われる給料日は来月の末日だからな。無駄遣いはしないで大事に使えよ」

「ありがとうございます」

腰からしっかり曲げて深々とお礼する。

所持金が5銅貨と、懐が寂しかったから本当に嬉しい。

「それじゃ、仕事に取りかかれ」

「はっ！」

エルビスさんが胸に拳を当てて返事をし、俺もそれを真似るように遅れて返事をし、団長の部屋をあとにした。

証明書も貰え、配属部隊がエルビスさんと同じで、お金も貰えた。

「ジャック、良かったな」

「はい。上手く言えないですけど新たな生活が始まったって感じがします」

「自分の家を持って、職にも就いて、お金も稼いだ。確かに新たな生活が始まったな」

「ラルフさん、エルビスさん、スタンさんには本当に感謝していますよ」

「へへっ、良いってことよ。そういえばいくら入っていたんだ」

「まだ見てないです。確認してみます」

小袋を開けて、中身を確認する。

銀貨が大量に入っていて、数えてみると50枚程あった。

それに大量の銀貨の中に金色に光る金貨も3枚混じっていた。

「めちゃくちゃお金入ってます」

「本当か!?　どれどれ……うーん、思ったより少ないな」

「いやいや、多いですよ？」

「だってこれ〝王国兵団〟からのお金だぜ？　自腹切って金貨5枚のワイバーンステーキ食わせてくれたラルフさんと比べたら……なぁ？」

確かにそう言われると少なく感じるから恐ろしい。

ただ、ラルフさんが異常に太っ腹なだけで十分に多いはず。

……ラルフさんには今日会ったらもう一度お礼を言わないとな。

「いやいや、十分ですよ。俺、小さな村出身ですから金使わないんで。それより、家に置くものとか買いに行きたいんですけど、兵士に休みとかってあるんですか？」

「あるよ。基本的に8日に2日休みだ。部隊ごとに仕事と休みを回していくって感じだな」

詳しく聞くと、稽古、演習、稽古、演習、兵舎番と門番、王都警備、休み、休み。

これを1日毎のローテーションで回していくらしい。

第六部隊は今日、王都警備の日らしく明日、明後日が早速休みなのだそうだ。

「なるほど。働き詰めって訳ではないんですね」

「兵士は体を使うからな。適度な休みを入れないと体を壊す人が続出しちまうから休みは多めだと思うぜ」

「そうなんですね。自由な時間が多いのは有難いです。……それで今からどこに行くんですか？」

「王都の中にある、王国兵団の詰所《つめしょ》だ。そこに第六部隊の隊長がいるからな」

「兵士全員で集まる集会とかはないんですね」

「基本はない。人数が人数だからな。休みの部隊が常に二つあるし、一大事とかではない限り集まらない」

どうやら詳しく聞くと一部隊、一部隊が一つの組織として形成されているようだ。

大人数を指示するよりも、細かくした方がなにかと便利だもんな。

兵舎を出るとき、先ほどはいなかった受付にウェンディーさんがいた。

どうやら出勤してきたようだ。

その姿を見た、エルビスさんの目が変わったことに気が付き、俺は必死で外に連れ出す。

チラッとウェンディーさんを見ると俺のその行動に気が付いたのか、こちらに向けて両手を小さく合わせていた。

「おいっ、ジャック！　なにしてんだよ」

「エルビスさん、気をつけた方がいいですよ」

「な、なにがだよ」

「ウェンディーさんへの接し方ですよ」

どうやら気が付いていないようで、そう問い返してきた。

「えっ……ウェンディーちゃんから、なにか聞いたのか？」

「聞いてはないですけど、ガツガツ行き過ぎて引かれていますよ」

「俺、そんなガツガツしてないだろ？」

「めちゃくちゃしていますよ。目が悪党と同じ目をしていますから」

「う、うそだろ」

本当に無自覚だったのか。結構重症だな。

エルビスさんの態度を改めるように助言しながら、王都への門へと歩く。

「証明書の確認いいか？」

「はいよ。ジャックもほら」

王都への門のところで門兵に、先ほど貰った証明書を見せる。

やはり、俺は怪しいのか入念にチェックしているようだ。

「確認した。門を開ける」

そう言って門を開けてくれた兵士。そして昨日に続き2度目となる、王都。

夜ではないから異次元感はあまりないが、昼の方が大通りを歩いている人は多い。

「昼は昼で違う世界だろ？」

「そうですね。夜の方がインパクトはありましたけど」

「そりゃあな。王都は眠らない街なんて呼ばれているからな」

確かにその表現はしっくりくる。

それにしてもお店は昼でもやっているのか。

ずっとお店を開けているのか気になるな。

「王都のお店って休みとかないんですか？」

「あるところはある。人は常にいるから、ずっと開けているところも多いけどな」

「凄い世界ですね。ロダの村にいたら知らない世界でしたよ」

そんな会話をしながらエルビスさんのあとをついて行き、詰所へと向かった。

大通りの目に付く場所に王国兵団のエンブレムがついている建物が見える。

「あそこですか？」

「ああ、あそこだ」

思っていたより、目立つ位置にあるんだな。

あれだけ目立つ場所だと、商売している人からすればあそこでやりたいと思うだろう。

「一等地に建てられているんですね」

「まあな。この位置にあれば、事件が起こったとき、すぐに事件現場に向かえるのと、目立つということは犯罪抑制にも繋がるらしい」

「顕示欲《けんじよく》だけだと思っていましたが、しっかり理由もあるんですね」

中は兵舎と同じくらい綺麗でしっかりとしている。

入ってすぐに甲冑を着こんだ兵士が控えていた。

「よお、ダグ。隊長いるか？」

「ああ、2階にいるぞ」

「そっか、ありがとよ。それと新人のジャックだ。第六部隊に配属されたからよくしてやってくれ」

「ジャックです。よろしくお願いします」

「よろしくな、俺はダグだ。って子供じゃないか」

「ああ、だが剣の腕は一流だ。俺の可愛い後輩だからイジメんなよ」

「子供をイジメる大人なんかいねぇよ。ジャック聞きたいことあったらなんでも聞いてくれ」

そんな会話をし、2階へと上がっていく。

隊長って一体どんな人なんだろうか。いい人だったらいいんだけどな。

エルビスさんがドアをノックして、部屋に入る。

「失礼します。エルビス、戻りました。今日から復帰します」

「帰ったのかエルビス。遠征おつかれさま」

驚いたことに、部屋の中心の椅子に座っていたのは青っぽい黒髪の女性。

兵士とは思えないほど綺麗な人だが、机に置かれている手からは、相当剣を振ってきた跡が見える。

他の兵士たちとは違い、王国兵団のエンブレムの入った鎧を着ていて、エルビスさんが敬語を使っていることから、この人が隊長なのだろう。

「ありがとうございます。それで復帰をすると言ったのですが、先ほど団長から新人教育の命令を受けまして、しばらくはそちらに当てさせてもらいます」

「エルビスは本当に上の人たちに好かれているな。私にも少しは分けてほしいぐらいだ」

エルビスさんの言葉にそう嘆《なげ》いている隊長。

その時、俺の背中を押し、挨拶するように合図を送ってきたエルビスさん。

「新人のジャックと言います。第六部隊に配属されました。よろしくお願いします」

「これは可愛い新人さんだな。私は第六部隊の隊長、ベルベット」

「ベルベットさん、よろしくお願いします」

「はい、よろしく。エルビス、この子が例の手紙の人なのか？」

「いえ、手紙の人には断られてしまって代わりに連れてきたって感じです」

「なるほどな。ジャック君、子供だからと言ってもう1人の兵士。甘えは許さないからな」

「はいっ。精一杯頑張ります」

俺がそう宣言すると、優しい笑顔を向けてくれた。

良かった。変な人ではなさそうだ。

「それじゃ、エルビス。ジャックの指導をよろしくな」

「はっ！」

エルビスさんが返事をし、部屋を後にした。

「優しそうな隊長さんですね」

「ああ、優しいぞ。……だが、隊長の前で結婚の話だけはするなよ」

「え？　なんでですか？」

「察しろよ。まだ隊長は結婚できてなくて気にしているのか、敏感なんだ。この間は飲みの席で号泣しちゃって、全員でアタフタしたからな」

へー、意外だな。あれだけ美人で、しかも王国兵団の隊長さんなのに。

ただエルビスさんは、良い情報をくれたようだ。

逆鱗《げきりん》に触れないよう、こういう情報は絶対忘れないようにしなくてはいけない。

「それじゃ、見回るルートから教えようか」

「はい。お願いします」

ルートを教えて貰うため、詰所から外に出た。

それからエルビスさんと街を大きく1周しながら、大まかに見回るルートを見て回る。

「こんなにしっかりと回るところが決まっているんですね」

「まあな。街の人たちから金を貰っているんだ。その分しっかりと守らなきゃいけない」

「へー、兵士の給料って街の人たちから貰っているんですね」

「そうだな。国が民衆からお金を取って、そこから俺達の給料が配られている。難しい話だから子供には分からないだろうけど」

何となくだが、理解はできる。

エルビスさんの言う通り、お金を貰っている以上は絶対に守らないといけないのだろう。

王都を軽く1周し終えて、詰所へと戻ってきた。

基本的には今教えて貰ったルートを、交代でぐるぐると見回りながら、事件や事故がないかを、確認するそうだ。

これが王都警備の基本的な業務。

あとは事件等があったときの処理の仕方や、対応方法などを詰所で教えてくれるようだ。

トラブルに関してはイレギュラーなことが多く、マニュアルにある対応方法はあまり使えないみたいだけど。

「最初の何度かは、俺と回ることになるだろうから、今日教えたことを覚えておいて、俺の対応とかを見ながら慣れていってくれ」

「はい。エルビスさん、ありがとうございました」

夕方、辺りが暗くなり始めたところで、今日の仕事は終わった。

今日は覚えることが多く、その分頭を使ったため素振りを繰り返すよりも余程疲れた。

最初だからと言うのもあるだろうが、俺が想像していた兵士の仕事とはかけ離れている。

「ふぅー。疲れた」

「今日はどうする？　飯でも行くか？」

「いや、今日はちょっと頭が疲れたので、帰って寝させてもらいます」

「確かにジャックは勉強苦手そうだもんな」

「苦手と言うか、村では一切やってなかったので慣れてないです。エルビスさんは勉強得意なんですか？」

「程ほどにって感じかな。王都に来る前は俺も文字すら読めなかったからな」

「今は読めるんですね。いつかは俺も覚えないといけないな」

流石にこの王都で暮らすのならば、文字を覚えることは必須だろう。

今日だけでも、文字が読めなくて困ったことが何度かあったしな。

「落ち着いたらジャックにも教えてやるよ。それで明日は買い物行くのか？」

「はい、行く予定です。エルビスさん、案内してくれますか？」

「おう！　いいぜ。夜はまたラルフさん誘ってご飯食べにいこう」

「ありがとうございます！　いいですね。まだ全然話せてないですもんね」

こうして明日の予定が決まった。

師匠やセリアのことも早く調べたいが、まずは身の周りを整理してからだ。


エルビスさんと別れて、寮に戻るとオリバがいた。こいつも寮住みだったのか。

顔を下に伏せて、見つからないように横を通り過ぎようとしたが、見つかり声をかけられてしまった。

「よう、朝のじゃん。お前も寮住みだったのか」

「……どうも」

俺はそれだけ言って立ち去ろうと歩き始めたのだが、オリバに後ろから肩を摑まれる。

「丁度いいや。王都まで行って飲み物買ってきてくれ。金は後で渡すからよ。よろしくな」

「嫌です。疲れているので」

「は？」

オリバのふざけた態度でしてきた、その要求を俺は拒否した。

振り返り、ドスの効いた声で威圧してくるオリバ。

害がなければ、放っておこうと思っていたが流石にこれは害と言えるだろう。

１回受けたら、何度も使われるようになりそうだしな。

「昨日、入団したばっかのガキが先輩の頼みを断るってか？」

「はい。すいません」

俺は一応謝り、自室に戻ろうとするがそれをオリバが許さなかった。

いきなり殴りかかってきたのだ。まさか寮内で喧嘩を吹っかけてくるとは思わなかった。

ただこれは向こうからの攻撃だよな？　正当防衛と言うことで、仕方ないが反撃させてもらおう。

大振りのパンチに、俺は冷静にカウンターを合わせる。

オリバの勢いも上乗せされた俺のカウンターが、オリバの顎《あご》にクリーンヒットした。

膝から崩れ落ちたオリバはそのまま、床に伏せた。

エルビスさんの言っていた通り、単純な戦闘能力なら俺の方が強いようだ。

床に伏せて藻掻《もが》いているが、脳が揺れ、立てなくなっているだけだから、放置でいいだろう。

特に振り返ることなく、俺は今度こそ自分の部屋へと戻る。

「おいっ！　ジャック！　ただじゃ済まさねぇからな!!」

後ろからあまり呂律《ろれつ》の回っていない、オリバの怒声が聞こえるが、無視を決め込んだ。

やってしまったが、これは仕方がないだろう。

もし、次も絡んできたらまた返り討ちにしてやればいいだけだ。

第7章　魔法鍛錬、そして剣闘会

初仕事を終えた日から約1週間が経過した。

エルビスさんに付き合ってもらっての買い物などの行事もあったが、ここ1週間は特に大きな事件もなく、仕事を覚えるだけで精一杯の日々だった。

今日は1週間ぶりの休日で、魔法が使えるという隊長に魔法を教えてもらうことになっている。

約束の場所である兵舎に着くと、受付でウェンディーさんと話している隊長の姿が見えた。

「隊長。遅くなりました」

「いやいや、全然時間前だ。それにウェンディーと話をしていたし、なにも問題はない」

「そうそう！　この間、ジャック君とここで話していたときのことを、ベルベットさんに話していたの」

「色々とジャックのことを聞いたぞ。剣聖と幼馴染なんだってな」

どうやら俺がこの間、ウェンディーさんに話したことを隊長にも話していたようだ。

隊長はそのことについて、詳しく話して欲しそうにしているが、長くなるし誤魔化そう。

「そうなのですが……隊長。俺の幼馴染のことは今度として、魔法を教えてくれませんか？」

「ああ、そうだったな。ウェンディーとの話でジャックの幼馴染のことが気になったが、今日は魔法を見せる約束だったもんな。それじゃウェンディー、これから魔法を教えに行ってくる。話に付き合ってくれてありがとう」

「いえいえ！　二人共、特訓頑張ってください！」

笑顔のウェンディーさんに見送られ、兵舎をあとにした。

隊長はどこか機嫌が良さそうだ。

普段の仕事の最中の常に厳しい表情とは違って、ほほ笑んだ表情をしている。

「今日はどんな魔法を見せてくれるんですか？」

「どんなって言っても私が使える魔法は、氷属性の魔法と自身を強化させる強化魔法しかないぞ」

「へー、どちらも気になります」

「あーあと、外での隊長はやめてくれ」

「えっ？　ここ兵団の敷地ですけど、駄目なんですか？」

「役職で呼ばれるのが、あまり好きじゃないんだ。仕事の時は仕方なく受け入れているがな。極力名前で呼ぶようにしてくれ」

「分かりました。ベルベットさん」

隊長の呼び方には気をつけようと心に刻む。

訓練所に着き、甲冑のついたカカシの前に立つと、少し腕を回してからベルベットさんは手を前に突き出した。

いよいよ初めての戦闘魔法が見られる。

一瞬たりとも逃さないように、魔法を目に焼き付けよう。

突き出されたベルベットさんの手のひらから、徐々に氷の槍のようなものが形成されていく。

「【氷槍《ひょうそう》】」

ベルベットさんが、声を発すると同時に形成された氷の槍が、正面のカカシへと飛んで行った。

氷の槍がカカシに衝突すると同時に、氷槍は氷の玉となり飛び散った。

「カッコいいな。それに……綺麗な魔法だ」

ベルベットさんの魔法を見て素直にそう感じる。

「そうか？　魔法を見て、綺麗と言われたのは初めてだな」

「あっ。口に出ていましたか？」

「ああ、思いっきりな」

どうやら気づかずに感想を漏らしていたようだ。

それほどまでに、感情が揺さぶれたという証拠だろう。

スケルトンだったときは一切魔法を使えなかったし、師匠からも使えないと言われた。

だからその分、剣に打ち込めたと言うのもあるのだが、やはり自分にはできないものには摂理なのか、憧れてしまっていた。

そもそも師匠の使う魔法は、憧れるくらいどれも凄かったからな。

「それで、なにか摑めたか？」

「いや……さっぱりです」

だが俺の気持ちとは裏腹に、魔法は一向に使えない。

なにが原因なのかすら分からない。

ベルベットさんの魔法を見て、同じように試してみたが駄目だった。

「なにが駄目なんだろうな。適職が魔法使いと言うことなら、魔力は人よりも高いはずなのだが」

「自分でも分からないんです。ベルベットさんは、初めて魔法を使えたときはどんな感じでしたか？」

「私は幼い頃から指導を受けていたからな……。確か水の入ったコップに魔力を流し、コップの中の水をぐるぐるとさせて魔力を動かす練習をしていた」

魔力操作のトレーニング方法だろうか？

これは良いことを聞いたかもしれない。

なんとかしてきっかけを摑みたい。

「すいません、ベルベットさん。もう一度だけ魔法を見せてもらってもいいですか？」

「ああ、構わないぞ」

そう言い、次にベルベットさんは魔力を自身へと纏わせた。

そして次第に全身に纏わせた魔力が黄色に変わっていく。

これは付与魔法だろうか。

「分かりづらいだろうが、今、私の動きの速度が先ほどよりも速くなっているはずだ」

「ちょっと剣を打ち合ってもらってもいいですか？」

「構わないぞ」

俺はあまり変化が分からなかったため、剣での打ち合いを要求した。

ベルベットさんは腰に差してある、細長い剣を抜き取り、構えた。

たしかあの武器はレイピアと言った武器だったはず。

使っている人は初めて見る。

独特の構えを取っているベルベットさんに、俺も背中の剣を抜き取り、構えた。

「それじゃ行くぞ」

「は――い」

俺が返事を発し終わる前に、ベルベットさんの突き出された剣が、俺の目の前で寸止めされた。

予想外の事態。

レイピアの不規則な攻撃に対応できなかったのもそうなのだが、それ以上にベルベットさんが人の動きをしていなかった。

「対峙したら分かりやすかっただろ？」

「これは、初見じゃ対応できないですね」

「私は剣の才能に加え、魔法の才能もあったからな。今の一連のコンボで私は隊長までのし上がった」

「才能が噛み合ったんですね」

「ジャックもラルフさんに見込まれる程の剣の腕に加えて、魔法使いの適職だろ？　私の上位互換になるだろうさ」

「いや俺はまず、魔法を使えなきゃベルベットさんと同じ土俵にすら上がれませんから」

そこからはひたすらに魔法を打ち込んでもらい、俺は観察に加え、正面に立って受けさせてもらうと言うのを繰り返した。

結局、この日は魔法を発動させることはできなかったが、魔法とはどんなものかは分かった気がする。

「ベルベットさん、今日は休日に無理言って付き合ってもらい、ありがとうございました」

「いやいや気にすることはないさ。私も良いトレーニングになったからね」

「今日のお礼と言ってはなんですが、自分にできることなら、なんでもやらせてもらうので気軽に言ってください」

「なんでも……？　なら結婚してくれ」

………？

ん？　今なんて言った？

俺の耳がおかしくなっていないとするなら、結婚を迫られたのか？

「えーっと、結婚ですか……？　あの、なんでもと言いましたが、流石にちょっと……」

「………冗談だ」

そう言って、無言のまま立ち去ろうとする、ベルベットさん。

俺はなんて声を掛けたらいいのか分からず、ただその哀愁《あいしゅう》漂う背中を見送ることしかできなかった。

いや次会うときとか、普通に気まずいんだが……。

ベルベットさんは絞り出して、冗談と言っていたがあの目は本気で言っていたと思う。

安易になんでもやると言ってしまって申し訳ないな。

でもまさか、まだ11歳の子供に求婚してくるとは思わなかったしな……。

なんで、あんな美人なのに相手がいないのだろうか。

面倒見もいいし、優しい。それに、いい職のいい役職にまでついているのに。

非の打ちどころがない人ほど、近寄りづらいとかあるのかもしれないな。

エルビスさんが言っていた、結婚関連の話はNG。

ちょっと本気で考えないといけないようだ。

ベルベットさんから謎プロポーズを受けたあと、俺は寮へと戻り、1人コップに向かって魔力を流そうとしていた。

明日も一応、ベルベットさんに魔法を見せてくれるように頼んであったから、それまでに魔力を流せるくらいにしたいと思い、頑張っているのだがどうしても魔力を流すことができない。

その日は両手にコップを抱えて、寝るまで魔力を念じ続けた。

翌日。

結局、昨日は魔力を出すことはできずに、波ひとつないコップの水をただひたすら眺めるだけで半日を使ってしまった。

もしかしたら、持っている魔力が多いだけで魔法は使えないのかもしれない。

そんな考えも脳裏によぎってしまっている。

とりあえず気を取り直して、ベルベットさんとの約束の午後の時間まで、昨日に引き続き、魔力放出の特訓を行う。

昨日同様、魔力を放出させるために、ありとあらゆる方法を試していったのだが、結局魔力が放出されることはなく、午前中の試行錯誤もまた無駄に終わってしまった。

魔力を放出できないことに落胆するも、ベルベットさんを待たせてはいけないし、気持ちを切り替えて訓練所へと向かう。

ただ、昨日の一件の手前、ベルベットさんと会うのも気まずいんだよな。

なんで求婚なんかしてくれたんだろう。

そう思いながら、とぼとぼと訓練所へと向かう。

訓練所には既にベルベットさんが到着していたようで、姿が見えた。

一度、深呼吸してから声をかける。

「ベルベットさん、すいません。お待たせしましたか？」

「いや、大丈夫だ。私が少し早く着いてしまっただけだからな」

「それなら良かったです」

「それで、昨日のことなのだが」

その不穏な言葉の出だしに身構え、背筋がピンと伸びた。

「は、はい。なんでしょうか？」

「魔力の放出すら分からないと言っていたよな？　それで私がジャックに魔力を流せば、魔力の感覚を掴めるのではないかと思ってな。試してみないか？」

なんだ、そっちのことか。

てっきり求婚の話を蒸し返してきたのかと思い、少し心臓がドキッとした。

「ぜひ、お願いしてもいいですか？」

「ああ、もちろんだ。手を出してくれ」

ベルベットさんに言われるがまま、俺は手を前に出す。

すると、俺の出した手を両手で握ってきたベルベットさん。

その行為に心臓が一段跳ねたが、表情には出さずに堪《こら》える。

俺が必死に耐えている一方で、ベルベットさんが無表情なのがなんとも言えない。

何故か俺だけが緊張しているこの感じ。

「それじゃ魔力を流すぞ」

「あ、はい。お願いします」

そう返事をしてからすぐに、握った手から何かが流れてくる感覚に襲われる。

熱気と言うか、水のような感覚と言うか。

とにかく、ベルベットさんから今送られているこの感覚の正体が魔力なのか。

その感覚に求婚の一件は一気に頭から消え去り、俺は今感じている魔力の感覚を掴むように集中する。

より集中すると、手の毛穴一つ一つから、体内に魔力が流れてくるのを感じた。

「こんなものでどうだ？　なにか掴めたか？」

「はい。なんとなくですが掴めた気がします」

俺は早速先ほどの感覚を頼りに、今度は流れてきていた感覚を外に出すように力を入れていく。

よし。全身から微量だが、力のようなものが流れ出ている気がする。

「ベルベットさん、多分魔力を出せていますす」

「そうか。それは良かった」

ニッコリと笑顔でそう言ったベルベットさん。

このまま、流れ出ている魔力を魔法へと変換したいのだが、その方法がまた分からない。

壁を超えたらすぐに壁にぶつかるこの感じ。

師匠に初めて剣を教わっていたころを思い出す。

とりあえず、昨日見た氷槍をイメージして、魔力を出していくのだが、一向に魔力は氷にすら変換されることなく、徐々に体が重くなってきた。

「駄目です。魔法にならなくて」

「そう焦ることじゃないよ。そんな簡単に魔法が習得できるならこの世界は魔法使いだらけだ」

俺はそのベルベットさんの言葉を聞き、魔力の放出を止める。

魔力を使うとこんなに体がだるくなるんだなと、味わっているのは疲労感なのだが前に進めていると言う感覚に嬉しさを覚える。

「そうですね。じっくりとやっていきたいと思います」

「体に怠さとかはないか？　魔力ポーションを持っているから渡せるぞ」

「少し疲労感がありますが、大丈夫ですよ。ちょっと休憩したらまた魔法を見せてもらってもいいですか？」

「ああ。もちろんだ」

こうして、初の魔力放出に成功し、求婚され気まずかったことも忘れて、魔法習得に励んだ。

結局この日は魔法発動まではいかなかったものの、少しでも進歩したことは気持ちの面でも大きい。

「2日間ありがとうございました。本当にタメになりました」

「いやいや、私の部下だからな。またなにかあったら頼ってくれ」

「はい。ぜひ頼らせてもらいます」

片手を上げて、去っていくベルベットさんに、深々と頭を下げて見送った。

休日2日使わせてしまったし、なにか恩を返さないとな。

昨日今日のベルベットさんへのお礼の件、エルビスさんに相談しながら決めて行こうと思う。

寮へ戻り、今朝はできなかったコップの魔力トレーニングをしてみる。

水の張ったコップに魔力を流していくと、今朝とは違いグルグルと不規則にだが水が揺れ始めた。

やはり魔力放出はしっかりとできているようだ。これが魔力の流れか。

訓練所ではどう流れ出ているのか分からなかったが、こうして水に反映させれば流れが分かるのは面白い。

どう水が動けば魔法を使う上で、良い流れなのかは分からないが、変幻自在に水流を操れるように、毎日このコップ水トレーニングはやっていこうと思う。


王都の店で食事を取っているとき、英雄の卵達が遠征から帰還したという話が聞こえてきた。

英雄の卵と聞いて真っ先に思い浮かんだのはセリア。

この噂が本当かどうかは分からないが、本当ならば久しぶりに会いたい。

俺が王都に出向いたのは師匠の情報を手に入れること以外にもセリアと会いたいと言うこともあったからな。

この件をエルビスさんに話して、探すことを決めた。

「そう言えばセリアちゃんは王都にいなかったって言ってたもんな」

「そうですね。だからこの戻ってきたって情報と辻褄《つじつま》が合うんで、セリアも含まれていると思います」

「それじゃ探してみるか。おそらく冒険者ギルドに行けばなにかしらの情報が得られると思う。それで駄目だったら情報屋を当たろうぜ」

噂についてエルビスさんに話すと、エルビスさんも可能性があると思ってくれたのか一緒に探してくれるようだ。

2人でまずは冒険者ギルドへと向かう。

一度、冒険者のいざこざが起こったときに仕事として訪れたことがあったが、プライベートで来るのは初めてだ。

冒険者は素行の悪そうな人が多いため、あまり近づきたくはないが情報が一番入りやすい場所なのだそうだ。

「バルク。ちょっといいか？」

「んあ？　エルビスじゃねぇか。どうしたんだ？」

ギルド内にある酒場でエルビスさんが1人の男に話かけると返事があった。

どうやらこの男とエルビスさんは知り合いみたいだ。

「一つ聞きたいことがあってな。英雄の卵たちが王都に帰還したって聞いたんだが本当か？」

「なんだ、そのことか。銀2でどうだ？」

　エルビスさんはその男に銀貨を2枚手渡すと、男が続きを話し出す。

「その噂は本当だ。正確に言うとまだ帰還はしていないようだが、依頼に出た複数のパーティが見たって言っていた。勇者に賢者、それに剣聖の姿もあったって言う情報も入ってる。情報から逆算すると今日の夕方から明日の朝には王都に着くと思うぜ」

「流石の情報網だな。助かった、また頼む」

　エルビスさんは軽くお礼を言うと、すぐにその場を離れて冒険者ギルドを出た。

「噂は本当だったみたいだな。バルクが言っていた剣聖は恐らくセリアちゃんだろうし、今から行って門付近で張ってれば会えるかもな」

「そうみたいですね。付き合ってもらってありがとうございます。夜まで張って来なかったら明日朝も張ってみます」

「了解。隊長には俺から事情は話しておくわ。上級地区に行かれたら会えないから気をつけろよ」

「はい。お願いします」

　今日は普通に兵士業があるため、事情説明はエルビスさんに任せて、俺は早速王都の門を目指す。

　張る場所は兵士が使用している裏門ではなく、正面にそびえている大きな門だ。

　門兵としては何度かここで検問の仕事をしたが、改めて凄い人だな。

　絶え間なく人が流れてきて、注視していないと見つける前に通り過ぎてしまう。

　しっかりと逃さないように1人ずつ見て、数時間が経過した。

　今日はもう来ないのかと諦めかけたその時、異質な集団が門から入ってくるのが見えた。

ほとんどが子供なのに、纏っている装備品が全て良質なもの。

多分だが、あれが噂となっていた英雄の卵たちか。

セリアがいないか1人ずつ見て行くと、後方に1人歩いている女の子を見てすぐにセリアだと気づく。

フードを被っていたが、歩き方とフードから出ている金髪の髪の毛で分かった。

子供たちを囲むように大人が歩いており、容易には近づけないため、名前を叫ぶ。

「セリアッ!!」

その俺の声にセリアが顔を上げてこちらを見た。

目が合い、向こうもすぐに俺と気が付いたのか、周囲にいた大人になにか喋るとこっちへと走ってきた。

「ジャック!!　なんで王都にいるのっ!?」

久しぶりに会ったセリアは成長していて、かなり大人びたように見えた。

だけど、喋り方や表情はセリアそのもので懐かしい感覚に襲われる。

「セリア、久しぶりだな。元気だったか?」

「うん!!　元気だった!!　で、ジャックはなんで王都にいるの!?」

「昔、村に来た兵士覚えているか?　その兵士に誘ってもらって王国兵士になったんだよ」

ベタベタと俺の顔を触ってくるセリアに、俺が王都にいる理由をかいつまんで説明する。

ずっと満面の笑みを浮かべていて、嬉しそうな様子。

「そうだったんだ!!　久しぶりに会えて本当に嬉しいよ!!　色々ね、話したいことがあるん」

そこまで言いかけたとき、セリア達を囲んでいた大人が大きな声でセリアの名前を呼んだ。

その瞬間、セリアがシュンッとなり、悲しい表情を見せる。

「ごめん。もう戻らなくちゃ」

「そうか。呼び止めて悪かったな。別日に近々会えないか？」

「一時的に戻ってきただけだから多分、すぐに別の場所に行くと思う……。でも時間ができたとき、こっちから会いに行くから!!」

「それは残念だな。王国兵団の兵舎に来てくれたらいつでも会えるから」

「分かった！　王国兵団の兵舎ね！　絶対会いに行く!!　今日は会いに来てくれてありがとう」

セリアはそう言い残すと、集団の中へと戻って行った。

……少しだけだったが、久しぶりに会えてよかったな。

あの様子では次にいつ会えるかは分からないが元気なことを確かめられただけでよかった。

俺も負けずに頑張るか。

久しぶりの顔に気合いを入れ直し、セリアを見送ってから兵舎へと戻った。


セリアと久しぶりの再会をした日から、１カ月程が経過した。

魔法の方は大きな成長はなく、少しだけ多くの魔力が放出できるようになった程度。

この調子では魔法が使えるようになるまで相当な時間がかかりそうなため、日頃のトレーニングを欠かさないようにし、腐らずいつか魔法を発動できるように頑張っていきたい。

そして兵士業は、今日から夜間勤務となる。兵士の仕事は24時間休みなくあるからな。

日中だけでなく夜間の仕事も交代で回ってくる。

辺りが暗くなる夜間の方が問題は起こりやすいようだが、ここ1カ月で大分仕事の方は慣れてきたから大丈夫だろう。

それと今日は、朝から訓練所で全体招集がかかっている。

全体招集は俺が入団してから初めての出来事で、なにかしらの重要な知らせがあるのだと思う。

なにを伝えられるのか分からないが、準備をして早速向かおうか。

部屋を出ると、俺の部屋の前にオリバが立っていた。

どうやら俺を待っていたようだ。

「よう、ジャック。調子はどうだ？」

「まあ、普通ですよ」

「それは良かった。なあ、前に俺がお前に言ったこと覚えているか？」

以前の一件のことだろう。確か……。

「ただじゃ済まさねぇ。でしたっけ？」

「……そうだ。覚えていたようだな。今日、発表があるだろうから楽しみにしておけ。そこで確実に恥をさらしてやる」

そう言うと踵《きびす》を返し、去って行ったオリバ。

今日の全体招集で、なにかしでかす気なのだろうか。

それとももう既に仕掛けているのか。少し不安になるが、多分大丈夫だろう。

その前にラルフさんやベルベットさんがなんとかしてくれるだろうしな。

それになにかハメられて、最悪、兵士をクビになっても師匠探しに専念できるってもんだ。

王都に出てきた目的は師匠探しなのに、兵士業に魔法の特訓にと忙しく、全くと言っていい程情報収集を行えていない。

今後のことも考えながら、俺は訓練所へと向かった。

訓練所に着くと、既にたくさんの兵士が集まっている。

そのほとんどが見覚えのない兵士ばかりで、これだけの人数がいたのだと素直に驚いている。

「ジャック、こっちだ」

手招きしているのはエルビスさん。

どうやら隊ごとに分かれているらしく、エルビスさんの近くには同じ時間帯に働いている兵士の顔も見えた。

「今日なに言われるんですかね？」

「噂では、兵団内で剣闘会《けんとうかい》が行われるって話だ」

「剣闘会……？　剣闘会ってなんですか？」

「兵団内で試合を行うんだよ。その大会で兵士内の順位を大まかに決めるのさ。スタンさんが追い出されたときの団長はよくやっていたんだがな」

剣闘会か……。剣の試合は得意だし、意外と楽しみなイベントかもしれない。

もしかしたらオリバもこのことを聞きつけ、俺に宣戦布告しに来たのかもしれない。

「おっ、団長が出てきたぞ」

入団したとき以来の久しぶりの団長だ。

相変わらず渋い。

「団長のシルヴァだ。今日集まってもらったのは、もう噂にもなっているだろうが来週、剣闘会を開こうと思っている」

エルビスさんが言っていた通りに開口一番、剣闘会の事を口にした。

「開く理由は最近の勤務態度の低さだ。前団長は最低な野郎だったが、兵士たちの気を引き締めさせるという点だけでは剣闘会は良い行事だったからな。今回はそこだけは真似させてもらい、剣闘会を開くこととなった」

スタンさんを追い出した前団長のことだろう。

団長も嫌っていたのか。

「詳しいルール、日程は兵舎に張り出しておく。不甲斐ない成績を残した兵士にはペナルティを科すからな。以上だ」

そう言うと団長は兵舎へともどって行き、見えなくなると同時に兵士たちもぞろぞろと散って行った。

「なんか全体招集するような要件じゃなかったような……」

「まあ、ジャックからすればそうなのかもしれないな」

「エルビスさんからしたら違うんですか？」

「ああ、それだけ前団長が酷かったって話だ。前団長の時にやっていた剣闘会は真剣で行われて、死者すら出ているからな。ほら見てみろ」

そう言ってエルビスさんが見せてきた胸には、えぐられた酷い傷跡。

多分だが、回復魔法でも癒えなかった傷だろう。

これほどの酷い傷が、剣闘会で受けた傷なのか？

「酷い傷だろ。多分だが、ほとんどの兵士にこれレベルの傷がついているぞ」

「そんな怪我したら本末転倒なんじゃ……」

「ああ、当時は怪我人続出で酷かったもんだ」

「それで、よく不平不満が出なかったですね」

「出ていたが、前団長の周りが力のあるもので固められていたし、力があるやつにとってはいい環境だったからな。抑え込まれていたんだ」

想像以上に酷かったようだ。

それでその時の剣闘会システムを使うってことで、今日全体招集が開かれたのか。

「なるほど。そんな事情があったんですね」

「まあ確かに、今の団長に代わってから徐々に緩くなってきていたし、剣闘会は良い試みだな。ルールもしっかり制定するようだし心配はないだろ」

「俺は楽しみですよ。試合形式の打ち合いは得意ですし」

「だろうなぁ。ジャックとは当たりたくねぇな。勝ち目ないし」

「エルビスさんとやりたいですけどね。それに本番なら違うかもしれないじゃないですか」

「んなわけあるか。俺相手にしていた時は、手を抜いていたの知っているんだぞ」

「いや、剣技を使ってなかっただけで本気でやっていましたよ」

「それを手を抜いているって言うんだよな……。とりあえず、張り出されているだろうし。ルールとか見に行こうぜ」

エルビスさんの後についていき、兵舎に向かう。

それにしても知らなかった、少し昔の王国兵団の一端を知ったな。

今とは雰囲気も大分違ったのだろう。

そりゃ真剣で斬り合いをさせられるんだ、雰囲気が良くなるはずもない。

常人なら、同僚を斬れないし、斬られたら不信感が募る。

そんな環境でも、簡単には辞められない規制でもかけていたのだろうか。

村にいたときに俺がスタンさんに言った、そいつの元で働かずに正解。

本当にその言葉通りだったかもしれないな。兵舎に入ると、2枚の大きな紙が張り出されていた。

1枚はルールらしきものが書かれたもの。もう1枚は、対戦相手の一覧のようなものだ。

「おお、やっぱり木剣で固定のようだな」

「他にはなんて書いてありますか？」

エルビスさんから聞いた、ルールを簡単にまとめると、武器は木剣のみ。

制限時間は3分でそれまでに、攻撃をより多く受けたほうの負け。

降参と、戦えないと判断されるほどの怪我を負っても負けとなる。

四つのブロックに分かれ、トーナメント方式で各ブロックの優勝者を決める。

団長、副団長以外は全員参加。

王都警備と門番のみは空けられない仕事のため、2日に渡って行われるようだ。

「ちゃんとした大会ですね」

「ああ、これはちょっと燃えるな」

「優勝したらどうなるか書いてあります？」

「特別褒賞が貰えるとは書いてあるな。……ジャック、優勝狙うのか？」

「そりゃあやるなら狙いますよ」

そんな会話をしていたら、後ろから大きな笑い声が聞こえた。

振り返ると、いたのはオリバ。

「おいおい、聞いたかよ。優勝だってよ！　馬鹿じゃねーの？」

オリバの横には見知らぬ兵士が2人。

その2人と一緒に指をさしながら、俺を笑っている。

エルビスさんが、なにか言おうと前に出かけたが俺が手で静止する。

「やるからには、優勝狙うのが当たり前じゃないですか？」

「身の程を知った方がいいぞ。恥をかく前に、家に帰ってママのおっぱいでも吸ってた方がいいんじゃないでちゅか？」

バブバブとジェスチャーしながら煽ってくるオリバ。

朝の恥をかかすってこの事を言っていたのか？

「おいっ！　いい加減にしろ！　文句があるならここじゃなく剣で決めろや！」

「ジャックくん、パパを連れてきちゃ駄目じゃないでちゅか！　ギャハハハハ！」

止めに入ったエルビスさんすら馬鹿にする態度に、カチンときた俺が詰め寄ると、両手を上げておどけた表情をした。

「おいおい、手出したら終わりなのはそっちだぜ。ここは人目のない寮じゃないぞ、周りを見てみろよ」

チラッと周りを見て、今のやり取りで兵士達の注目を集めていることに気が付く。

俺は出しかけた手を止める。狡《こす》い野郎だ。

「お前が無手では強いのは知っているからなぁ。それと張り紙を見てみろ」

オリバが指さす、張り紙を見てみると俺の名前の横にオ、リ、バと多分書かれている。

どうやらオリバが俺の初戦の相手のようだ。

「そこで時間いっぱいまでこの間の借りを返させてもらう。逃げるなよ、ジャック！」

「逃げないですよ。それと一つだけ疑問があるんですが、なんで俺が剣では弱いと思い込んでいるんですか？」

「思い込んでいるんじゃねぇ、それが事実だ。駆け引きと長年の剣の技術があって初めて剣は生きるんだよ。お前は、身体能力は高い天才なんだろうが、断言する。剣では俺には勝てない」

確かに、普通に見たらこんな子供が、剣士ごっこで駆け引きを鍛えて、オリバの何十倍の年月を剣に当ててきたなんて思えないか。

まあ、仕掛けてきたのはオリバの方だ。

俺に対してはまだしも、エルビスさんへの態度にはイラッとしたし、舞台が用意されているなら、そこで返り討ちにして逆に恥をさらしてやる。

「なんなんだあいつは！」

立ち去ったオリバを見ながら、未だ憤慨《ふんがい》しているエルビスさん。

「前に言ったでしょ？　絡まれているって。忠告通り無視していたんですけど、この間つい反撃したらそこから粘着されているんです」

「おいっ、ジャック！　オリバには絶対負けるなよ！」

「負けませんよ。確実に勝ちます」

俺とエルビスさん。

2人して気合いを入れ、打倒オリバに闘志を燃やす。

「そういえば、今日の朝にオリバから恥をかかせてやるって言われたんですよね」

「それがさっきのアレなのか」

「対戦相手も俺に変えているんじゃないかと思っていまして。偶然にしては出来すぎているなと」

「んー、あり得なくはない。別に公式の試合ではないし、剣闘会の運営に知り合いがいれば対戦相手くらいなら変えてもらえるだろうからな」

「やっぱりそうなんですね。まあ、初戦で叩けるのは俺としてはありがたいですけど」

やはり対戦カードを弄ってそうだな。俺に伸《の》されたことが相当気に入らなかったのだろう。

エルビスさんと同年代くらいなのに偉い違い。


剣闘会の発表の日から1週間が経過した。

そして今日行われる剣闘会は一般公開もされるようで、街では噂になっていた。

どうやら秘密裏に賭け事も行われているようで、一大イベントのような騒ぎになっている。

休日は今日のために、エルビスさんとラルフさんを呼んでずっと打ち合いをしていた。

休日の打ち合いでは、ラルフさんの本気にも8割方勝てるようになっていて、驚かれた。

ラルフさんは王国兵団の中でも上位に食い込むレベルで剣の腕が立つようで、今回は団長、副団長は出場しないため不参加だが、もし参加していたら優勝候補の1人だと言っていた。

そのラルフさんに8割勝った俺はオリバどころか、優勝も余裕でいけると太鼓判を押されている。

それと、ラルフさんは俺に大金を賭けるとも言っていた。

確か兵団の規約で賭け事は駄目だったはずだから、バレなきゃいいけどな……。

体調も万全で憂いはない。あとはいつも通りやって、優勝を目指すだけだ。

俺は部屋を出て、試合会場となる訓練所に来た。

いつもは閉ざされている王都側の門が開放されていて、大勢の一般人が見える。

兵士たちは兵舎に留まり、自分の試合となったら兵舎から出て訓練所へと向かう手筈になっている。

「ウェンディーさん、おはようございます」

「ジャック君！　今日は頑張ってね！」

「はい、ウェンディーさんも頑張ってください」

剣闘会の受付処理で、忙しそうにしていたウェンディーさんに、一言そう声を掛けるとニッコリと笑ってくれた。

今日、一番大変なのは受付のウェンディーさんかもな。

キョロキョロと辺りを見て、エルビスさんを探していると、後ろからオリバに声を掛けられた。

もうすぐ試合なんだからほっとけよ、と言いたくなる気持ちを抑えて振り返る。

「逃げなかったようだな。ん？　今日はパパを連れてきてないのか？　まあ連れてきていても一緒には戦えないからな！」

ッチ。

こいつの不快な笑い声を聞くたびにイライラが募る。

「それじゃ、また後でな。逃げるんじゃねーぞ」

「何回言うんだよ、逃げねーって」

「あ？」

俺がついタメ口で話すと、先ほどまでの楽観的な様子から一転、高圧的な態度に変わり、近づいてくる。

そのまま。目の前まで顔を近づけてきた。

「お前のその舐めた態度、後悔させてやるからな」

「俺のセリフだ。二度と俺に偉そうな態度取れなくさせてやるよ」

俺が反論すると、肩を思い切りぶつけてから、立ち去っていった。

行動の一つ一つがムカつくな。

頭に血が上ったため、一呼吸入れて気持ちを一度落ち着かせ、冷静になる。

ふぅー。深呼吸をすると怒りを大分静められた。

気を取り直して、エルビスさんを探そうか。

「エルビスさん」

「おお、ジャック。体調はどうだ？」

「バッチリですよ。オリバの奴、絶対にボコボコにしますから」

「気合い入っているな」

「もう我慢も限界なんで発散させてもらいます」

「おお、それは怖い怖い」

俺のその発言に、ニヤリと笑みを浮かべてそう言うエルビスさん。

軽く会話を済ませたところで、別れてさっそく準備を始める。

エルビスさんとは別ブロックだし、優勝目指して頑張ってもらいたいな。

俺の順番は出番が早めで2戦目。

軽くストレッチを行いながら兵舎にて準備して待つ。

1戦目の2人が呼ばれ、訓練所へと向かっていった。長くても3分後には、前の試合は終わる。

軽くストレッチをしていると、俺の名前が呼ばれた。どうやら、もう前の試合が終わったようだ。

いよいよ、俺の番。そして横を見ると、オリバが立っている。

口元がニタついていて、オリバの表情からは余裕が見える。

多分だが、負けるなんて考えてもいないだろうな。

俺も絶対勝てると思っているが、オリバを反面教師に気は緩めず全力で勝ちにいこうと決める。

訓練所に足を踏み入れると、観客から歓声が聞こえてくる。

訓練所の周りは兵舎に来た時よりも大勢の観客がいる。

観客からはオリバへの歓声がかなり多く飛んでいて、下馬評ではオリバの方が優勢のようで少し気に食わない。

「それじゃ、剣を渡す。お互い剣を持ったら所定の位置に待機するように」

審判役である兵士から、木剣を渡され、軽い説明があった。

審判は3人の兵士で行われるようだ。

ルールがより多くの攻撃を受けた方の負けだから、正確に判定するために3人にしているのだろう。

「それでは第2試合、オリバ対ジャックを始める。はじ――」

審判が試合開始を宣言する前にオリバが動いてきた。

こいつ、本当に狡い奴だな。踏み込んで上段からの唐竹。

タイミングは早かったが、動きは遅い。

俺は安易に受けにいかず、バックステップで回避する。

しっかりと距離を取って躱す。これで奇襲は無意味にした。

今の攻撃で俺に当てられると思っていたのか、不満げな表情を見せたオリバ。

やはり無手でもそうだったが、剣の方もそうでもないな。

剣技次第だが、エルビスさんの方が剣のスピードはキレている。

今の一撃で実力の程が知れたが、夢くらいは見せてあげようか。

「うおラあああ!!」

声を裏返しながらブンブンと振り回すオリバの攻撃を、剣を一切使わずに紙一重で躱していく。

これは俺が団長にやられたやつだ。

この躱し方は露骨に実力差が分かるから、俺がそうだったようにオリバも堪えるはず。

それでも、懲りずにオリバは攻撃を繰り返している。

だが、次第に俺がギリギリで〝躱せている〟のではなく、俺がギリギリで〝躱している〟ことに気づいたようで、表情に焦りが見えてきた。

「どうした？　この程度か？」

「クソがっ!!　シネエエエエ!!」

俺が軽く挑発をすると、動きが一気に単調化し、大振りの袈裟斬りを行ってきた。

俺はその大振りの袈裟斬りを、冷静に紙一重で躱してから脇腹を水平斬りで叩く。

まずは一発。折れてはいないだろうが、強めに打ったため、かなり痛そうに脇を押さえているオリバ。

このまま追撃してもいいのだが、完膚《かんぷ》無《な》きまでに叩いておきたいので、オリバが回復するのを俺は待つ。

「剣に必要なのは、駆け引きと長年の技術でしたっけ？　オリバさん」

「ッのやろおおおお!!」

またしても俺の安い挑発に乗り、止めていた足を動かしだしたオリバ。

さて、なにをしてくるんだろうか。

「【連斬《れんざん》】」

繰り出してきたのは【連斬】。

基本中の基本剣技だ。

必殺の一撃が来ると思っていたから、期待ハズレは否めないが舐めることなく、二連撃の一撃は受けてもう一撃は躱す。

「【風刃《ふうじん》】」

「【瞬足《しゅんそく》】」

【連斬】が失敗に終わったと同時に、オリバが追撃で放ってきたのは、風の斬撃。

しかし俺は【瞬閃】の応用の技を使い、あっさり躱す。

ていうか今の斬撃……。

オリバは剣を振って起こったその風に魔力を込め、飛ぶ斬撃として使ってきたようだが……。

限りなく魔法に近いが、ルール上いいのだろうか。

まあ、反則負けになっても後味が悪いし俺にとってはいいんだけどな。

……それにしてもつまらない。エルビスさんやラルフさんとやりあった時は、駆け引きも楽しかったのにオリバとやっている今は本当に面白くない。

弱い訳でも攻撃が単調って訳でもないんだがな……もう決めるか。

渾身の【風刃】を躱され、驚いた表情をしているオリバを前に、俺はゆっくりと距離を縮めていく。

流石に俺との力量差を明確に感じ取ったのだろう。

その証拠にオリバは剣を構えているが、剣先は手の震えが伝播し大きく震えている。

「ま、待て。こ、こうさ――」

オリバが降参を宣言する前に俺は踏み込み、まず右肩に向けて袈裟斬りを一撃入れる。

そして続けざまにみぞおちを思い切り、突いた。

「ぐぉっほっ！　ごっほっ！」

突きがみぞおちにモロに決まり、オリバは激しく藻掻《もが》いている。

これで降参を宣言することができない。

俺は更に追撃で、右腕に一点狙いで攻撃を打ち込んでいく。

右腕への集中攻撃を避けられず、次第に痛みからかオリバは右腕を庇《かば》った体勢へと変わっていく。

それでも俺は執拗《しつよう》に右腕を狙い、攻撃をしていく。

「ジャッ！　うぐぅっ！　ジャックッ!!　わ、わるかったっ！」

オリバに反撃の意思はなく、必死で口では謝っているが……まだ甘い。

オリバから本当に悪いと思っている態度が見えないからな。

誠意がないのか見えづらいのか分からないが、どっちにしろここで泣いて詫びるまで俺から止める気はない。

俺は手を止めることなく、右腕への攻撃を繰り返したところで、オリバがとうとう地面に膝をついた。

そのタイミングで審判が割って入り、俺にストップをかける。

これで俺の勝ちだろう。

俺に執拗に打たれたオリバは、右腕をだらけさせ地面へと倒れた。

俺は地面に倒れるオリバを見下ろす。

多分だがあの様子じゃ、右腕は折れているだろうな。

俺との一戦を仕組んだのもオリバ。俺とエルビスさんを挑発したのもオリバ。

自業自得の倒れるオリバから目を切り、倒れたオリバに向かっていく審判とすれ違うように俺は兵舎へと戻っていく。

観客から、登場してきたときのような盛り上がりはなく、地面に倒れる悲惨なオリバを見て、逆に静まり返っている。

それをやった相手が子供の俺だから、更に恐ろしく感じているのだろう。

その静まり返った光景に、また兵士の評判を下げてしまったかもしれないなと、感想を抱きながら俺は訓練所をあとにした。

俺が兵舎に入ってからようやく審判から、俺の勝ちを宣言する声が聞こえた。

俺が兵舎に入ると、俺の試合を見ていたのか、兵士からあからさまに視線を感じる。

流石にやりすぎたかと少し反省していると、正面からベルベットさんがやってきた。

長い綺麗な黒髪は、この間魔法の練習に付き合ってくれたお礼に、俺がプレゼントした可愛らしいシュシュで結ばれている。

渡したときに口では嬉しいと言っていたが、実際に使ってくれているところを見ると本当に喜んでくれたんだなと、嬉しく思う。

「ジャック、お疲れ様。見ていたぞ」

「隊長、見ていたんですね。ちょっとだけやりすぎてしまいました」

「確かにな。だが、エルビスのあの喜びようからして、対戦相手とはなにかあったのだろう？」

「……そうですね。ちょっと因縁めいたものがありまして、ついやってしまいました」

「なら、いいんじゃないか？　ルールの範疇《はんちゅう》だしな。ジャック、２戦目も期待しているぞ」

「はい、頑張ります。隊長は第3ブロックでしたっけ？」

「ああ、他の隊の隊長ばかり集められたブロックだ。嫌になる」

「隊長なら大丈夫ですよ。頑張ってください」

「ふふっ。ありがとう。精一杯戦ってくるよ」

そう言って、去って行ったベルベットさん。

剣の実力は定かではないが、レイピアでは凄まじい速度の突きを放っていたからな。

相手が他の隊の隊長だったとしても負けないと思う。

どちらにせよ、ベルベットさんのトーナメントは実力派揃いで面白そうだ。

「ジャック!!　やったじゃねぇか!!」

俺に飛びついてきたのはエルビスさん。

ベルベットさんの言っていた通り凄い喜びようだな。

「はいっ。なんとか勝てました」

「全然余裕ぶっこいていただろうが！　それにしてもスッキリしたぜ！」

「まあ、俺は少しやりすぎたかなとちょっと反省していますが」

「いやいや、あれくらいがオリバには丁度いい灸《きゅう》になっただろうよ」

「確かに、あれだけ懲らしめたら、もう俺には絡んでこないとは思いますけど」

「だろ？　半端にやって逆恨みされたらもっと怠《だる》いことになっていただろうからな」

俺も変に恨みを残した方が面倒くさくなると思って徹底的にやったから、後悔はないんだけどね。

倒れたオリバを見て俺はスッキリしたしな。

「エルビスさんは次の試合いつですか？」

「俺か？　俺はまだまだだな。多分ジャックの2戦目の方が早いんじゃないか？」

「そんなに時間がバラバラなんですか」

「まずは同一グループから終わらせたいってのがあるんだろうな。ウェンディーちゃん、会場回しに苦労してそうだったし」

確かにウェンディーさんは大変そうだったな。

回しやすさ重視で日程は組まれているのかもしれない。

「そういえばさっき隊長とすれ違って、試合に向かっていましたよ」

「知っているぞ。一緒にジャックの試合を見ていたからな。隊長はお前の活躍にずっと笑顔だったぞ」

「えっ？　あの隊長がですか？」

「ああ、本気で惚れられているかもな！　ハッハッハ！」

「いや、そんな雰囲気は一切見えなかったんですが。あと笑いごとじゃないんですが」

「いいじゃねぇか。モテるって羨ましがられることだぞ。しかもあんな美人に」

「それはそうですけど」

「まあまあ、隊長もそこは弁《わきま》えているだろうし大丈夫だよ。それより早く隊長、応援してやろうぜ」

人ごとだからって軽いな。

2日目の魔法特訓の日は無表情だったし、渡したプレゼントも大したものでもなかったのに。

それにあの日以降、特に絡みもなかったよな。

さっきもベルベットさんの態度は普通だったことから、単純にエルビスさんにからかわれているだけってことも、頭に入れておいた方がいいな。

ずっと笑顔のベルベットさんは想像がつかないし。

ベルベットさんの恋愛話は忘れ、エルビスさんのあとについて行き、2階へと上がっていく。

ラルフさんの部屋の前まで行くと、エルビスさんがノックをして部屋に入った。

「よお！　ジャック、さっきは余裕で勝ったな」

「ラルフさん、どうも」

「まずは初戦突破おめでとう。だがちょっとやりすぎだな」

「そうですね。少し反省しています」

「まあ、お前らの因縁は知っているから強くは言わんが、前王国兵団の二の舞にならないように、こっちは再三の注意を払ってやっているからな。くれぐれも注意はしてくれよ」

「大丈夫です。オリバ以外にはちゃんと手を抜きますから」

「手を抜く……。その発言もどうかと思うが、まあいいか」

「ラルフさん、説教はそこら辺でいいんじゃないですか？　隊長の試合始まってしまいます」

「そうだな。ベルベットの試合を見るか」

エルビスさんの一言で試合観戦へと移行した。

副団長室の窓から下を見ると、下が丁度、訓練所となっていて、試合観戦にはバッチリの部屋となっている。

「この部屋上から全部見えますね」

「だろ？　普段は訓練所でサボってないか見張るためなんだが、今は観戦用になってしまっているな」

「さっきはここで俺の試合も見ていたんですね」

「ああ、俯瞰《ふかん》して見られるから、さっきのジャックの試合はかなり参考になったぞ」

「確かに普段じゃ見られない位置ですね。あっ隊長が出て来た」

隊長は沸いている観客に軽く手を振る余裕を見せて、訓練所へと出てきた。


「いや、あっさりでしたね」

「さすがは隊長。隊長格の中でも強いな」

試合結果は一撃も当てさせることなくベルベットさんが完封した。

自信無さそうだったのに蓋《ふた》を開ければ完封勝ち。

相手がブンブンと振り回して戦うパワー系だったのも、ベルベットさんと相性がよかったのだと思う。

それにしてもドンドンと試合が行われていくな。

最初はこの人数なら2日で終わらないのではと思っていたが、予想以上に進みが早い。

「次は……やっぱりジャックの2回戦のが早いな」

「それじゃ準備してきます」

「おう、頑張ってな」

エルビスさんとラルフさんに見送られて、俺は部屋を出た。

少し準備してから、俺は先ほどと同じように、訓練所へと向かった。

さっき、訓練所から俺が出る時は静まり返っていたが、今はぼちぼち俺に対する歓声も聞こえてくる。

それにしても対戦相手はまだ来ていない。しばらく待っていると、1人の兵士が兵舎から出てきて、審判の下まで駆け寄り耳打ちした。

「対戦相手のダコタが不戦敗を申し入れました。よって勝者はジャックッ！」

まさかの不戦勝。

観客もざわざわしだしている。

俺は一度キョロキョロと周りを見て、審判に戻るよう合図されたため、兵舎へと引き上げる。

やっぱりさっきのオリバはやりすぎたか？

まさか相手が不戦敗を選ぶとは思わなかったな。

俺はすぐに副団長室に戻ると、2人が驚いた表情をしている。

ここからだと審判の声は聞こえないため、なぜ俺が戻ってきたのか分からないようだ。

「ジャック、なにがあったんだ？」

「実は対戦相手が戦わずして負けを認めて、不戦勝となりました」

「はっはっは！　さっきオリバをボコボコにしたのが効いたのか！」

「多分そうですね」

「ジャック、やっぱやりすぎだったな。まあ、体力使わずに一回勝てたのは良かったんじゃないか？　俺の財布的にもな！」

ラルフさんが大分アウトな発言をしている。

まあ、ラルフさんの言う通り、今回は体力が温存できてラッキーだったと思おうか。


大会は更にどんどんと進んでいき、エルビスさんは準決勝で敗退。

ベルベットさんは今さっき決勝で負けてしまった。

そして、俺はと言うとあっさりと優勝を決めていた。

ブロックに恵まれたのか苦戦した相手はおらず、俺は剣技を一度も使っていない。

正直、オリバが一番強かったかもしれないな。

決勝戦を終えてから、兵舎内に入ると待っていてくれたのは、ベルベットさん。

それに後ろには、ラルフさんとエルビスさんも控えていた。

「ジャック優勝おめでとう。私の隊から優勝者が出て誇らしいよ」

「ありがとうございます。隊長も惜しかったですね」

「いや、私は第一部隊隊長のクレイグに完敗してしまったよ。できればアベックで優勝できれば良かったのだけれどな」

「そうですね。俺もみんなで一緒に優勝したかったです」

ベルベットさん、エルビスさん、俺で優勝できれば隊の評価もかなり上がっただろうしな。

でも、しっかりと好成績は残しているから、ある程度の評価は上がっていると思うが。

「ジャック！　余裕で優勝だと思ってたぜ」

「いや、意外と苦労しましたよ。オリバは中々強かったですし」

「それより……今日の夜、良い店行こうぜ。ジャックに賭けた金がとんでもないことになった」

俺への賛辞を述べたあと、耳元でそれだけ言うとラルフさんはその場から去って行った。

完全なる規約違反だろうが……今日の夜が楽しみだな。

ある程度、３人で話したところで、今日の全日程が終わったようだ。

表彰式があるらしく、俺は訓練所へと向かう。

なにがもらえるんだろうか。特別褒賞も気になるところだ。

しばらく待っていると団長が兵舎から出てきて、いよいよ表彰式が始まった。

「今日はご苦労だったな。これより表彰式を行う」

観客からも兵舎からも大きな拍手が起こった。

剣闘会は予想以上に盛り上がったな。

オリバを懲《こ》らしめられればいいや程度でしか考えてなかったが、ここで優勝して俺の名を上げられたのは大きいかもしれない。

「それでは優勝者から発表していく。名前を呼ばれた者は前へ」

団長から次々と名前が呼ばれて行き、俺の名前も呼ばれた。

前に出ると団長から麻袋が渡され、ラルフさんからはポーションが渡された。

麻袋は感触的に多分お金。

ポーションは高価なストレングスポーションと言っていたがよく分からない。

あとでラルフさんから聞こうか。

次に準優勝者が呼ばれて、お金の袋だけを受け取ったところで表彰式は終わった。

一緒に表彰式に出ていた隊長と兵舎に向かうとエルビスさんが急いでやってきた。

「ジャック！　なにもらったんだ？」

「ポーションとお金ですかね？」

「中身見てみようぜ！」

「こらこら、兵舎内ではしたないぞ」

「隊長も優勝者の賞金、気になるでしょ？」

俺は袋を開けて中身を確認する。金貨が5枚入っていた。

重さがなかったから期待していなかったがこれは多いな。

「金貨5枚です！」

「んー、なんとも言えねぇな……」

「いや、十分に多いだろ。兵団内の大会で褒賞貰えるだけでありがたいことだよ」

確かにそうだろう。訓練の一環でこれだけお金がもらえれば上出来もいいところだ。

それに謎のポーションも期待できるしな。

「ジャックこれからどうするんだ？　ラルフさんのとこ行くか？」

「俺は、とりあえずオリバの様子を見てから行きます」

「オリバのところに行くのか……。もう放っておいてもいいと思うけどな」

「そうなんですが、話だけはしておきたいんで」

「そうか。じゃあ俺は先に副団長室に行ってるわ」

「分かりました。あとで向かいますね」

俺は一旦、ベルベットさんやエルビスさんと別れ、オリバのいる医務室へと向かう。

確か、医務室はここ。ノックをして中に入るが、中からは人の気配がない。

もしかしたらもう帰ってしまったのかもしれない。

そう思った時、ベッドに腰を掛けているオリバを見つけた。

俺が執拗に攻撃した右手は、布で肩口から固定されている。

左肘を膝につき、顔は下を向いたまま項垂れている。

「オリバ」

俺がそう声をかけると、体を跳ねさせ、俺の方を見た。

目が合うがその瞳には明らかな恐怖の感情が見える。

へー、意外だな。実力差は見せたが、負わせた傷は片腕の骨折だけ。

まだ、向かってくる気概は残っていると思っていたのだが。

「ジャ、ジャックッ!!　トッ、トドメを刺しにきたのか……？」

「まあ、まだ文句があるならもう片方の腕も折ってやろうくらいには思っていたが、その様子じゃいらないみたいだな」

明らかにホッとした様子を見せたオリバ。

俺にやられると思っていたのだろうな。

「それで、謝罪の言葉はないのか？」

「……くっ。……ごめん、もう絡まねぇよ」

歯を食い縛りながら、ぼそりとそう言ったオリバ。

謝罪は口にしたし、この怯えよう。及第点だとは思うが……。

俺は大きくパァンと手を鳴らした。

俺の鳴らした大きな音に、オリバは体を大きく跳ねらせた。

「すいません……でした。二度とジャックには絡みません」

今度はしっかりと頭を下げて謝罪をしたオリバ。

下げた頭の下でどんな顔をしているかは分からないが、もう腕だけでなく心も折れているだろう。

「約束だからな。次、俺達になにかあって、その時にオリバの影が見えたら……覚悟しておけ」

俺はそれだけ言い残し、医務室をあとにした。

これで、兵士生活で唯一の不安点だったオリバとの因縁もしっかりと終わらすことができただろう。

それに今日の優勝で、周りに俺の力を知らしめることができた。

流石に第2、第3のオリバが出てくることはないだろうし、安心できる。

俺は晴れやかな気持ちで副団長室へと向かった。

ノックをして、中に入る。

中にはエルビスさんとラルフさんと……大量に置かれた布袋。

「おお、ジャック。オリバとの一件は終わらせてきたのか？」

「はい。しっかりと釘を刺してきました。これでちょっかいをかけてくることはなくなると思います。エルビスさんにも迷惑をお掛けしました」

「そうか、なら一安心だな」

「そうですね……それよりその大量の布袋なんですか？」

「これか？　これはさっき言った、ジャックで稼いだ金だ」

えっ。これ全部お金なのか？

全て銀貨だったとしても相当数あるぞ。

「これ、全部でいくらあるんですか？」

「合計で金貨100枚分くらいだな」

「金貨100枚分……。一体どんな賭け方したんですか……」

「いやー、剣闘会開始前からジャックの優勝に持ち金の半分を賭けたら、こんな金額になったんだ！」

ガッハッハと大声で笑っているラルフさん。

正直、想像の何倍以上も儲けていてビックリしている。

「これバレないんですか？」

「大丈夫だ。そこらへんは上手くやっているし、最悪、団長にバレてもなんとかなる」

「もし見つかったら退職もあり得るのに随分と楽観的ですね」

「細かいことはいいんだよ。それより、もう飯に行こうぜ。いいお店は取ってある。打ち上げといこうか！」

「よっしゃあああ！　久しぶりに食いまくって飲みまくってやる!!」

盛り上がり大はしゃぎしている二人。

本当にバレたら危なかったのではと思っているが、ラルフさんがここまで言うなら大丈夫なんだろう。

優勝にオリバ問題解決と良いこと尽くめだし、俺も気にせず楽しんでいこうと思う。

第8章　イビルガリオン

剣闘会の日から月日が流れて、あっという間に1年が経過した。

色々事件はあったが、一番の大きな出来事は俺が副隊長へと昇格したことだろう。

最初の剣闘会からこの1年で3回行われ、俺は3回共、優勝を果たしている。

その成果からか、エルビスさんを飛び越えて副隊長へと昇格してしまった。

兵士としては特に大きな事件を解決した訳ではないので、昇格して良かったのか疑問を感じているが、王国兵団が評価をしてくれるならば、ありがたく受け入れようと思い、昇格を承知した。

昇格したことにより、エルビスさんが俺の部下となってしまったのだが、俺はタメ口になるとかはなく、関係性は入団当初と変わらずに接している。

剣闘会の結果で名前を売ったことにより、兵士内では俺を舐めてかかる人はいなくなった。

そして肝心の師匠探しだが難航していて、進展が一切ない。

この人の溢れる王都だと言うのに全くと言っていい程、師匠の情報が手に入らない。

色々な情報屋も回って情報を集めたのだが、全て空振りに終わった。

俺自身が持っている師匠自身の情報が少ないのと、師匠と別れたのが500年前ということもあるため、なにも分からない。

やはり唯一の手掛かりと言えば、魔王だと言うジークだけだ。

無関係とは思えないし、やはり会わなくてはいけないな。

これからは師匠ではなくて、魔王に焦点を当てて情報を集めていこうと考えている。

セリアはあの再会の後から一度も兵舎に訪れることはなかった。

前のように英雄の卵が帰還したという情報が流れていないため、この1年、一度も戻ってきていないのだと思う。

こちらに関しては所在や俺の情報も教えているため、いつかは会えるだろうと思いながら気長に待とうと思っている。

あと魔法に関してもこの1年なんの進歩もなかった。

練習の成果により、コップの水はグルングルンと自在に動かせるようになったのに如何せん、魔法が発動されない。

ベルベットさんにもたまに見てもらっているのだが、結局この1年で使えることはなかった。

本当に適職が魔法使いなのか疑いたくなるが、魔力は操れているので間違いはないと思うんだけどな。

ここ1年の状況はこんなところだ。

進展もなければ、ゴブリンのスタンピードのような大きな事件や依頼にまだ遭遇していない。

ただどうやら最近、不穏な噂が街に出回っている。人がポツポツと消え始めていると言った内容の噂だ。

ちなみにこれは噂ではなく事実で、兵舎には遭難、失踪、誘拐の被害届けが多く来ている。

王都警備の人数を増員し、手掛かりを掴もうと王国兵団内でも動いているのだが、未だに手掛かりも事件発生現場も見つけられていない。

予想として最有力候補なのが、『賭影《とかげ》』と言う裏組織。

主に裏賭博や違法薬の販売を中心に活動していると噂されていた『賭影』だったのだが、ここ最近では他の裏組織を取り込み、勢力を拡大し人身売買や殺人及び暗殺の仕事まで手を出していると噂されている。

これはあくまで町の〝噂〟程度でしか情報を持っていない。

ただ、『賭影』アジトの場所は大方、見当はついていて、王都のはずれにあるスラム街に本拠地があるのではと言われている。

スラム街は無法地帯で、国も王国兵団も手出しができない場所となっていて、まさに多くの悪党が住まう未知の領域。

簡単には手出しができていなかったのだが、最近の被害状況の酷さに団長がスラム街の殲滅を考えていて、国に殲滅の提案まで出したと聞いた。

許可が出れば、王国兵団がスラム街に乗り込むことになる。

今まで国はスラム街の存在を見て見ぬフリをしていたため、簡単には許可が出ないそうなのだが、どうなるかはまだ分からない。

もしスラム街での戦闘が行われるとしたら多くの血が流れると言われている。

嵐の前の静けさと言うのか、スラム街殲滅《せんめつ》の話がでてからは遭難、失踪、誘拐の被害届けもぱったりと止んでいて、細かな争いごとすら一切ない。

殲滅の情報が洩れ、『賭影』が戦力を蓄えているのではと、逆に不安になってきているがたまたまの可能性もあるからな。

「おう、ジャック！　待たせたな！」

「全然待ってないので大丈夫ですよ」

色々と考えていた俺に声をかけてきたのは、エルビスさん。

今日は、俺とエルビスさん指名で王国兵団に護衛の依頼が入っている。

依頼主はそう、アデルだ。昔、エルビスさんと村に訪れた俺と同年代の貴族のご令嬢。

「早速向かおうぜ。ジャックは初めての上級地区だっけか？」

「はい、初めてですね。ちょっと楽しみです」

「王都に初めて来たときは驚いただろうが、向こう側は更に凄いぞ。活気はないが王都以上に街並みが綺麗だ」

「へー、それは楽しみですね。アデルとも久しぶりなのでこの依頼はかなり嬉しいです」

「アデルもジャックを覚えてくれていたみたいだしな。ラルフさんがこの間、アデルに会ってジャックが王国兵団に入ったことを伝えたら、早速名指しの依頼が舞い込んできたから向こうも会いたがっていたんじゃないか？」

「だとしたら嬉しいですね。小さな村で1カ月くらいの関係性なのに覚えていてくれたって言うのは」

「あれからジャックとは3年も会ってない訳だろ？　姿の変化にビックリするかもな」

エルビスさんとそんな会話をしながら上級地区へと向かう。

2人で話しながら上級地区へと通じる門にやってきた。

相変わらず、騎士がビッシリと配置されていて、厳重態勢で警備している。

「これどうやって入るんですか？」

「通行手形を貰ってあるから、立っている騎士に見せれば通してくれるはずだ」

「へー。エルビスさん、あの騎士ってなんて役職なんですか？」

「ん？　そのまま王国騎士だぞ。王国兵士と違って貴族以外はなれない職業だけどな」

「じゃあ、あそこにいる騎士は全員貴族なんですね」

「ああ。まあ、貴族と言っても三男とかだけどな」

俺達が歩いて門を目指していくと、騎士に槍を向けられて止められた。

そこでエルビスさんは、すぐに懐から紙を取り出して騎士に見せる。

「依頼か。印も本物のようだな。よしっ、門を開ける」

騎士は紙を確認してからそう言うと、後ろの騎士に合図を出した。

その合図を見て、後ろの騎士が門を開ける。

「なんか凄いですね。王国兵団の門兵とは大違いですよ」

「上級地区への立ち入り制限は本当に徹底しているからな。そりゃ違うだろ」

開いた門を通り、俺は上級地区へと足を踏み入れた。

入ったばっかの風景は特に変わりはないな。

「それでどこに行くんですか？」

「アデルの家だよ。ここからちょっと遠い」

1年で王都自体は慣れ親しんだが、上級地区となると話は別。

道が全く分からないため、エルビスさんの後ろをついていく。

話にあった通り、ポツポツと建物は見えるが人はあまり見かけない。

道はアートのような模様が描かれ、段差一つないように整備が施されている。

街並みは綺麗だが、あまり活気はないな。

そう思っていると、正面からなにやら人の声が聞こえ始めた。

「もうすぐ、商業通りが見えてくるぞ」

「商業通りですか？」

エルビスさんがそう言ったあと、目の前に活気あるお店の並んだ通りが見えてきた。

てっきり、お店とかはないと思っていたんだがあるんだな。

「へー、なんか人も凄いですね」

「みんな、派手な服を着ているだろ。多分、全員貴族だぞ」

この光景を見て、セリアが浮いていないかちょっと心配になってきた。

王都だったら心配はいらなそうだったが、上級地区は明らかに気品がある人しか見えない。

セリアとも偶然会えたりしないかなと、期待しながら辺りを確認しながら歩く。

「商業通りの商品とかって、どうやって入れているんですか？」

単純に思った疑問をぶつける。

こっちの地区で生産とかは厳しそうだしな。

「さっき通った門から1日三度だけ荷物を通しているみたいだぞ。だけどチェックが厳しくて、仕入れが面倒くさいからか値段も高い。上級地区での買い物はおすすめしないな」

「そうなんですね。ちょっと気になっていたんですが、買わないようにします」

商業通りを抜けると、大きなお城が見えた。あれが王城か。

王都からも、天気がいい時はお城の先端は見えるのだが、全貌を見たのは初めてだ。

王城からすぐ行ったところで、エルビスさんの足が止まった。

立ち止まった先を見ると大きな家がある。

「ここだ。アデルの家だ」

「大きいですね。俺の実家の10倍は大きいですよ」

「まあ、アデルの両親は王国でも有力な貴族だからな」

「そうなんですね。ちょっと緊張しますね」

「大丈夫だよ。基本的に両親はいないはずだから、作法とかは気にしなくて大丈夫なはずだ」

そう言うと門についているベルを鳴らした。

結構な音が響き渡る。しばらくすると、中から1人の女性と黒服の執事が出てきた。

女性の方は髪色が薄紫でどこかアデルの面影がある。

だが俺の記憶にあるアデルとは別人なほど綺麗だ。

「セバス。門を開けてください」

「畏《かしこ》まりました」

俺達の姿を確認すると、アデルはすぐに執事に命令した。

執事は一礼してから、すばやく門を開ける。

俺はかなり緊張しているのだが、エルビスさんはそんな様子は一切なく、片手を上げて飄々としながら挨拶している。

「アデル、久しぶりだな。元気だったか？」

「エルビス、お久しぶりです。私は元気でしたよ。……それとジャック、くん？」

「ああ。アデル久しぶり」

緊張で何故《なぜ》か変な汗をかいている。

昔の知り合いだからか、なんか照れくさくなり顔が見られない。

俺の緊張が移ったのか、どこかアデルもぎこちなくなってしまったようだ。

「2人共なに緊張してんだよ。アデル、とりあえず落ち着いて話せるところ案内してくれないか？」

「え、ええ！　こ、こっちです」

俺とエルビスさんは、アデルについて行くようにアデルの家へと入って行った。

「うっわぁ。ひっろいな……」

あまりの広さに、思わず感嘆の声が漏れる。

高価そうなツボやら絵やらが飾られており、1日中探索しても飽きなそうなほどに広い家だ。

「凄いだろ。庶民との差に驚くよな？」

「はい。正直、冷や汗が流れていますよ」

つーっと背中を伝る汗を感じながら、エルビスさんに俺の現状を伝える。

出迎えてくれた執事以外の執事やメイドの姿も見える。

　この家の維持だけで一体いくらかかっているんだか。

　アデルが案内してくれた部屋には、大きなテーブルと椅子が配置されており、そこに座るよう促された。

　20人でも使えそうな大きなテーブルに3人で向かい合い、座った。

「なんか全てが規格外でビックリしてる」

「そうですか……。驚かせてしまい申し訳ありません」

「いや、俺が小心者なだけで謝られることではない」

　謝られると凄い嫌味に感じるな。嫌味で言っているのではないのは分かっているのだが。

　俺とアデルがぎこちなく話しているのに見かねたのか、エルビスさんが会話の間に入ってきた。

「お前らってそんなだったっけ？　昔はもっと普通に話していただろ」

「いや、久しぶりでなんだか緊張しちゃって」

「私も同じです。楽しみにしていたのですけど、緊張が勝ってしまっていますね」

「それなら……ひとまず、昔みたいに剣でも打ち合えばいいんじゃないか？　お互い得意分野だろ」

「それは流石に……」

「そうですね。実力が対等ではないと成立しませんしね」

　流石に再会していきなり剣で打ち合うのはどうかと思ってしまう。

　それにアデルも言ったとおり、実力が拮抗してないと気を使ってもっと変な空気になる気がする。

「実力が拮抗《きっこう》してない？　それってジャックが強くてってことか？」

「いえ、私が手を抜かなくてはいけないってことですが……？」

ん？　アデルが手を抜く？

「えっ？　アデルが俺に手を抜くのか？」

「え、ええ。ジャックさんにちゃんとした指導がついていたならまだしも、現状では流石にフェアではないかと……」

思っていたのと違う反応が返ってきて、正直ビックリしている。

確か俺の記憶が正しければ、3年前は俺の方が圧倒的に強かったはずだ。

アデルからも強くなったら戦ってくださいとお願いされた記憶もある。

アデルが俺をトーマスと勘違いし記憶違いを起こしているか、それともそう言い切れる実力を手に入れたのか。

「いや、多分まだ俺の方が強いと思うけど。アデル、3年前の俺のこと覚えてる？」

「それはもちろん！　ジャックさんは強かったですよ、〝3年前〟は」

3年前を強調して言ったアデル。

俺をちゃんと覚えているってことは後者なのか。

俺もアデルより強いと思っていたが、今の俺の実力を知らずに下に見られていることに若干カチンときた。

「いや、今でも俺の方が強いよ。アデルはセリアにも負けていたしね」

「それは3年前だからです！　今は違います。それに聞きましたよ、ジャック君は適職が魔法使いだったと」

「適職なんかくだらないよ。剣術は変わらず鍛えていたし、重要なのはどっちが強いかだ。そして俺の方が強い。たとえ、俺の適職が魔法使いだろうとね」

「…………試合やりますか？　手加減はできませんよ？」

「よしっ。やろうか」

軽く口論になったところで、戦うことに決まった。

今の口論で緊張はすでに吹き飛んでいるが、打ち合いはやりたいし、このままやらせてもらおう。

「おお、いいね！　盛り上がってきたね！」

「場所は中庭でよろしいですか？」

「ああ、どこでもいいよ」

興奮しているエルビスさんを余所に中庭へと移動する。

おおっ！　中庭も広いな。

色々な花の花壇や植物が生えていて、観賞用としてお店を出せるレベルの手入れがされている。

そしてその植物たちに囲まれた真ん中に、使いこまれた円状のコートがあった。

「それでは武器は木剣でルールは昔と同じように、先に3発当てた方の勝ちでいいでしょうか？」

「ああ、大丈夫だ」

「魔法はありにしますか？」

「アデルに任せる」

「それじゃありにいたしましょうか。後で言い訳にされても困りますので」

執事さんから木剣が渡され、俺は構える。アデルも木剣を受け取り構えた。

確かに構えた感じ、相当の手練《てだ》れなような感じがする。

「んじゃ、俺が審判やるわ。負けた方はどうするの？」

「どうもしないですよ。お互いに自分の方が弱いと認めるだけで」

「それじゃつまらないでしょ。だってお互い負けないと思っているんでしょ？」

「俺は思っていますけど、別にどうかする話でもないでしょうよ」

「ジャック……もしかして、自信ないのか？」

「いや、俺はありますけど」

「じゃあ決定な。アデルは自信あるのか？」

「もちろんです。負けるはずがありません」

「それじゃ、負けた方は勝った奴の言うことを一つ聞くでどうだ？」

完全に楽しんでいるなこの人。

ノリノリで提案してくるエルビスさんを俺は白い目で見る。

「私は構いませんよ」

だが、まさかのアデルは許可をした。

「ジャックは？」

「俺もいいですけど……アデル大丈夫なのか？」

「はい。負けませんから」

そこまで言うなら受けて立とうか。

勝ったときの褒美なんかよりも、アデルの伸びきった鼻を折ってやりたい欲がでてきている。

「それじゃ決定な。2人共位置について。いくぞ、はじめっ！」

エルビスさんのスタートコールで3年振りのアデルとの剣士ごっこが開始された。

まずは俺から仕掛ける。実力を図るためにいきなり剣技を使っていく。

「【四連斬《しれんざん》】」

開戦してすぐに、俺の放った四連の斬撃がアデルを襲う。

うまくすればこの【四連斬】で試合が終わる。

そう思っていたのだが、アデルは完璧に俺の【四連斬】を受け切った。

正直、一撃は当たる計算をしていたのだが、余裕で受けられている。

言葉通り、本当に強くなってはいるようだ。

「次は私からいきますね」

飄々《ひょうひょう》とした様子でそう言ってきたアデル。

さて、アデルはなにをしてくるんだろうか。

「【身体強化《しんたいきょうか》】」

魔法か？　ベルベットさんと同じようなオーラがアデルの全身を纏《まと》った。

その瞬間、突っ込んできたアデル。

速いが、避けられる。アデルの剣撃をギリギリで躱《かわ》していく。

これはオリバとやったときのような、わざとギリギリで躱しているのではなくギリギリでしか躱せていない。

やはり魔法の力は大きいな。

ベルベットさんに実際に見せてもらっていなければ、この時点で負けていた可能性がある。

魔法が切れるまで、避けに徹し、一撃も貰わないように全てを躱しきった。

アデルはここで決められると思っていたのか若干不満げな様子を見せている。

「さすがに強かっただけはありますね……」

「強かったんじゃなくて、今も強いんだよ」

これだけの強さならば、アデルには本気を出しても大丈夫そうだな。

最近は抑えて戦うことが多かったから、対人で本気で戦うのは久しぶりだ。

俺は地面を思い切り踏み込んで、斬りかかる。本気の袈裟斬り。

先ほどの【四連斬】よりも速い一撃だ。

「うっ、くっ」

袈裟斬りは受けられたが、止めに入った剣が一々飛ばされている。

俺の力を殺せていない証拠だ。続けざまで逆袈裟。

アデルは俺の攻撃をなんとか防ぐが、これも力を殺しきれていない。

上に仰《の》け反《ぞ》ったアデルをみて、すかさず剣技を使う。

「**【連斬】**」

もちろん手加減してだが、2発胴体に当てた。

アデルの表情からはもう余裕はなくなっている。

「あと1発だな」

「ええ、ですが試合は終わってないですよ。本気でいきます！」

最後の一撃は、【瞬閃《しゅんせん》】で決める。

この一年で、【一閃《いっせん》】ではなくて【瞬閃】が反動なしで使えるようになった。

アデルが反撃でなにをしてくるかは分からないが、初見殺しの【瞬閃】を受けられるはずがない。

俺は距離を取ってから、腰を捻《ひね》り、剣を腰に差すフリをする。

前かがみのまま動かない俺を、アデルは疑問に思っているようだ。

「なにを狙っているのか分かりませんが、こちらから行きます！　【限界突破《げんかいとっぱ》】」

先ほどよりも強い光のオーラが、アデルを纏う。

これも魔法なのか分からないが、この一撃で勝負が決す。

俺の【瞬閃】が速いか、アデルの攻撃が速いか。

アデルは思い切り地面を蹴り上げると、もの凄いスピードで迫ってくる。

俺は冷静に、【瞬閃】の最適距離まで引き付ける。

慌てて動いたら負ける。


「【疾風斬刃《しっぷうざんじん》】」

「────【瞬閃】」


俺とアデルが交錯し、お互いが交錯した刹那に攻撃を放った。

そして────アデルが地面に倒れた。

ふぅー。なんとか勝てたようだ。

俺の服をチラッと見ると、木剣で斬り裂かれた跡がある。

直撃は避けたが、【瞬閃】を使った俺を狙って、しっかりと合わせてきた証拠だ。

あれだけの自信だっただけに、アデルは3年前とは比べ物にならない強さになっている。

俺は振り返り、倒れたアデルの下へと駆け寄る。

「大丈夫か？　アデル」

「ええ。大丈夫です。ありがとうございます」

俺の差し出した手を握ったアデルを、俺は起き上がらせた。

歯を思い切り食いしばっていて、表情は悔しさでいっぱいって感じだが、こちらも手加減できなかったため無事だったのはよかった。

「えーっと、見えなかったんだがジャックの勝利で良いのか？」

「はい、私が負けました」

「おお、それじゃジャックの勝ちだな。なんでも言うこと一つ聞かせるぞ！　良かったな！」

「いらないですよ。アデルへの緊張は完全になくなりましたし満足です」

「え、いらないのか？　アデル良かったな。ジャックは情けをかけてくれるみたいだぞ」

「………駄目です！　約束は約束ですから」

エルビスさんはこの面白がる節をやめてくれればな。

情けとかじゃないんだけどな。

「いや、本当に特にないし、いらないんだけど……」

「駄目です！　私がズルしたみたいになりますから！」

「んー。じゃあこれからも仲良くしてくれ」

「へ？　おいおい、つまんない男だなー、ジャックは。キスの一つでも頼めばいいのに」

「キッ、キス!?　なんて、破廉恥《はれんち》な……!!」

両手で体を抱えて、キッと目を細めて俺を睨《にら》んでくるアデル。

エルビスさんが言ったのになんで俺を睨むんだよ……。

「だから、俺からの要望は仲良くしてってことだって。エルビスさん余計なことを言わないでください」

「すまんすまん。そんじゃ中に戻って本題に入ろうぜ」

アデルについて行き、先ほどの部屋まで戻る。

「それにしても、アデル強くなったな」

「ええ、死ぬ気で鍛えましたから。貴方には負けましたがッ……」

「いや、俺も死ぬ気で鍛えていたからな」

言葉の節々に悔しさが滲みでているのを感じる。

本当に負けると思ってなかったんだろうな。

「そういえばなんで俺の適職知っていたんだ？」

「一度、王都にいらしていたセリアと会いましてその時、聞いたんです」

「へー、セリアと会っていたんだ。アデルは今セリアが何しているか分かるか？」

「会ったのも随分と前ですからね。剣聖として王都に来たのならば修業の日々だと思いますが、詳しくは……すいません」

「そっか。セリアとも久しぶりに会おうと考えていたんだけど厳しそうだな」

「それにしてもセリア凄いですよね。剣聖だったなんて」

「そうだな。アデルは適職なんだったんだ？」

「私は聖騎士《せいきし》でした」

「聖騎士？　なんか凄そうな適職だな」

「希少な部類のようですが、剣聖のような英雄クラスではないようです。ただ私は諦めていませんが」

「諦めてない……？　アデルは英雄になりたいのか？」

「ええ、昔助けてもらった人に憧れ、そこからは多くの人を救うのが私の夢なんです」

気になる話だし、詳しく聞きたいところだが部屋に到着してしまった。

先ほどと同じように向かい合って座る。

「それで、依頼ってなんの依頼なんだ？　護衛って聞いたけど」

「実はウイモアの街まで護衛してほしいんです」

「ウイモア？　ナダラ山脈越えたとこの街か？」

「はい、そうです。一応、私のところからもセバスとジェーンがついて来てくれますが、念のために依頼を出したんです」

「そうか。ナダラ山脈……最近良い噂聞かないし大丈夫か？」

「私の力があれば大丈夫だと思っていましたし、私に勝ったジャック君がいてくれるならほぼ間違いなく大丈夫だと思います」

いい噂を聞かない？

なにか危険なことでもあるのだろうか。

「まあ、引き受けたしOKだ。いつ頃出発するんだ？」

「今日中には出発したいのですが、大丈夫でしょうか？」

「ああ、大丈夫だ。じゃあ一旦帰って準備だけ整えてくる。ジャックも旅路の準備はしてないもんな」

「そうですね。してないです」

「分かりました。それでは、一緒に向かわせていただきます。私達は兵舎で待たせていただきますので、準備が整い次第出発いたしましょう」

こうしてアデルと、執事とメイドさんを1人ずつ連れて上級地区を出た。

兵舎へ向かう途中、ナダラ山脈について聞いたところ、どうやら『イビルガリオン』と呼ばれる危険な魔獣が住んでいる山脈のようだ。

滅多に遭遇しないし、大丈夫と言っていたがイビルガリオンは、Aランク指定の魔物のようでこの間『炎舞《えんぶ》の陽炎《かげろう》』と言うAランクパーティが討伐《とうばつ》に失敗したとエルビスさんが言っていた。

ということは、イビルガリオンはAランクを超えているのではと疑問に思う。

とりあえず遭遇したら一目散に逃げるように、エルビスさんに注意をされた。

アデル達を兵舎に送り届けてから、俺とエルビスさんは一度、家へと戻って準備を整える。

ちなみに俺はまだ寮で暮らしている。

エルビスさんから王都で家を借りることを進められているのだが、引っ越すのが面倒くさいし、兵舎からすぐに行ける寮はかなり便利なのだ。

建物が古いのと、シャワーが外にあること以外は良いこと尽くしだからな。

俺はロダの村から王都にきたときの荷物を準備し、寮から兵舎へと向かう。

流石に俺の準備が早かったからかエルビスさんはまだ来ていない。

アデルのところへ向かう最中、受付にいたウェンディーさんに呼び止められた。

「ねーねー！　ジャック君。あの綺麗な子だれ？」

アデルを指さし、小さな声でそう聞いてきたウェンディーさん。

「今回、俺とエルビスさんに依頼した依頼主のアデルって言う名前の貴族のご令嬢ですよ」

「へー。それでなんで兵舎にいるの？」

「これからその護衛で王都を出るんです。俺とエルビスさんが準備を整えるまで、ここで待っていて貰っているって訳です」

「なるほどね！　護衛か。気をつけて行ってらっしゃい！」

ニッコリとそう言ったウェンディーさん。

そして後ろから視線を感じ振り返ると、エルビスさんが睨んでいる。

いっつもタイミング悪いよなぁ。

ひとまず、ウェンディーさんと別れ、アデルのところへと歩くがエルビスさんに肩を摑まれた。

「おい、ジャック……。なに話してたんだ！」

「アデルのこと聞かれただけですよ。エルビスさんは過敏になりすぎです」

「ジャックは年上キラーだからな。隊長の件だってあるし油断ならねぇ！」

「それなら早く告白でもすればいいじゃないですか」

「それができたら苦労しないっての。あからさまに嫌われているもんなぁ俺」

ぶつぶつと文句を垂れているエルビスさん。

どうしてウェンディーさん相手だとこうなるんだろうな。

「アデル待たせた。俺もエルビスさんも、もう準備できたよ」

「そうですか。では早速向かいましょうか」

「そういえば、なにで行くの？」

「今回は馬で行こうかと思っています。馬車を出したいのですが山脈を越えるとなると厳しいので」

前に豪華な馬車で行ったのを聞いていたから期待していたのだが、山脈となるとやはり厳しいか。

「エルビスさん、馬はどうするんですか？　俺、多分まだ足が届かないんですけど」

「うーん、二人乗りで行くか。アリエル号には負担をかけるが仕方ないな」

「そうですね。アデルはどうするの？」

「私は特注の鞍《くら》があるので大丈夫ですよ」

特注の鞍か。

それいいな。お金あるし俺も作っても良さそうだ。

移動手段も決まったところで、俺達は王都を出て、ウイモアの街へ向けて出発した。

ウイモアの街は、ナダラ山脈を越えてすぐの場所。

王都からは長く見積もって5日で到着するようだ。

そして王都から肝心のナダラ山脈までは3日かかる。

山脈に入る前に道中の村や町によって、準備を整えながら進んでいく。

この旅で怖いのはイビルガリオンだけだと思う。

アデルもイビルガリオンを警戒しての俺達への護衛依頼をしたのだと思うから、泣き言は言っていられないのだが。

旅は特に問題もなく進んでいく。

村やちいさな街で休憩を挟みつつ、4日目にして問題のナダラ山脈へと着いた。

「ここがナダラ山脈ですか。なんか、不気味な雰囲気がありますね」

「いや、それは気のせいだろ。イビルガリオンの噂を聞いているからそう感じるだけだよ」

「お2人共、ここからは気を引き締めて進みましょう。十中八九、遭遇はしないでしょうけど警戒するに越したことはないですから」

「ああ、任せとけ。索敵《さくてき》は割と得意だからよ」

「そうですね。エルビスさんはどこか勘がいいですからね」

「小心者ってのは常に警戒しながら生きているからな。それで鍛えられるんだよ」

軽口を言い合いながら山を登っていく。

ナダラ山脈に入ってから魔物との遭遇も多くなり、平地よりも倍は魔物と遭遇している気がする。

魔物が現れたら、エルビスさんが索敵し、見つけた魔物を俺が素早く処理。

そして取りこぼした魔物を執事のセバスさんが魔法で仕留めている。

セバスさんはなんらかの魔法適職のようで、詠唱も早ければ威力も高い。相当な手練れのように感じる。

アデルの力は温存しつつ、3人で魔物を仕留めていきながら、ナダラ山脈の第一の目標としていた、ロックラックの村へと辿り着いた。

ここからは更に山が険しくなるため、この村で馬を預け、ウイモアの街までは歩きで行く予定となっている。

そして帰りにまたこの村に寄り、引き取ると言った形になる。

ここまではイビルガリオンと思われる影も痕跡も見当たらない。

捕食跡でも見つかれば、こちらも警戒をするのだがな。

「今日は私達もこの村でお世話になってから、ナダラ山脈を越えましょう」

「ここからはウイモアの街までは、どれくらいなの？」

「この山脈を降りた、すぐ先にウイモアの街は見えて来ますよ」

「あ、じゃあもう近いんだね」

「とは言っても1日はかかりますけどね」

ここから近いと聞いて安堵する。

それにしてもこんなところに村があるが、イビルガリオンに襲われないのだろうか。

そこがかなり心配なところ。

「イビルガリオンってこの村には現れないんですか？」

「時折、襲いにくるようですが、イビルガリオンの縄張りは向こうの山なので滅多にはこないですよ」

「あー、そうだったんだ。だから心配いらないみたいなことを言っていたのか」

「ジャックは相当警戒しているんだな」

「そりゃ、死にたくはないですからね」

「アデルの家で見た限り、二人が共闘すればイビルガリオンだろうが討伐できそうな気がするんだけどな」

「それはエルビスさんが楽観的だからですよ。流石にAランク指定の魔物は倒せないです」

「私も同意見ですね。連携すらまともに取ったことのない急造パーティで倒せるほど甘くないと思っています」

「お前たち、子供のくせにしっかりしてるわ。褒めた俺がバカみたいじゃねぇか」

そんなことを話し合いながら、村で一夜を過ごした。

翌朝、完全回復した状態で、徒歩での山脈越えを目指す。

「そういえば、今更だけどアデルは今なんでウイモアの街に行こうとしているんだ？」

「本当に今更ですね。おばあちゃんに会いに行くためですよ」

「おばあちゃん？　おばあちゃんは王都ではなくてウイモアの街に住んでいるの？」

「そうです。母方のおばあちゃんなんですが、どうにも貴族の生活が合わないようで、王都に来たがらないんです。だから私がこうしてたまに遊びに行っているんですよ」

「へー。アデルは家族思いなんだな」

「そんなことないです。おばあちゃんには小さいころ本当にお世話になったので、私が顔を見たいだけですし」

危険を冒してまで、会いに行こうとする行動力は本当に凄いと思う。

アデルのおばあちゃんもアデルが大事なら、王都に移り住んであげればいいのになんて、俺は思わなくもないが。

「何度か行っているってことだよね？　俺達以外のときは護衛とかどうしていたんだ？」

「冒険者ギルドに依頼として出させてもらっていました」

「冒険者に依頼していたのに今回は俺達を選んでくれたんだな」

「まあ、久しぶりに会いたかったので。それに力でも私より上でしたし、ジャック君には期待しています」

「ああ。お金も貰っている訳だし、頑張って護衛するよ」

そして難なくと俺達はナダラ山脈を越えた。

常にイビルガリオンに警戒していたのだが、無駄足に終わってしまった。

結局、痕跡は一つとしてなかったな。もしかしたら、既に討伐されているのかもしれない。

「なんかロダの村を思い出す風景ですね」

「そうだな。なんだか懐かしい気持ちになる」

俺達はナダラ山脈を越えてから、更に進み無事にウイモアの街に着いた。

ウイモアは街とついているが、ほのぼのとしたロダの村を思い出させるような田舎の風景だった。

街とついているし、これでも周りの村に比べたら発展している方なのかもしれないが。

「それでは、私はおばあちゃんのところへと行ってきます」

「了解。俺達はどっかで暇を潰しているよ。出発はいつ頃？」

「3日後でお願いします」

「了解。それじゃ3日後にまた」

エルビスさんがアデルと予定を取り決め、3日後まではここで待機するようだ。

3日間か、なにをしようか。


アデルと別れてから2日が経過した。

この2日間なにをしていたかと言うと、俺とエルビスさんはウイモアの街から山脈とは反対側にある森へ出向き、魔物狩りをしていた。

狙いを定めたのは美味しい魔物。

どうやら山脈付近の森にはロック鳥なる、美味な魔物が出現するとエルビスさんから聞き、アデルとウイモアの街を出発するまでの3日間をかけて捜索をすることに決めた。

痕跡を探しながら、森を彷徨《さまよ》い、ついにロック鳥の巣を見つけることに成功。

これで狩れなかったら2日間はドブに捨てることになるため、絶対に狩りたい。

「くそっ！　遠距離攻撃があれば、確実に射貫けるのに。ジャックはまだ魔法が使えないのか？」

「魔力操作なら完璧なんですけどね。なぜか魔法が使えないんです」

「なんだそりゃ。仕方ない、こうなったら俺の弓で――」

「絶対駄目ですよ。エルビスさんは弓の扱いド下手くそですから」

「おいおい、だって相手には翼があるんだぜ。こっちも飛び道具を使わなきゃ狩れないだろ」

「そうだとしてもエルビスさんの弓に頼るなら逃げられた方がまだマシです」

「ひっでぇ言いようだな。流石の俺でも拗《す》ねるぞ！」

「軽口はいいですから作戦を考えましょう」

結局、頭のない俺達ではこれと言った作戦は思いつかず、こうしている間に逃げらたら元も子もないため、音を消して近づき一気に仕留めると言う、作戦とも言えない作戦でいくことにした。

相手は鳥だ。地面に下りているときしかチャンスがない。

事前の段取りでは俺が先に斬りつけて、あとからエルビスさんも追撃に加わると言った感じになっている。

【瞬閃】を使いたいところだが、流石にロック鳥の付近で音を立てずに構えを取るのは難しい。

無難な【瞬足《しゅんそく》】からの【鋭牙】で射殺すのが一番だと思う。

俺は息を整えて、集中力を高める。そして慎重に近づいてから気づかれる前に、

「【瞬足】【鋭牙】」

脳内で想定していた通り体が動き、ロック鳥の体を師匠の剣が貫いた。

「リャッ！　リャ――――!!」

甲高い鳴き声を上げたロック鳥にすかさず、エルビスさんが飛び出して斬った。

俺も次は心臓を目掛けて【鋭牙】を放つ。

心臓を貫かれたロック鳥は翼をはためかせて藻掻くがしばらくして、動かなくなった。

ロック鳥狩りは成功だ。

エルビスさんと軽くハイタッチをしてから、エルビスさんは近くの小川までロック鳥を運ぶと血抜きを始めた。

俺は辺りを警戒しながら、血抜きと解体を見守る。

持ち運びしやすいサイズになったら事前に持ってきた布に包み、ウイモアの街まで持って帰った。

ロック鳥の岩のように硬い羽根も使えるようなのだが、流石に持ちきれないため、泣く泣く埋めて帰る。

ウイモアの街に着き、アデルのおばあちゃんの家に行きロック鳥をおすそ分けすると、アデルのおばあちゃんが美味しい鳥料理を振るまってくれることとなった。

出発前の最終日は、みんなでロック鳥の料理を囲んで食事をした。

ロック鳥は評判違わず美味しかったし、おばあちゃんやアデルそれにセバスさんやジェーンさんも喜んでくれたみたいだし、狩って良かったと思う。

翌日。

早いがもう出発の時間となった。

アデルもおばあちゃんも別れを惜しんでいるが、どうやらアデルのおばあちゃんは王都に来る気はないようだ。

「それじゃおばあちゃん。元気でね。また近いうちに遊びにくるから」

「アデルも元気でね。近い距離ではないのだから、そんなに頻繁《ひんぱん》に来なくていいからね」

二人はハグしてから離れ、ウイモアの街を出立した。

おばあちゃんという存在は俺の中にはなかったが、めちゃくちゃ優しそうだったな。

「いいおばあちゃんだね。優しそうな雰囲気がにじみ出ていた」

「うん、優しいよ。お父さんやお母さんが忙しかったとき、ずっと面倒みてくれていたし、私は大好き。本当は一緒に暮らしたいんだけどね」

「そのことさ、おばあちゃんに言ったの？」

「ううん。私の口からは言えない。言ったらおばあちゃんは来るからさ。でも、それはしたくない」

　これはアデルなりの気遣いなのだろう。

　優しいおばあちゃんはアデルのためなら来てくれるだろうが、無理はさせたくない。

　なにか色々な背景が見えてきてしまう。

　少ししんみりとした感情で、ナダラ山脈へと再び足を踏み入れる。

　行きが特になにもなかったせいか、警戒も少し解いて歩いていたのだが……なにかがおかしい。

　そして、どうやらそれに気づいたのは俺だけではなかった。

「魔物がいなくないか？」

「俺もそれに引っかかっていました。行きは少なからずいたはずなんですが」

　全くと言っていいほど魔物の気配を感じられない。

　これを良い意味で捉《とら》えるか、悪い意味で捉えるか。

「確かにいませんが、魔物がいないとなにか駄目なんですか？」

「いや、そんなことはない。なんなら魔物なんかいないに越したことはないんだが……なあ？」

「ええ。流石に気配が全くないとなると不気味ですね」

引き返すか、進んでロックラックの村まで頑張って進むか。

俺は嫌な予感がするし、引き返した方がいいと思ったのだが、アデル達は違ったようだ。

「父との約束の期限があるので、進めるなら進みたいのですがどうでしょうか？」

「うーん。確かに魔物がいないから危険とは言えないしな。不気味ってだけで」

「俺は引き返した方が良いと思いますが、嫌な予感がするので」

一応俺の意見も言っておいたが、そして色々なことを考え話し合った末、先へ進むこととなった。

進んでも進んでも、魔物の気配がないことに一抹《いちまつ》の不安を覚えながら、俺達はナダラ山脈を進んでいった。

シーンとした自然音しかしない、静かな山脈を進んでいく。

異変をすぐに察知できるように俺達は会話もなく、五感を研ぎ澄まし、慎重に進んでいく。

そして、最初に異変に気が付いたのはアデルだった。

「なにか変な音がしませんか？」

「変な音？　いや、俺は聞こえないが」

俺も気になり、耳を澄ますが特に聞こえない。アデルの耳が過敏になっているだけだろう。

そう思ったとき、遠くから空気が震えるような咆哮《ほうこう》が聞こえた。

大気が震え、地面が大きく揺れていると錯覚するほどの大きくけたたましい咆哮。

その咆哮から感じる圧に全身が突き刺されるように、体が硬直する。

身体の芯から震え、口の中も一瞬で渇いた。

声だけで分かる、圧倒的強者。全てを蹂躙するかの如く、怒号を上げる、姿の見えない魔物。

初めての感覚だ。膝が震え、腰が抜けそうになっている。

「ジャックッ！　まずい！　逃げるぞ!!」

エルビスさんの声でハッと意識が舞い戻る。

この魔物は危険すぎる。幸いにも距離はあるから、早くこの場から逃げないと。

「はい！　アデルやセバスさんたちも逃げましょう!!」

俺は逃走を促すが、お供としてきたメイドのジェーンさんが完全に腰を抜かしていて、地面に倒れ込んでいる。

とりあえず、アデルやセバスさんたちを先に行かせて、俺はジェーンさんに肩を貸す。

魔物が着々とこちらに近づいてくるのを感じ、震える体のせいで上手くジェーンさんと逃げることができない。

「ジャック！　その人は置いておけ!!　俺達の最優先はアデルの護衛だ!!」

先を走っているエルビスさんが、俺に対してそう指示を出す。

そのエルビスさんの言葉を聞いて、ジェーンさんの俺の肩を摑む力が一度強くなってから力なくその手が離れ、支柱のなくなったジェーンさんは地面へと倒れた。

俺はすぐにまた起き上がらせようとするが、ジェーンさんは手で拒んだ。

「置いて行ってください。私が少しでも食い止めますので……どうかアデルお嬢様をよろしくお願いします」

全てを諦めた表情でそう呟いたジェーンさん。

俺はその言葉にジェーンさん救出を諦め、逃げ出そうと一歩を踏み出すが、脳裏に浮かんだのはロダの村での遺族の悲しい笑顔。

あの笑顔が脳裏を過《よぎ》ると同時に、体が勝手に動いた。

俺は急いでジェーンさんの元へと戻り担ぎ上げてから、全力で逃げる。

女性とは言え、ジェーンさんの体は子供の俺より大きいため、担ぎづらいが……なんとか行ける。

俺は必死で3人の後を追う。

俺に合わせて、スピードを落としてくれたようで、俺は三人にすぐに追いついた。

「ジャック、お前ってやつは」

「……すいません」

「謝るな。俺こそ辛い指示をだしたな。絶対に逃げ切るぞ」

俺達は全力で、ウイモアの街を目指し、来た道を戻っていく。

だが、魔物は俺達の存在に感づいたようで、俺達を追いかけてきているのを感じる。

ジェーンさんがしばらくしてから動けるようになり、こちらの移動速度は上がったのだが、向こうの方が速い。

速すぎるくらいだ。

徐々に近づいてくる地響きに、心臓が締め付けられるように痛い。

必死で走るが……くそっ、もう近い。

この辺で横道に逸れ、隠れた方がいいのでは。

そう思った時、飢えを叫ぶようなけたたましい咆哮が真後ろから聞こえた。

身の危険を感じ、咄嗟《とっさ》に振り向くとそこには化け物がいた。

漆黒の毛に包まれた俺の5倍はあろうかと言う大きな体。

四足歩行でその全ての足から見える、鋭く尖った剣のような爪。

漆黒の体とは裏腹に、真っ白な牙を粘っこい唾液と共に口から覗かせている。

吊り上がった瞳は燃えるように真っ赤に光り、俺達を捕食せんとばかりに睨みつけている。

禍々《まがまが》しいオーラを全身に纏いながら、こちらに歩いてきている魔獣。

あれが、ナダラ山脈に住む魔獣『イビルガリオン』か。


もはやこれ以上の逃亡は、敵に背を向けるだけで無意味だろう。

そう察し、俺は師匠の剣を引き抜き構える。

俺の握る剣は、いつかのオリバのように剣先が波打つように震えている。

これは武者震いではなく恐怖による震え。

まだ見ただけだが、感じ取ってしまっているのだ。

圧倒的な力の差を。だが殺《や》らねば殺られる。ならば殺るだけだ。

そんな緊張感増す戦場でいつもの飄々とした様子で、俺の一歩先へと歩いていくエルビスさん。

剣をぶんぶんと振り回しながら、曲芸のようなことまでやっている。

なんでこんな余裕な態度なんだ？

「おい、ジャック。三人を連れて山を下りろ」

「はっ？　なにを言っているんですか？」

唐突に訳の分からないことを言い出すエルビスさん。

「俺たちの受けた依頼はなんだ？」

「……アデルの護衛です」

「ならば絶対に成功させなきゃいけない。王国兵団のためにもな」

「だったら、2人でイビルガリオンを――」

「お前には無理だ。自分の体だ、分かってんだろ？」

「分からないですよ。2人で力を合わせれば絶対に勝てます」

こうして会話をしている間にもイビルガリオンは近づいている。

早く戦闘態勢を整えないといけないのに。

「じゃあ、その剣はなんだよ」

想い半ばで死を拒絶しているのか、俺の意思とは別に大きく震えている。

そしてその剣をエルビスさんが指さした。

「武者震いです」

「嘘こけ。いいからここは俺に任せとけって」

剣を更にぶんぶんと空中に放り投げたりして、余裕を見せるエルビスさん。

こんな状況だが、余裕の見せ方が大分おかしいエルビスさんに笑ってしまう。

「なあに。俺があの獣を狩り取って、手土産として持っていってやるからよ。俺が嘘ついたことあったか？」

「……ないです」

「だろ？　それじゃ王国兵団のためにも3人をよろしく頼んだぞ、ジャック」

「今まで楽しかったぜ。こんな俺を慕《した》ってくれて……ありがとな」

俺は逃げるつもりが更々なかったため、俺が逃げたであろうと想定して言った、エルビスさんの最後の一言がしっかりと聞こえた。

こんなカッコいい先輩を持ててよかった。

いつの間にか手の震えは収まっていて、あれだけ凶悪に見えたイビルガリオンが小さく見える。

いや、それは流石に盛ったな。

大きいし凶悪に見えるが、先ほどまでの恐怖は消え去っている。

当たり前だ。隣にこんな頼もしい人がいるんだから。

「エルビスさんだけ、ずるいですよ」

「はぁ？　なんでまだいんだよ。早く逃げろや!!」

「嫌です。俺にもかっこつけさせてください」

「ジャックッ!!　俺は本気で――」

「エルビスさん、イビルガリオン弱そうじゃないですか？」

俺がそう虚勢を張ると、エルビスさんは驚愕した顔で俺の顔をまじまじと見てくる。

もしかしたら壊れたとでも思っているのかもしれない。

「それに、最悪負けても後処理はラルフさんがなんとかしてくれますよ。アデルが逃げる時間くらいは戦えますしね」

「お前……本当にそれでいいのかよ」

「なにがですか？」

「人生のことだ。お前はまだ若い。まだまだやりたいことも残っているだろ」

「大丈夫です。俺、もうめちゃくちゃ生きているんで」

「まだ12歳だろ？　どういうことだよ」

「そういうことですよ」

そう宣言してから、もう目の前まで迫ってきているイビルガリオンに剣を向ける。

俺のその姿に引き止めることを諦めたのか、エルビスさんも剣を向けた。

俺はオーガ戦で見た村人のあの笑顔を見て、もう決めたんだ。誰も悲しませないと。

「はぁーあ、ウェンディーちゃんに告白しておけばよかった」

「大丈夫です。イビルガリオン倒して告白しましょう。さあ、来ますよ」

肌を突き刺すような咆哮をしたあと、飛び掛かってきたイビルガリオン。

さあ、いよいよ戦闘の開始だ。

俺がエルビスさんの前に出て、飛び掛かりながら爪での攻撃を剣でしっかりと受ける――が衝撃を抑えきれず、吹っ飛ばされた。

地面に転がる俺へとトドメを刺しに襲い掛かるイビルガリオンに対し、エルビスさんはポケットから黒い玉を取り出して放り投げた。

その黒い玉はイビルガリオンに当たると、ピカッと軽く光ってから凄まじい衝撃を放ち破裂した。

その衝撃にイビルガリオンが怯《ひる》んだ隙に、俺は体勢を立て直す。

助かった。それにしても、なんだろうあの黒い玉。

戦闘アイテムか？

「エルビスさん。イビルガリオン弱そうって言いましたけど強いですね。気をつけてください」

「そんなん知ってるわ！　ジャックも本気を出せよ」

エルビスさんは戦闘アイテムを駆使しながら、中距離からの攻撃を繰り返している。

対する俺は、イビルガリオンの特徴を摑もうと、回避をメインに近距離で対峙している。

ただオーガとは違い、攻撃スピードが尋常ではなく速く、獣のくせに頭も悪くない。

このままじゃ早々に俺の体力が尽きる。すでに額からは大量の汗が噴き出ているのがその証拠。

スピードが速いため、注意深く動きを観察しなければならず高い集中力が要求されるのと、一撃の威力が高いため1発も貰ってはいけないというプレッシャーから体力の消耗が激しい。

このままじゃジリ貧のまま殺られる。なんとか打開しないといけない。

「ジャック！　後ろだっ!!」

「えっ？」

エルビスさんの声に反応したが、後ろを振り返る前に強い衝撃が体を襲った。

地面を勢いよく転がる。どうやら、尻尾攻撃によって視覚外からの攻撃を受けたようだ。

追撃が来る。そう感じ取り、転がっている状態から体勢を立て直しにかかるが、なぜかイビルガリオンはやってきていない。

辺りを見渡すと、イビルガリオンは俺ではなく、エルビスさんの下へ向かっている。

俺よりもエルビスさんのアイテム攻撃を厄介と見たのだろう。

これはまずいっ！　全力で俺はエルビスさんの下に駆ける。

「【瞬足】」

戦技を発動させて、更に自身のスピードを上げる。

これなら俺の方が先にイビルガリオンに近づく。

動きを止めるため渾身の力で斬りかかりに行くが、途中で足を止め、俺の方を向いたイビルガリオン。

その顔はどこか嗤っているように見える。

罠か。イビルガリオンに釣られたことに気づいたがもう遅い。

俺に合わせるように攻撃してきた迫りくる爪に、回避は間に合わない。

せめてもの一撃を与えるため、俺は全力で剣を振り下ろす。

「【音斬《おとぎり》】」

俺の放った【音斬】により、イビルガリオンの迫ってきていた腕を斬り、血をまき散らせることはできたが、斬り落とすことまでできずに、俺は斬り裂かれた。

砥《と》がれた三本の爪が俺のお腹から肩口にかけてを斬り裂き、一瞬にして意識が飛びかける。

身体からは真っ赤な血が大量に噴き出て、遠くからアデルやエルビスさんの声が聞こえる。

俺は力なく仰向けに倒れ、体が動かない。

これは致命傷だ。コボルトのときよりも駄目な傷。朦朧《もうろう》とする視界で、イビルガリオンの姿を確認する。

俺が斬った傷はなんともなさそうな態度で俺を一瞥すると、振り返りエルビスさんのもとへと向かっていった。


薄れゆく意識のなか、俺が思い出していたのは遠い微かな記憶。

なぜかは分からないけど師匠がなにかを言っていたのを思い出していた。

『なに？　魔法が使いたい？』

『俺も師匠のように魔法が使えればもっと強くなる』

『それは無理だ。スケルトンの体には魔力は溜まらないからね』

俺の記憶ではここで止まっている。

確か、その事実にショックを受けて、最後までちゃんと話を聞いていなかったのだ。

だが、確かに師匠はこのあともなにかを言っていたはずだ。

『まあでも、そうだね。魔法を使う上で、一番重要なのはイメージすることさ。そりゃあ得意な属性とか苦手な属性はあるんだけどね』

『イメージ？　でも俺は使えないんでしょ』

『もし魔力が使えるようになったときの話さ。だから私の魔法をしっかり見ておくといい。いつかのときのためにね』

『魔法は使えないならいいよ。剣を頑張る』

……思い出した。

忘れていたが、師匠は魔法の使い方を教えてくれていた。

俺が半端にしか聞かずに忘れていたが。

それにしてもイメージか。身体は動かないが、魔力を動かすことはできる。

グルグルと魔力を全身に這わせるように、魔力を動かしていく。

あとはイメージ、イメージ。

体を動かせるように回復魔法をイメージしようとするが、具体的にイメージすることができない。

回復魔法をあまり体験していないし、回復は駄目そうだな。

あとはベルベットさんやアデルが使っていた強化魔法か。

二人の強化魔法を見ているし、一番初めの剣闘会で貰い飲んだストレングスポーションの効果も体が覚えている。

体を無理やり動かすと言う方法にはなるが、強化魔法ならばイメージが付きそうだ。

身体に這わせた魔力をストレングスポーションや見たことのある強化魔法のイメージに近づけて、発動させる。

「【筋力増強《きんりょくぞうきょう》】」

纏った魔力が筋肉となったかのように、衰弱していた体に力が戻る。

体内からも力があふれ出ている感じがし、いつもより体も軽く感じられるぐらいだ。

裂かれた部分は未だ痛いが、体を動かせるなら十分だ。

俺は立ち上がり、イビルガリオンを見据える。今、エルビスさんが対峙しているようだ。

見る限りアイテムを使うだけ使い、俺が倒れている間も粘ってくれていたようだ。

イビルガリオンが遊び感覚でエルビスさんと戦っているのも、粘れている要因の一つだろう。

今までとは違う身体の軽さを感じながら、俺は戦場へと戻る。

ただ、身体を動かすと魔力の消費を感じた。

この魔力の減り具合から考えると、あと3分持つかどうかだろう。

初めての魔法に加え、傷も気にせず動けるほどの魔力をつぎ込んでいるためか、魔力の消耗が早い。

あとは斬り裂かれた場所から垂れてくる血はどうしても気になるが、そこはすぐにイビルガリオンを倒せば問題ないはず。

俺が立ったことに気づいた、アデルが声を上げた。

なんで逃げてないんだよ、とツッコミたくなる。

アデルを逃がすために、俺達は戦っていると言っても過言ではないのにな。

まあ残ってる俺も、人のことは言えないけど。

「【瞬足】」

【筋力増強】に加え、更に【瞬足】を重ねる。

スケルトン時代でもこんなに速く動いたことはないくらい、速度がでている。

イビルガリオンまであっと言う間に辿り着く。

俺が近づいてきたのにイビルガリオンは気づいたようだが、もう遅い。

「【音斬】」

今度はかすめとる感じではなく、しっかりとイビルガリオンの体を剣が捉えた。

腰の辺りから足にかけて斬り裂き、鮮血が噴き出す。

負担の大きい【音斬】を余裕で繰り出せた。

これはもしかしたら、【筋力増強】を使用時ならば、更に上をいけるかもしれない。

イビルガリオンは甲高い悲鳴のような声を上げると、エルビスさんから俺へと完全に標的を変えて、襲い掛かってきた。

怒号を上げながら、地を駆けるイビルガリオン。どうやら傷を負ったことに対し、怒り狂っているようだ。

大口を開けて飛び掛かってきている。

先ほどまでは余裕がなかったが、【筋力増強】のお陰か冷静に見られている。

ここは正面から力でぶつけてみるのもアリだな。

さっきは力負けしたが、今なら勝てる気がする。

飛び掛かりからの、爪を振り下ろしての攻撃に対し、先ほどと同じように剣でぶつける。

「うおおおおおらああああ!!」

全力でぶつけた剣は力負けせずに、爪での攻撃を受け切った。

だが、逆に吹っ飛ばせると思っていただけに相殺《そうさい》で終わったことにイビルガリオンの底力を感じる。

流石はAランク指定の魔物だ。気は緩められない。

その後も何度も剣と爪をぶつけ合い、互角の状態で戦闘は進んでいった。

火花が散るような熱い斬り合いに、こちらのテンションも上がってきた。

だが、俺には時間制限がある。どこかで隙を作り、致命傷をぶち込まなければいけない。

隙を探しているのだが、全神経を俺に向け、全力で狩りに来ているイビルガリオンに隙がない。

攻撃を受け、攻撃を受けられを繰り返し、戦闘は均衡《きんこう》したまま、時間だけが過ぎていく。

あと30秒ほどで魔力が尽き、魔法が切れる。

徐々に焦りを感じ始めたとき、イビルガリオンが突然甲高い声を上げ、よろめいた。

イビルガリオンの奥から見えるのは、アデルとセバスさん、そしてエルビスさん。

多分だが、警戒を外れたところでエルビスさんが同時遠距離攻撃を仕掛けてくれたのだと思う。

本当に頼りになる人だ。この最後のチャンスは絶対に逃さない。

一気に距離を詰めて、イビルガリオンへと迫る。

近づいた俺に気づいたイビルガリオンが体勢を立て直し、けたたましい咆哮を上げ、噛《か》みつきにかかるが関係なしに、俺は振り上げた剣で全身全霊をもって斬り下ろす。


「【光速斬《こうそくざん》】」


俺の振り下ろした剣は、光の速度を超えてイビルガリオンの頭を斬り裂き地面へと到達する。

イビルガリオンが俺の剣を視認できないまま、頭蓋《ずがい》から斬り裂いた。

死したことすらも感じられずに死んだであろう、頭部がぐちゃぐちゃになったイビルガリオンを見下ろし、倒せたことに安堵する。

安堵と共に、全身の力が抜けた。

そして、今の攻撃の代償として腕が強烈に痛みを発し、次に斬り裂かれた場所に痛みが襲う。

血が大量に抜けたことによってなのか、視界がくらくらとし始めて、俺は意識を保てずその場で気を失った。

エピローグ

目を覚ますと、目の前に知らない女性がいた。

どこだここは。記憶が錯綜《さくそう》していてあまり覚えていない。

とりあえず俺は体を起こす。

「あっ、起きたのね！　手当てはしてあるけど、無理しないで」

「ありがとうございます。すいません、ここはどこですか？」

「ロックラックの村よ。みんな外にいると思うから呼んでくるわ」

そう言うと俺を置いて、外へと出て行った彼女。

脳もようやく起きてきたのか、段々と記憶もハッキリとしてきた。

確か、イビルガリオンを狩ったんだよな。

大怪我を負っていたことを思い出し、服を脱いで怪我を確認する。

胸の傷は大きな3本のひっかき傷が残っているが、しっかりと塞がっている。

それにしても、体を随分とボロボロにしてしまったな。

憑依時と比べて格段に筋肉はついているが、それ以上に傷跡が目立つ。

今回ついたこの傷跡は特に酷い。

体を雑に扱っている気がし、ジャックに申し訳なく思っていると、扉が開き誰かが入ってきた。

「ジャック様！　ご無事です——きゃあっ！」

中に入ってきたのはアデル。

小さく可愛く叫んだあと、手で顔を覆っているが、指の間からこちらを覗いているのが見える。

それじゃ手で覆う意味がない気がするのだが。

「ごめん、アデル。すぐに服を着る」

「もう少しそのま——いえ、いきなり入った私が悪いのでっ！」

俺は急いで服を着て、話を聞く準備を整える。

「ごめん、アデルもう大丈夫」

「え、ええ。気を取り直しまして、お体の方は大丈夫ですか？」

「うん。酷い傷だったはずなんだけど、もうなんともないみたいだ」

体を捻《ひね》ったり、伸ばしたりして、痛みがないことをアピールする。

「それなら良かったです。ジャック様、酷いお怪我でしたから」

「ねえ、アデル。さっきから気になっていたんだけど、そのジャック様って呼び方どうしたの？」

俺はなによりも気になっていたそのことを指摘すると、アデルは顔を真っ赤にし、もにょもにょとしだした。

よく分からないアデルの行動に頭を捻らせていると、

「ご無事なら良かったですっ！　なにか問題がございましたら、すぐに呼んでくださいっ！」

早口でそう言うと、部屋を飛び出していった。

益々よく分からないアデルの行動。そして、アデルが出て行ったと同時に、次はエルビスさんが入ってきた。

「あ、エルビスさん」

「どうだ？　体調は」

「バッチリですよ。今アデルが来て、かなり様子がおかしかったんですが大丈夫ですか？」

「ああ、大丈夫だと思う。ちょっとした病気だ」

「病気？　それ大丈夫じゃなくないですか？」

俺が驚きそう言うと、エルビスさんがムスッとした顔で近づいてくる。

そして中指で俺のおでこにデコピンをしてきた。

「その病気ってのは恋煩いだよっ！」

「いてっ。なんですか、恋煩いって」

「どうやら、ジャックの戦いっぷりを見て、アデル嬢は惚《ほ》れちまったようだぞ。このモテ野郎がっ！」

またデコピンをしようとしてきたエルビスさんの攻撃を躱《かわ》す。

惚れてしまった？　俺にか？

特にアデルをカッコよく守ったとかではないし、エルビスさんもカッコよく戦っていたはずなのだが……。

「なんでですか？　エルビスさんも戦っていたじゃないですか」

「俺の戦いかたは逃げ惑っての小手先だけで、自分からみてもダサかったからなぁ。あんだけ格好つけたセリフ吐いて、結局こうしてジャックと生きて再会しているのも顔から火が出るくらい恥ずかしいんだぞ」

「そんなことないですよ。めちゃくちゃカッコよかったです。エルビスさんがいなければ、ずっと震えが止まらなかったですし、多分ですがイビルガリオンに瞬殺されていましたから」

「ははっ！　お世辞でもジャックに褒められると悪い気はしないな。でも俺は女の子が好きだから惚れたとか言うなよな！」

「漢《おとこ》としては惚れましたよ。ただ恋愛感情は一切ないので安心してください」

それから2人でイビルガリオンと戦い、討伐したことをお互いに褒め合った。

エルビスさんと話していると、部屋を出て行ったお姉さんが戻ってきて、再び回復魔法をかけてくれると言ってきた。

「そういえば、お姉さんはどなたなんですか？」

「私はアルメスト家お抱えの回復術師よ。アデル様からの伝書を貰ってすぐにこのロックラックに来たの」

「ん？　ていうことは俺、かなり眠っていたんですか？」

「ああ。三日間くらいは傷が酷かったからか魘《うな》されながら寝ていたよ。正直そのままぽっくり逝っちまうのかと思ったぜ。そんで回復術師の姉ちゃんが来て、魔法をかけてくれてから翌日である今日、目が覚めたって感じだな」

「じゃあ4日くらい眠っていたんですね。王国兵団やアデルの両親は大丈夫なんですか？」

「ああ、そこはもう回復術師の姉ちゃんを王都から呼ぶ際の伝書と一緒に、状況説明もしてあるから大丈夫だ」

「それなら良かったです」

「ジャックがイビルガリオンを討伐したって噂で今頃、王都ではその話題一色になっているかもな」

誇らしげに胸を張るエルビスさん。

そうだったら、目標に大分近づきそうだし、俺的にも嬉しいんだけどな。

ひとまず、回復術師から【治癒《ちゆ》】を入れてもらい、俺はもう一晩だけ安静にすることとなった。


翌日。

完全に体力も回復しきって、痛むところは一つもない完璧な状態。

魔法の凄さを感じながら、俺は部屋の外へと出る。

空は明るく、澄み渡っている。山付近と言うこともあるのか、空気も美味しい。

寝込んでいたせいか、少し細くなっている体を早く鍛え直したい衝動に駆られる。

エルビスさん達を探して、村を歩いて回っていると大きな漆黒の毛皮が鞣《なめ》されているのに気が付く。

どことなく既視感があり、近づいて見てみるとやはりイビルガリオンの皮のようだ。

「もう完全回復か？」

「あっエルビスさん、はい。回復魔法のお陰でバッチリです」

皮を見ていたら後ろからエルビスさんが来ていたようで、話しかけられた。

「凄いよな。死にかけてたジャックが2日でピンピンしてるんだもんな」

「そうですね。俺も回復魔法使えるようになりたいです」

「でも回復魔法はごく一部の人しか使えないみたいだからな。適性ないと使えないと思うぜ」

「だからイビルガリオン戦では使えなかったのかもしれませんね」

「ん？　ジャック魔法使えるようになったのか？」

「ええ。ちょっと待ってくださいね。……あれ？　使えない……」

魔力を全身に這わせて、魔法を使おうとイメージしているのだが魔法は使えない。

なんでだ？　何度も試すがやはり使用できなかった。

「単純に練度が足らないんだろ」

「でも、イビルガリオン相手の時は完全に使えたはずなんですけど」

「火事場の馬鹿力みたいなことじゃないか？　でも一回使えたってことは模索すればまた使えるようになるさ。感覚は覚えているんだろ？」

「はい。それはもちろん」

確かにまだ、新米魔法使いだもんな。

エルビスさんの言っていた通り、魔法を発動させたときの感覚も覚えているし、ゆっくりと体得して行こうか。

「それより、この毛皮イビルガリオンのですよね？」

「ああ、そうだ。ジャックを運び手当てしたあと、回収しに戻ったんだ。爪や牙もあるぞ」

「なにかに使えそうですね。爪も牙も凶悪なほど硬かったですし」

「作るとしたら武器が無難だろうな。王都に持ち帰って短剣でも作ってもらうといいさ」

「短剣使ったことないですけどいいですね」

「それじゃジャックも回復したことだし、王都に向けて出発するか」

「王都に戻るの、なんだか久しぶりな気がします」

荷物をまとめ、準備を整えてからロックラックの村を後にする。

行きと同じように、エルビスさんと一緒に馬に乗って王都を目指す。

ロックラックからの道中はなんの事件もなく、無事に王都へと帰還することができた。

まあイビルガリオンに続いて、事件が起こったらたまったものではないのだが……。

それよりも、アデルが一言も喋りかけてこないのが気がかりだな。

エルビスさんは俺に恋をしていると言っていたが、それどころか逆に避けられている気がする。

そんなことを考えながら、俺たちは王都の門を潜った。

「エルビスにジャック副隊長。おつかれさま」

「おっ、今日の門兵はロバートさんか。なあ王都に噂は轟《とどろ》いていますか？」

「ああ。イビルガリオン討伐のことは聞いているぞ。でも、エルビスはなにもしてないんだろ？」

「いやいや、俺とジャックで一緒に討伐したんですよ。なあ？　ジャック」

「ええ。エルビスさんがいなければ負けていましたね」

「本当か？　なんか嘘くさいな」

エルビスさんとロバートさんの会話を聞きながら、早速兵舎へと向かう。

それにしても王国兵団内でのエルビスさんの過小評価のされ具合は酷いな。

サボるし話聞かないし門兵の時とかはよく寝ているけど、やるときはやる人なんだけどね。

「あっ！　ジャック君にエルビスさんっ!!　聞きましたよ、Aランク指定の魔物を討伐したとかっ!!」

「ウェンディーちゃん、そうなんだよ！　そのことについて詳しく聞きたくない？　今夜ご飯でもどう？」

「え、いや……ジャ、ジャック君からも聞きたいので！」

本当にこの人は……。一旦、踏みとどまることを覚えたほうがいいな。

「まあ、とりあえず任務報告とアデル達を送り届けるので、話は後でゆっくりしましょう」

「そうだね！　二人共おつかれさまっ！」

ニッコリと笑顔で送り出してくれたウェンディーさんと別れて、団長室へと向かう。

一応、任務終了が遅れて失敗扱いになっているため、アデルに事情説明をお願いしている。

伝書も出したし、大丈夫だとは思うんだけど。

「団長、失礼します」

「おお、ジャックにエルビスか。それとアルメストのとこの嬢ちゃん。無事だったようだな」

「帰還が遅れ申し訳ございませんでした。事情説明と依頼内容変更の申し出をしに来ました」

「やむを得ない事情に加え、伝書も貰っているし謝る必要はない。それで依頼内容変更ってなんだ？」

「はい。12日間の護衛依頼でしたが、20日間の護衛依頼に変更とイビルガリオン討伐の依頼もアルメスト家から出させて頂きたいのです」

「なるほど。前者は有難く受け入れさせてもらうが、後者は駄目だな」

「えっ、なんででしょうか？」

「そりゃ王国兵団の評価が落ちるからな。イビルガリオンの討伐に2人しか送り出さなかったら死刑宣告と同じだ。それをやってのけたジャックとエルビスの評価は上がるだろうが、上に立つ俺としては許可できない」

「でも実際に討伐はしたのですから同じことでは？」

「全く違う。討伐しに行ったのか、不運にも襲われたのかでは別物だ」

これに関しては団長が正論だな。

イビルガリオンを討伐したと言う事実は変わらない訳だし、今のままでも十分に評価を受けられているし、異論はない。

もちろん、アデルの気遣いは嬉しいんだけどな。

アデルは小さく舌打ちをしてから、団長の提案を受け入れた。

書類にて依頼内容をまとめたところで、団長室を後にする。

「そういえば、アデルの両親は怒ったりしてないのか？」

「え、ええ！　わ、私の家は基本的に放任主義ですから！　伝書で伝えてありますし、回復術師も送ってくれましたし、大丈夫だと思います!!」

それなら良かった。

今回の件のせいで、遠出禁止とかになったら、アデルはおばあちゃんと会いづらくなるしな。

手続きを済ませて上級地区へと行き、アデルの家に着いた。中に入ると、玄関にアデルの両親らしき人物が見える。

母親らしき人物はアデルの面影があり、薄紫色の髪をした美人な人。

艶やかな服装も見事に映えていて、アデルのお姉さんと言われても違和感がないくらい若々しい。

一方で父親らしき人物はアデルの面影が一切ない。

七三分けでぴっしりと整えてある金色の髪で、顔は凛々しいがアデルには似ていない。

威厳のある、いかにも貴族と言った印象を受ける。

「アデル、おかえりなさい。体は大丈夫ですか？」

「お母さま、大丈夫です。王国兵士さまが守ってくださいましたから」

アデルがそう言うと、アデルの母親は俺とエルビスさんに顔を向けた。

「アデルを守って頂きありがとうございます。アデルの希望だったのですが、王国兵団に護衛の依頼をして本当に良かったと心から思っています」

「こちらこそ、アデルさんを守れて良かったです」

アデルの母親が前に出てきて、俺とエルビスさんに手を差し出してきた。

俺とエルビスさんは、その差し出してきた手を握り返す。

両手で強く握り返され、感謝の気持ちが伝わってくる。

アデルの母親はニコッとほほ笑むと、最初いた場所へと下がった。

「今回の件に関して、お二方には本当に感謝しています。なにか追加報酬のようなものをお渡ししたいのですが」

俺とエルビスさんは顔を見合わせる。

嬉しい提案だが、確か王国兵団の規約でこういうのは貰ってはいけなかったはず。

団長は賄賂などには厳しく律していたからな。

「嬉しいご提案なのですが、決まりで受け取ってはいけないことになっているのでお気持ちだけ頂きます」

俺がそう言ったあとにエルビスさんが待ったをかけた。

「そう言った決まりはあるので物は駄目なのですが、物ではなく一つお願いがあるんですがよろしいですか？」

「お願い？　お願いの内容にもよるが極力受けられるものなら受けますよ」

「実は、この隣にいるジャックと言う少年は、王都の学園に入学を希望していまして、できればアルメスト卿に推薦を頂きたいのですがどうでしょうか？」

エルビスさんは、訥々とアデルの父親にそう提案した。

学園？　一体なんの話だ？

エルビスさんが話を勝手に進めようとしているのを、俺はただただ傍観する。

「王都の学園ですか……。あそこは厳しい規定でプロスペクトしか受け入れていないですからね……」

「そこはアルメスト卿もご存じの通り、実力は申し分ないですから」

「分かりました。一応、掛け合ってはみます。ただあまり期待はしすぎないでくださいね」

「検討して頂けるだけで充分です。ありがとうございます」

エルビスさんが深く頭を下げた。

俺は未だにいまいち話が入ってこないし、なにを言ったのか理解できていない。

「それでは私達は任務完了ということで失礼させていただきます」

「何度目か分かりませんが、娘を助けて頂き、本当にありがとうございました」

とりあえず話は終わったようで、アデルとアデルの両親に見送られながらその場を後にした。

見送ってくれたアデル一家の姿が見えなくなってから、俺は先ほどのやり取りが気になり、エルビスさんに尋ねる。

「さっき言っていた学園ってどういうことですか？」

「ん？　ああ、セリアちゃんがその学園に入学するらしいんだよ」

「えっ？　セリアがですか？」

「ああ。俺も調べたは良かったものの、ジャックが入学する手立てがないから言わなかったんだが、こうして入学が取り付けられるならジャックの選択肢が広がると思ったから提案したんだ。事情も話さずに決めて悪かったな」

「そうだったんですか……。俺のために色々と調べてくれたみたいでありがとうございます。そうなると今回の依頼の追加報酬も俺一人だけ貰うみたいな感じになっちゃいますし」

「この間、冒険者ギルドで情報聞いただろ？　あいつが勝手に調べて教えてくれたんだよ。俺に対しての追加報酬は……まあ、ジャックが酒でも付き合ってくれや」

「俺は酒を飲めませんが、それぐらいならいつでも付き合いますよ」

「言ったな？　それならさっそく今日飲みに行こうぜ！」

「ええ。まずは団長に任務完了の報告をしてからですが、慰労会《いろうかい》兼ねて行きましょうか」

「そうだな、本当に〝慰労〟会だわ。今まで受けた依頼の中で頭抜けてきつかった。イビルガリオンなんて思い出したくもねえ」

「まあそこら辺の話は飲み会の時に話すとして、急いで戻りましょうか」

つい語り出そうとするエルビスさんをなんとか止める。

まあ、今回の体験を直ぐにでも振り返りたくなるのは分かる。

俺もこの依頼では本当に死まで覚悟したが、そのお陰で一段どころか何段も駆け上がって成長できたと思う。

初めて魔法も使い、イビルガリオンとの死闘によって自身のレベルアップも図れて、アデルとも久しぶりに再会できたし、この依頼は俺にとって多くの成長につながった。

依頼を出してくれたアデルにも感謝だし、支えてくれたエルビスさんにも感謝だな。

人間に憑依してから全てにおいて弱体化し、スケルトンだったときの力を取り戻すことに重きを置いていたが、人間となったことで精神面を強くすることができた。

師匠の強さは単純な力だけでなく、こういった精神的な強さもあったのかもしれない。

この一件で俺はほんの少しだが、師匠の持っていた強さに近づけた気がする。

そして俺はしばらく来られないであろう上級地区の景色を目に焼き付けながら、その場を後にした。

あとがき

この本を手に取ってくれた皆さま、始めまして。トラジロウと申します。

小説投稿サイト「カクヨム」にて公開している『ダンジョンの奥地にて人間に鍛えられたスケルトン。偶然出会った師に従って剣を振るうこと約500年後、瀕死の少年に体を押しつけられる。』を、タイトルを含め改稿したものがこの本となっております。

このお話の主人公は魔物の、それもただのスケルトンでして、少し変わった主人公となっております。

アンデッド故に寿命がないと言う利点を生かし、500年と言う途方もない月日を修業に明け暮れたのが主人公であるこのスケルトン。

そんな最強のスケルトンがひょんなことから人間の少年へと憑依してしまい、敵であるはずの人間たちと触れ合っていくことで更に成長していく――元スケルトンの成長物語を楽しんで頂けたら幸いでございます。

そしてカクヨム版との主な違いなのですが、小説版では主人公の魔物らしさを出すことに注力し、逆に人間のキャラクターたちには人間味や個性を持たせることを意識して改稿致しました。

カクヨムから読んでくれた読者さまも、カクヨム版とは違った〝ジャック〟や他のキャラクターたちを楽しんで頂けるかと思います。

また、この小説から読んでくださった方も、マイルドなジャックや小説版では大幅に削った部分などもカクヨムには残っていますので、気になった方は是非読んで頂ければ嬉しいです。


最後になりましたがこの場をお借りして謝辞を。

まずはお声を掛けてくださり担当編集を務めてくれた鈴木様。私自身初めての書籍化と言うこともあり、本当に色々とご迷惑をおかけしました。

特殊な情勢だったと言うこともあり、一度も直接お会いできない中で懇切丁寧に作品に向き合って頂きありがとうございました。これからもよろしくお願いいたします。

また忙しいスケジュールの中、魅力的で素晴らしいイラストを描き上げてくださいましたファルまろ様。

私の最大の幸運はファルまろ様にキャラクターを描いてもらえたことです。

お願いしてよかったと心から思っております。ありがとうございます。

そして、カクヨムの頃から感想をくださり、本作をお読み頂き応援してくださった読者の皆さま。

皆さまが面白いと思ってくれていなかったら、書籍化はされていなかったと思います。

本当にありがとうございました。

最後にこの本を手に取ってくださった皆さま。『ダンジョンの奥地にて剣を500年振り続けたスケルトン、人としての生を受け最強に至る』が面白かったと思って頂けていれば幸いです。

カクヨム版含め今後ともお付き合い頂けたら嬉しい限りです。

書籍として本作が続くかどうかはアレ次第ですが、また皆さまにお会いできると信じて今回はこのあたりで筆をおかせて頂きます。

SQEXノベル

ダンジョンの奥地にて剣を500年振り続けたスケルトン、人としての生を受け最強に至る

著者
トラジロウ
イラストレーター
ファルまろ

2021年3月5日　初版発行

発行人
松浦克義

発行所
株式会社スクウェア・エニックス
〒160−8430
東京都新宿区新宿6−27−30　新宿イーストサイドスクエア
（お問い合わせ）スクウェア・エニックス　サポートセンター
https://sqex.to/PUB

印刷所
中央精版印刷株式会社

担当編集
鈴木優作

装幀
冨永尚弘（木村デザイン・ラボ）

本書は、カクヨムに掲載された「ダンジョンの奥地にて剣を500年振り続けたスケルトン、人としての生を受け最強に至る」を加筆修正したものです。

ISBN978-4-7575-7125-9 C0093

Printed in Japan